有爱的青春陪伴者

舒远 著

孔學堂書局

图书在版编目(CIP)数据

西城往事 / 舒远著. —— 贵阳：孔学堂书局，2020.10
　ISBN 978-7-80770-222-1

Ⅰ.①西… Ⅱ.①舒… Ⅲ.①长篇小说－中国－当代 Ⅳ.①I247.5

中国版本图书馆CIP数据核字(2020)第150145号

西城往事　舒远 著
XICHENG WANGSHI

出 品 人：邓国超　李　筑
责任编辑：蒋红涛　胡国浚
责任印制：张　莹　刘思妤

| 出　　品：贵州日报当代融媒体集团
| 出版发行：孔学堂书局
| 地　　址：贵阳市云岩区宝山北路372号
| 　　　　　贵阳市花溪区孔学堂中华文化国际研修园1号楼
| 印　　制：湖南达美程智能科技股份有限公司
| 开　　本：880mm×1230mm 1/32
| 字　　数：258千字
| 印　　张：9
| 版　　次：2020年10月第1版
| 印　　次：2020年10月第1次
| 书　　号：ISBN 978-7-80770-222-1
| 定　　价：42.80元

版权所有　翻印必究

目录
CONTENTS

第一章 再遇香江
/001

第二章 渐起波澜
/022

第三章 神的旨意
/039

第四章 高抬贵手
/054

第五章 你行你上
/064

第六章 从头来过
/085

第七章 他很温和
/107

第八章 旧时光里
/129

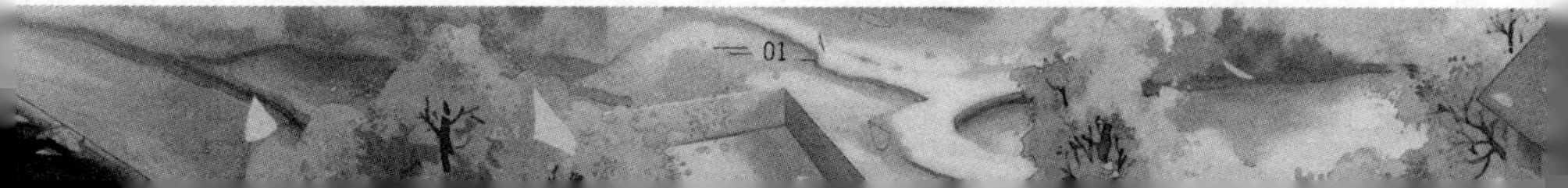

CONTENTS

第九章 岁月漫长
/145

第十章 暴雨将至
/162

第十一章 适与迦南
/183

第十二章 人间值得
/207

第十三章 落叶归根
/238

第十四章 往南往北
/251

番外一 当爱已成往事
/263

番外二 当时只道是寻常
/268

第一章 再遇香江

　　早上八点半,妈妈打了电话过来。

　　陈迦南当时还躺在床上,迷迷糊糊地接起便听见陈母一通唠叨:"过些天就是新年了,回来的票订了没有?你姑给你说了一个对象,在咱们这边银行工作的,听说那娃挺稳重的。"

　　"妈!"陈迦南打断,"大清早的就说这个好吗?"

　　"八点半了还大清早?"陈母嗔道,"不按时吃早饭回头再胃疼别跟我说。"

　　陈迦南半睁着眼将手机拿开到一边,陈母又多说了几句和那个男生有关的事才断了线。没过一会儿,手机又响,她无奈地抓了抓头发,闭着眼睛划了接听键:"妈,你有什么事一次说完行吗,我昨晚从实验室回来都三点了,再不多睡会儿又得被那个浑蛋工作狂叫去扒几层皮。"

　　电话那边静了几秒,然后挂了。

　　陈迦南迷迷糊糊又睡了过去,却总觉得哪里不对劲,硬撑着爬起来看了眼手机,被通话栏里第一行的"柏知远"三个字吓得头皮发麻。

　　她生无可恋地拍了拍头,爬下了床。

　　十五分钟后,陈迦南哆嗦着站在柏知远的办公室门口朝里望了望。桌前的男人伏案低头,手指灵活地敲打着键盘,似是感觉到什么,他停下动作微微侧头。

陈迦南深呼吸，叩门三下。

许久才听他道："进来。"

陈迦南弓着腰慢慢走去桌前，很恭敬叫了声柏老师。

柏知远瞥了她一眼，将她的实验报告扔到桌子上，很简单地吐了两个字："重做。"

陈迦南耳鸣似的问："重做？"

柏知远抬眼看她道："有问题吗？"

那一双真诚无辜的知识分子的眼睛让陈迦南淡定下来，她提着气耐心地问："我这个是有什么错误吗？每个数据都很精准啊，我验算过好几遍的。"

"是吗？"他声音听不出起伏，"就这么个事儿弄到凌晨三点？"

陈迦南："……"

柏知远似乎并不在乎她现在低着头恨不得跳黄浦江的糗样，淡定地站了起来："报告晚上八点前发我邮箱。"说完拿着本书往外走去。

陈迦南站在洒满阳光的办公室被柏知远骂得狗血喷头，脑子里第五百次后悔当时选择做他的研究生。

算起来读研已经一年半，柏知远虽然待她还算不错，但是也严格得很，一个生物实验重复七八次是常有的事，而且他整天都板着张脸，陈迦南对他始终亲近不起来。不过，除却惹人烦躁的那部分性格，他倒也不失为一个好老师。

陈迦南没吃早饭就去了实验室，一个劲儿地打着哈欠，身后来了人都不知道，一偏头看见室友姚姚。两人虽然住在一个房间，但师从不同的导师，平时见面机会也不是很多。

"困成这样还去做实验？"姚姚问。

"我哪有你的好福气。"陈迦南揉了揉眼睛，"一个报告江老师看一眼就过。"

"柏老师那是为你好。"姚姚提起裙角坐在椅子上，"我还真没见过有几个老师能做到像他那样的。"

"得了吧。"陈迦南叹了口气,侧头问,"你这会儿怎么来实验室了?"

姚姚"哦"了一声:"无聊乱逛呗。"

陈迦南自上而下扫了姚姚一眼,从认识那天起她就知道这姑娘很爱玩。

"你在想什么呢?"姚姚问。

"赶紧把实验做完。"

姚姚笑了:"就这样?"

"那还能想什么。"陈迦南说,"柏知远要我弄完给他发邮箱,你又不是不知道有多麻烦,他不放我连年都过不了。"

"除了这些。"姚姚歪头看她,"柏老师年轻有为又是单身,你就没点想法?"

"活腻了我。"陈迦南无语地翻了个大白眼,"你是闲得没事干拿我开涮呢。"

"当我瞎说。"姚姚笑道,"别做了,一起吃个饭。"

陈迦南停下手里的活儿,看了眼时间都中午了。她们去学校食堂三楼点了两碗炸酱面,姚姚吃了几口,放下筷子,一副心事重重的样子。

陈迦南见怪不怪,咬着面问:"你是不是有什么事儿?"

姚姚半垂着脑袋摇了摇头。

陈迦南埋头吃着,正想说话,姚姚的手机响了。她又将到嘴边的话咽了下去,只听见一句"六点你来接我吧"。

挂了电话,姚姚脸色似乎有些回温,又吃起了面。

半晌,陈迦南道:"晚上回来吗?"

"到时候看吧。"姚姚说着笑了笑,"不用等我。"

吃完饭,姚姚回了寝室睡觉,陈迦南跑去实验室继续干活。那个下午她的运气还算不错,五点半就做完了所有的事情,给柏知远发邮件的时候都充满战斗力。

她是蹦跶着回寝室的,满面春风。

寝室门从里面关着,陈迦南还没敲门就听见一声轻喘嘤咛,她慢慢地收回了手走到外头去。这儿的深冬带着刺骨的冷,路灯亮得让人眼花。

陈迦南站在楼外玩手机,没一会儿就看见一个男人拥着姚姚走了出来。那个男人陈迦南知道,叫江坤,有家族产业,在京阳城也是很有来头的一个人。姚姚笑得特别甜,身上裹着烟灰色的皮草大衣,双手挽着男人的手臂,和中午的她判若两人。

陈迦南静静地看着他们离开,转身回宿舍。

结果一口热水还没喝上就接到了柏知远的电话,让她去趟办公室。

她赶到他办公室的时候天上刚飘起雪。柏知远将电脑正对向她,声音平淡:"这就是你重做的结果?"

陈迦南被他叫来也没好气:"有问题吗?"

柏知远皱了皱眉头,似乎没见过这样的学生,时而恭敬时而没大没小。从研一开始带她的时候就能感觉到这姑娘对学术不怎么上心,似乎不是为了读研而考研,实验做得一塌糊涂,虽然也有过优秀的表现,可多数时候都是心不在焉。

"如果你继续这样下去的话,"柏知远抬眼,"那我建议你换一位导师。"

陈迦南以为他又要骂她,结果等来这句,不由得愣住了。

"研究生面试时我问过你,为什么选择生物科学。"柏知远说,"怎么回答的还记得吗?"

印象里那是段不堪启齿的日子,她本来也目的不纯,复试的时候整个人都浑浑噩噩的。当时在教室里,她给的答案是最普通的:"想要来H大这样的学府深造。"

当时的柏知远给她打了最低分却收下了她。

"知道我为什么留下你吗?"柏知远问。

陈迦南忽然平静下来，抿紧嘴唇不说话。想起后来考完试有朋友问她："柏知远几年才有一个名额，你选他的勇气是哪儿来的？"

她想，大概是病急乱投医吧。

柏知远却轻轻笑了："穿成这样来见老师确实勇气可嘉。"

他说完她才回神，低头瞧了眼自己的睡裤棉拖，肚子正不合时宜地叫了声，她赧然红了脸。柏知远将电脑摁了关机，看了眼面前忽然拘谨的小姑娘，淡声道："晚饭没吃？"

陈迦南眨了眨眼，奇怪这话题跑偏。

"实验没什么大问题。"柏知远说，"好好吃顿饭。"

陈迦南"啊"了一声："您刚刚不是说……"

"就是想看看你心在不在这儿。"柏知远拿过椅子上的西装外套，"大学不只是要教会你念书的。"

陈迦南心里早已翻过一百八十个白眼，又不得不承认柏知远实在不同寻常。回去的路上，陈迦南走得很慢，后面渐渐跟过来一辆车。

她偏头一看，竟然又是柏知远。

他降下车窗："过两天我要出趟差，你可以随时离校。"说完顿了下又道，"工资给你发了红包，记得收一下。"

陈迦南下意识地问："新年还要出差？"

柏知远倒是笑了："工作狂，应该的。"

陈迦南讪讪地露了个比哭还难看的笑脸，很认真地道了声"老师新年快乐"。直到柏知远的车子远去，她才松了口气，顿觉出了一身大汗。

她也不顾形象了，跑到超市买了点零食。

H大的小径很漂亮，两边装着昏黄的路灯，很适合恋人散步。陈迦南慢悠悠地闲逛着，一边看景一边吃，冷不丁碰上一个人在路边抽烟，说是熟人也不为过。

那人看见她也愣了下，脱口而出叫了声"陈小姐"。有多久没听到这个称呼了，陈迦南有些恍惚。

她傻傻地举着零食包问："你要吃点吗？"

中年男人笑了笑："您客气。"

陈迦南收回了手，笑得尴尬，她不是不知道老张站这儿是干吗。以前还在 B 大的时候，很多个夜晚他送她回来，老张都会下去等她离开才回车里。

老张到底有经验，客气道："我帮沈总送个人，也该走了。"

陈迦南礼貌地颔首，目送来人远去。她的腿在这个深冬的夜晚忽地发软，连走路都有些吃力。她慢吞吞地走出小径，似乎还能听见汽车发动引擎的声音，没忍住停下脚回头看了一眼，车子已换成了银灰色的保时捷。

姚姚第二天回来已近中午，陈迦南在收拾行李。

陈迦南订了下午四点的高铁回萍阳，两点就得乘出租车往高铁站赶。

姚姚往她的箱子里瞧了一眼，撩起裙子大大咧咧一坐，伸了个懒腰靠在柜子上。

"柏知远放你走啦？"姚姚问。

"你以为他好心吗？"陈迦南哼笑，"人家是要出差，留我在这儿何用。"

姚姚叹息一声："真羡慕你能回家过年。"

"你不回家吗？"

"他们都有各自的家庭。"姚姚苦笑，"我回哪个家？"

以前倒是听姚姚提起过，她父母离异都已再婚有了儿女，她夹在中间不尴不尬，在一张餐桌上吃顿饭都别扭，更何况住一块儿还过年？

陈迦南想了想："要不你跟我回萍阳去？"

"还是算了。"姚姚说，"我也不是一个人。"

陈迦南笑了笑，继续埋头收拾。临走的时候姚姚已经睡着了，她马不停蹄地赶去高铁站，终于坐上了回家的列车。陈母打来电话还没说两句，她就听见"叮"的一声，有电子邮件进来。

柏知远给她发了一个文档，主题是寒假作业。

陈迦南慢慢闭上眼睛又睁开，手指握紧恨不得把手机给捏碎掉。这人赶在回家的当口发这个过来，摆明了是不想让她好好过年了，她真的是把他骂了一路。

到家还没消气，陈母好笑道："怎么了，气成这样？"
"现在谁还做寒假作业啊！"陈迦南将行李箱往地上一扔，气呼呼地往沙发上一坐，"我们老师真是有意思，三十好几没个对象，肯定有问题。"
"胡说。"陈母拍了一下她的背，"哪有人这样讲自个儿老师的。"
"妈，你是没见过我被剥削得不成人形的样子。"陈迦南耷拉下肩膀，环视了家里一圈，"外婆人呢？"
"知道你回来买菜去了。"陈母说着将围裙卸下，"我出去看看。"
"我也去！"

萍阳是江南地带的一个小城，地图上芝麻大点的地方，一年四季都很暖和，就是早晚温差大，不像京阳，冬日里外出羽绒服离不了身。
陈母四年前从新城搬来和外婆同住，小城里的人也大都亲和淳朴，很好相处。两个女人闲着出去遛遛弯买买菜，偶尔也会出门旅行。小城的节奏缓慢，最适合拿着退休金慢慢养老。

是外婆先看见陈迦南的，隔着老远就叫囡囡。
陈迦南跑过去提菜，听到外婆笑着说要给她做腊排骨，她早已馋得口水直流。拉着外婆的手又开始吐槽柏知远。外婆比陈母要活泼很多，像一个老小孩愿意跟着她一起玩闹。
傍晚，一家人吃了饭，坐在客厅里看剧。
"你明天应该没什么事吧？"陈母借着广告的空当开口，"要不咱去见见那男孩子？"
呛得陈迦南差点把刚吃进去的果子吐出来。
"不要这么赶吧！"她拍拍胸口，"我还在念书，急什么呀！"

"念完书出来多大了,你算过吗?"

"也就二十……"陈迦南舔舔嘴唇歪头干笑,"二十四而已吧?"

外婆总是最明白她,这会儿自然跟她站一边,笑着打哈哈道:"囡囡刚回来说这个做什么,快帮我看看电视上这人是好的坏的?"

相亲话题到此为止,陈迦南松了一口气。

看完电视,陈迦南回房间准备睡觉,想起手机落在客厅又出来拿,看见院子里的灯亮着便走了出去,见外婆坐在水池边的摇椅上抽烟。

陈迦南悄声走近:"小心妈妈看到。"

"我进门前会散干净。"外婆舒舒服服地叹道,"你妈最单纯,看不出来。"

外婆什么时候学会抽烟的?大概是五年前外公去世的那个夜晚。外公在里屋躺着早早就睡着了,外婆还在愁着外公复诊的医药费,坐在客厅偷偷抽了一宿的烟。第二天她和妈妈赶到的时候,外公身体已经变凉了。

很久以后才知道,外公是自己故意没吃药才走的。

夜里的萍阳冷风阵阵,陈迦南和外婆挤在摇椅上。

外婆扭头看她:"你现在不抽吧?"

"我就装装样子哪像你呀。"陈迦南依偎在外婆怀里,"还是少抽点,对身体不好。"

"一只脚都迈进棺材了有什么好不好的。"外婆坦荡地笑了,"到时候干干净净走不拖累你们娘俩就行了。"

陈迦南瞪眼:"说什么呢你。"

"你也别老跟你妈对着来,她心理年龄还不如你。"外婆说,"她说见见你就去,又不是要你结婚有什么好怕的,就当积攒经验。"

"不尴尬吗?"陈迦南头疼。

"对眼了就试试,看不上出了门谁也不认识谁。"外婆说,"不谈几次恋爱怎么能知道什么样的人适合自己。"

外婆抽完烟，陈迦南也回了房间睡觉。

儿时的玩伴加死党毛毛发来信息哭诉说男朋友提了分手，难过自己浪费了一生中最美好的青春年华。陈迦南同情地问了句谈了多久，朋友哑着嗓子发来语音："三个月。"

陈迦南："……"

她那天晚上睡得不怎么好，梦魇里总觉得有人压着她让她喘不过气。她想挣脱开那人压过来的脸，画面一转又看见他坐在客厅，抽着烟冷漠地说：南南，别不识抬举。

一瞬间，她就清醒了。

印象里，这还是第一次梦见他，就连梦里他都是一身酒味。他从来不在房间里抽烟，除了有时候在饭局上逢场作戏，平时待人他也温和得很，那次说分开还是第一次见他发火。

这时，陈母来敲她的门："醒了没？"

陈迦南忙起身去拉窗帘，阳光都快要晒屁股了。

外婆早已经拉着几个姐妹去广场跳舞了，陈母给她准备好了相亲要穿的毛衣和短裙。

"你穿这身最漂亮。"陈母笑说，"听妈的没错！"

陈迦南认命地问："那男生做什么的？"

"不是跟你说过在银行上班。"陈母无奈地瞪她，"那孩子我看好着呢，不珍惜就错过了。"

陈迦南边往洗手间走边回："知道了。"

她们母女赶到约好的餐厅时，男方一家已经到了。

陈迦南第一次面对这样的场面实在难受得很，坐在椅子上偶尔微笑，问什么答什么。

中途，她去了洗手间，有姑娘在洗手池刷微博。

她一眼就瞥到娱乐新闻头条一则订婚消息，视频中江坤身着白色燕尾服，举头投足之间尽显绅士风度，一点都不像她上次看见的那样——

搂着姚姚一副轻浮浪荡的样子。

他们那个圈子里的人，娶普通女孩真是痴人说梦。

她至今也没问过姚姚有关江坤的事儿，以后自然也不会问。成年人处理感情的方式都比较冷漠，说清楚之后再见也实在多此一举，当年处在那个位置的她，面对那个人的时候并不比现在的姚姚好多少。

回到座位，男方家长嘘寒问暖，和她说哪个牌子的护肤品用着最好，明明还没开始谈恋爱，却已经说起两人新婚住哪个区的房子，请哪儿的保姆最好，婚后尽量不要和老家人来往。

陈迦南听不下去，瞥了一眼对面的人。

"我实在搞不懂今天是你相亲还是你妈妈相亲。"陈迦南尽量让语气保持温和，"吃干饭长大的吗？"说完，也不管对面的中年女人的脸色变成什么样子，她拉着陈母就往外走，去拦车。

陈母不太好意思地抓着手里的包，话到嘴边酝酿了好一会儿。

"你姑这都介绍的什么人。"陈母"唉"了一声，"现在人都这样吗？"

陈迦南忍不住笑了："你以为现在还是你们那个年代呢！"

"你们学校就没合适的男孩子？"陈母站在路边操心着女儿终身大事的样子莫名好玩，"让你老师给你介绍一个也行呀。"

陈迦南想起柏知远的样子，一阵寒噤。

到巷子口，陈母遇见了熟人停在路边说话。陈迦南边撩拨着路边的野花边往回走，突然手机响了。她看到来电显示，头痛了一下，还是接起，不太情愿地喊了声"柏老师"。

"我看你玩得挺开心。"柏知远说，"课题做得怎么样了？"

陈迦南怔了一下，朝前头望去。柏知远穿着灰色的衬衫站在外婆家门口，看着不像平时那样严肃。

陈迦南惊讶得下巴都要掉了，举着手机走近。

"您……您怎么……"一句话都说不清楚了。

"过来看一个故人。"柏知远简单地说，"你家在这儿？"

陈迦南指了指左手的方向。

"您赶时间吗?"陈迦南还算有良心,"进去喝杯茶。"

"不了。"柏知远说,"晚上要飞昆明。"

陈迦南打心底呼了口气,面上还是笑道:"那我就不耽搁您时间了。"话音刚落,便看见柏知远启唇,她赶忙又接上话,"您放心,课题我保证做好。"

柏知远挑眉,"嗯"了一声。

她现在巴不得他赶紧走,要是被母亲看见还了得。

柏知远也没再说什么,只道:"有什么问题随时给我打电话。"

陈迦南点头哈腰,终于送走这尊"神"。

外婆从里屋出来,扫到人影:"问路的?"

"问路的。"陈迦南淡定道,"三十来岁连个方向感都没有,谁知道是不是有什么问题。"

"人家就问个路,你嘴巴怎么这么坏。"外婆笑,"跟你妈妈去见的那男孩怎么样?"

陈迦南哀号:"你一会儿问我妈。"

"没看上?"

"真不知道怎么形容。"陈迦南手背在身后,一边往里走一边摇摇头叹叹气,"比柏知远还吓人。"

那时候陈迦南不知道兜里的手机亮着,刚才的那通电话还在连线中。嘴巴这么厉害的女孩子本来是该好好批评的,可话到嘴边,男人笑了笑还是没拆穿,打了方向盘朝萍阳北边开去。

那一年的萍阳最坏的天气也就是下雨了。

腊月二十八的下午,毛毛喊陈迦南出去玩,开着十万块的沃尔沃一路朝西往香江市里去。车里放着蔡琴的《恰似你的温柔》,在这时速一百迈的高速公路上,陈迦南听得昏昏欲睡。

"毛毛。"陈迦南出声,"换首歌听听。"

电台一切,陶喆在唱《忘了是怎么开始》。

陈迦南慢慢睁开惺忪睡眼，望向窗外一个地方愣愣地看。想到那时《单身男女2》上映，她一直没有勇气去看，这首歌却反复听了无数遍。

"程子欣最后和谁在一起了？"毛毛忽然问。

陈迦南偏头想了想："你觉得呢？"

"方启宏吧。"毛毛耸耸肩，"张申然……还是算了。"

陈迦南笑了笑没再说话。

毛毛带陈迦南去搞贸易出口的朋友那儿玩，那地方有些偏西郊，隐蔽在一个小弄堂里。门口两个大石狮子，看着没什么唬人的门面，一进去却都是些古色古香的建筑。

有侍者带她们去包厢，还未进门便听见一声笑。

牌桌上的男女兴致正好，话题大都是些生意上的事情。陈迦南进去后就坐在一边玩手机，也不太想找话题掺和进去。

只听毛毛说："西平那块地怎么还没批下来呀。"

"那地方可是宝山。"一个男人打了张牌，"找一般人压根儿没用。"

"那找谁？"

男人故意压下身子，问："沈适听过吗？"

在距离京阳两千公里外的香江听到这个名字，陈迦南手都颤了一下。分开两年之久，她都快想不起他了。印象最深不过他爱抽烟，还有一身酒气的样子。

"京阳城大半的房地产药业可都是他们家的，听说前些年和家里闹得不愉快，去B城待了三年自己混，照样风生水起。"男人说，"前两年好像又回了京阳城。"

"这种人我哪儿找得起。"毛毛翻了个白眼，"你也得说个靠谱的呀！"

男人哼笑："哥能说出来自然就有门道。"

"不会以身相许吧？"毛毛惊悚地捂住胸口，"我可不干！"

"不是哥贬低你。"男人哈哈大笑,"你还真高攀不起。"

毛毛问:"到底什么情况?"

"听说他这两天要去江南那边,我一个朋友半道上好说歹说给截了。"男人神秘兮兮道,"不出什么意外的话,明晚就来这儿……"男人食指朝下用力指了两下,"下榻。"

至于后来他们说了什么,陈迦南记不清了,只记得最后那句"把人哄高兴了什么都不难说"。不知道毛毛和他们后来玩到了几点,她是撑不住早早就歇在了二楼客房。

以前也是这样,那时候她还跟着他。

晚上,她陪着他,玩累了就先去睡觉,有时候也见过第二天醒来他们一堆人还在玩的场面。也有人开玩笑道:"沈三儿可花心了,陈小姐可别被骗了。"

陈迦南大都不置可否,只跟着笑。

现在想来他对她也还算挺好的,至少没跟她真正红过脸。大多时候都是老张开车来学校接她,他就坐在后座,明明一脸倦意,却还会问她晚上想吃什么。从来都是不咸不淡的口气,带着几分漫不经心。

那时她的目的也不单纯,和他在一块都是红唇短裙惹他硌硬。他倒是不会说什么,最多只会扯扯她的裙角,嫌弃地皱一皱眉头,她则得逞似的在一边偷笑。

倒也有过佯装冷脸的时候,大冬天的她穿着丝袜短裙,往往车子还没开到头就被迫停在路边。他不满地沉声说,穿这点儿难道不冷吗。

香江的夜比萍阳要凉,那一晚陈迦南睡了又醒。

第二天清晨,她就跟毛毛分开打车往回赶。家里,外婆还保留着早年在北方生活的习惯,张罗着包饺子,陈母在给房门贴"福"字。陈迦南走近接过陈母的福字,说着低了。

"今儿回来这么早。"外婆抬起头,"不好玩?"

"都打麻将。"陈迦南说,"没意思。"

"你往年不是挺喜欢跟毛毛她们乐吗？"陈母在水龙头下洗了洗沾了糨糊的手，"大年三十都不着家，今年转性了？"

陈迦南纠正："是长大了，妈。"

外婆嘿嘿笑起来："过来和我包饺子。"

不知道是不是日子越来越好的原因，年味儿是越来越淡了。除夕夜的街上冷清得只剩下来往的车子，大门前的红灯笼在风里摇曳。

外婆守在电视机前等联欢晚会，说："以前在北方的时候，年三十赶集、杀猪，蒸一大锅馒头吃到十五，大年初一串门磕头，现在真是一点年味儿都没了，贴个对子都不热闹。"

"毛毛不是朋友多吗。"陈母忽然插进来一句，"没给你介绍几个？"

陈迦南扶额："……"

大过年亲友间的话题不是工作挣多少钱就是相亲和对象，陈迦南有那么一刻特别想远走他乡不回来。《新闻联播》刚开始没几分钟的时候，有朋友发祝福短信过来了。

朋友发的短信挺有趣，开头就祝恭喜发财、脱离苦海、早生贵子、闪婚闪恋。她懒得编辑，直接复制粘贴群发给微信通讯录里寥寥无几的几个人。

过了一会儿，有短信提示。

柏知远："新年快乐，会的。"

陈迦南反应了好一会儿还没明白这个"会的"，指的是早生贵子还是闪婚闪恋，又见他发了一条短信过来："好好相亲，也别忘记你的课题。"

好想给他一巴掌哦。

外婆眼尖地问："和谁聊天呢？"

那会儿陈母去了厨房，陈迦南也肆无忌惮地伸出手对外婆说："给根烟抽就告诉你。"外婆一个苹果扔她怀里，眼神告诉她："就这点出息。"

她和外婆正闹的时候，毛毛来了电话。

听筒里毛毛的声音有点不正常，明显是喝多了大舌头，说着"南南来接我"。陈迦南拿着手机跑去院子里接，那边却"啊"了一声给挂断了，她再打已然不在服务区。

　　陈迦南凭着印象又去了一趟那个弄堂。

　　大晚上的站在门口却不敢推门进去，她给毛毛打电话有人接了又挂了。平日里多坚强独立的一个人，此刻却有点腿软，她在害怕什么呢？

　　门口的风吹到领子里，刀割似的冷。

　　隔着几堵墙都能听见毛毛说话的声音，陈迦南在想如果真的碰见他，他会不会看在她的面子上放她们一马。以前她累了不想玩了，他只会说，我让老张送你回去。

　　如今呢？陈迦南知道如今自然不会再像从前一样了。

　　陈迦南慢慢走到那间房子门口。

　　有人在喂毛毛酒，嘴里还说着不干净的话。陈迦南是知道他们这些人玩起来的样子，什么荤话都说得出来。她深吸一口气将门推开，里面的人都停下来看她。

　　她松了一口气，沈适不在这儿。

　　"谁啊你？"有人先喊。

　　陈迦南好似胆子也大了："不好意思，我来接我朋友。"说完，她走进去，从那个醉醺醺的中年男人身旁拉过毛毛。脚下还没迈出一步，便听见刚才问她话那人扬扬下巴"哎"了一声。

　　陈迦南抬眼，没有说话。

　　"就这么带人走可不行，还没玩够呢。"男人吊儿郎当一笑。

　　陈迦南面无表情，扶着毛毛就要走。

　　"啧！"男人脸上带着笑意，话却像是咬牙切齿说出来的，"哥哥不喜欢强求。"

　　屋子里的气氛一时有些僵，桌子跟前的几个男人一副看好戏的样子。陈迦南当时就想把毛毛打醒，心底已经开始拜起菩萨。

男人跷着二郎腿喝了口酒："还没想好？"

陈迦南提了一口气。

后面有人推门进来，一个侍应生走到那个男人身边附耳说了什么。男人的眼睛眯了又眯，上下打量了她一眼，忽然邪邪地笑了一声。

"喝了这杯酒。"男人的下巴抬了抬，"让你们走。"

这话一出，全桌人都看了过来。

陈迦南目光扫过去，不用看就知道度数有多高。她深吸一口气，扶着毛毛靠在身边的柱子上，然后走过去，一鼓作气仰头全干了。

她不是没喝过酒，那几年他什么都教过。

后来走出去的时候，陈迦南的眼睛都花了，屋子里有人喊"那谁啊就这么走了，这可不是你的风格啊我说"，被问的男人点了一根烟，眉头皱起。

"你懂什么。"男人猛吸了口烟，"那是三哥的女人。"

陈迦南在弄堂口拦了一辆车。

车子开出有一会儿，毛毛翻了个身眨巴着一双大眼睛看她。

陈迦南腾出手摸了摸毛毛的额头，顺着头发捋，嘴里哄着："继续睡啊。"

毛毛扯出一抹笑："早醒了。"

这话差点让陈迦南把刚喝的酒吐出来，她吃惊地偏过头，问："你没醉啊？"

"就那点酒还不够我塞牙缝。"毛毛说，"真醉了怎么跑。"

陈迦南叹气："以后别这样了。"

毛毛撇撇嘴，拉着她的胳膊将头枕在她的肩上。

"那块地批不下来我就得走人。"毛毛说，"爱情没了，饭碗总得守住吧。"

陈迦南叹了口气："那些人不是你我能招惹得起的。"

毛毛不知道听没听进去，不说话了。

"你看看今晚那桌上的人，哪个惹得起啊。"陈迦南的声音很平淡，"真惹到了会怎么样，你知道吗？"

毛毛歪头看她，陈迦南笑问怎么了。

"你今晚……"毛毛顿了一下道，"和平时不大一样。"

陈迦南只是笑笑，将窗子摇下来一些。

"不过我运气还不错。"毛毛嘿嘿笑，"总能逢凶化吉。"

风从窗子溜进来吹她的脖子里，陈迦南没忍住咳嗽了几下。刚才猛灌的那杯酒后劲太大，现在她已经有五六分的醉意了。

毛毛问："想什么呢？"

"我在想……"陈迦南说，"运气总有用完的那一天。"

回到家已是深夜，陈母早就准备了两床被子。毛毛抱着睡衣去洗澡，陈迦南坐在院子里的躺椅上发呆，外婆倒了杯茶给她解酒。

"这酒闻着挺不错。"外婆在她身边坐下，"回头你也给我弄一瓶来。"

陈迦南斜眼："小心陈荟莲说你。"

"再怎么我也是她老娘。"外婆跷起二郎腿，懒懒地往椅子上一靠，"还要大义灭亲不成？"

陈迦南笑笑："我妈犟起来够咱俩喝一壶了。"

闻言，外婆"扑哧"一声笑了，随即又叹起气来。这一声叹息陈迦南知道那里头有什么，确切地说是她们母女度的劫。

"你妈现在还是会一个人发呆。"外婆说，"问什么也不讲。"

陈迦南小口喝着茶，只觉得苦涩。

"半年前我见过林老师。"她说，"也是老样子。"

那时是京阳的初夏，她从朋友那儿搞到一张票去听音乐会。好大一个场子，她坐在最角落里。音乐会开始几分钟后，从幕后进来了几个人坐在最前排中间的位置。

林意风戴着礼帽，身边是沈适。

到现在她都记得当年在林老师家里练琴的时候，沈适拎着东西走进门，目光从她身上飘过，饶有兴味地撂着话说："哟，姑父，您有客人？"

那话说者漫不经心，听者却觉得意味深长。

林老师似乎还很正经地介绍了下，说这是一个老同学的女儿。沈适的眼神陈迦南至今都记得特清楚，带着审视和轻慢，一想起觉得半边心脏都在疼的那种。

夜里风冷，茶很快就凉了。

外婆不知道什么时候端过她的茶去喝，嘴里还在说着话："那种大户人家咱进不去，门不当户不对的，真费尽心思嫁过去也是受罪。"

后来，她们搬家来萍阳，再没听陈母提起林老师。

想来她和沈适的相识便是源于长辈之间的这种巧合，见过几次面之后好像又熟了几分。有时候他会开车来学校，在车里跟她说自己推掉了一堆饭局过来。陈迦南会很讨巧地问他是想要奖赏吗，他会带点倦意笑笑说，陪我吃个饭。

夜里回屋睡觉，毛毛还在玩手机。

陈迦南撸过被子盖在身上倒头就要睡，听见毛毛说："他们说的那个沈适到底是什么人啊，怎么网上啥都查不到。"

陈迦南闭上眼睛，"嗯"了一声。

"好家伙，今晚等那么久都没见着人。"毛毛自言自语，"明明听说来了。"

毛毛后头再说什么陈迦南听不清了，她略微还带着点醉意迷迷糊糊睡着了。第二天醒来日上三竿，外婆催着她去街上买点酒。

走到半路，陈迦南接到姚姚的电话。

当时她正穿梭在菜市场里，听不太清姚姚那边讲什么，加上信号不好没说两句便挂了。回去的时候，外婆正在和毛毛打牌，两人额头上都贴了纸条。

"有一个好消息和一个坏消息。"外婆眼睛还看着牌，嘴里却在问她，"想先听哪个？"

不知道这老太太耍哪一招，陈迦南说先听坏消息。

"外婆输了几把。"毛毛仰头对她奸笑,"你双倍给钱。"

陈迦南无语:"好消息呢?"

"好消息就是……"外婆抬头同情地看着她,"你姑又给你说了个对象,过会儿你得跟你妈去趟市区。"

陈迦南:"……"

"南南……"屋里传来陈母的声音,"快进来选选你穿哪套。"

陈迦南气得一脚跨进门槛,问陈母:"那天的教训您忘了吗?"

"宁可信其有不可信其无。"陈母还在给她挑衣裳,"这回你姑给我保证了,绝对优秀,没得挑。"

对方约在香江最有名的西餐厅,听说二十八岁,年薪五十万。陈母在路上苦口婆心地讲着,陈迦南当作做善事跑过场一句没听进去。

姑姑早等候在餐厅门口,接到她们就直接上二楼。

包厢里男方家长都在,陈迦南缓缓吐了一口气。她不理解相个亲带着七大姑八大姨是怎么回事,现在都时兴这样吗?

不过这个男人倒正常,笑着看她:"你好,周然。"

家长们都聊着闲天,像是在给他们年轻人创造机会。陈迦南给自己倒了一杯又一杯的柠檬茶,喝完后看着对面的人,问:"你不喝吗?"

男人笑着摇头:"听大姨说你还在读书。"

陈迦南"嗯"了一声。

"你们学校离我们公司挺近的。"男人说,"以后有什么需要可以随时找我。"

陈迦南挤出一个笑,指了指门口方向:"我去趟洗手间。"

她现在越来越佩服自己的忍耐力,要搁几年前早拎包走了,或许真的是成长了年纪大了,有些小性子想使也使不出来了。

那顿饭吃了两个小时,走的时候也是浩荡。

双方拖家带口的一堆人往酒店大厅走,陈迦南和周然走在最后面。她的裙子上不知道沾了什么,周然低头帮她弄掉。

她一抬头就撞进一双淡漠的眼里。

印象里那人好像总是这个样子，看着像对什么都漠不关心但其实待人还算温和，嘴角永远带着三分笑意，偶尔会说两句吊儿郎当的话，不过，狠起来却也是真狠。

周然最先叫出声："沈总？"

陈迦南看着那一行人下了电梯慢慢走过来，最中间的男人轻轻抬眼，藏蓝色的领带轻轻拂过搭在手臂上的西装外套，眼底一片淡然。

"没想到会在萍阳见到您。"周然的眼里有一种敬畏在，"我是市场部的周然。"

沈适略微侧眸，视线掠过她的时候也是轻飘飘的，像是在看空气，倒是客气地对周然点了下头便迈步而去。背影依旧那样挺拔，光看着都觉得冷漠。

"刚才那位是我们总公司的总经理。"周然对她解释道，"二十四岁就操得一手好盘，年纪轻轻身家上亿。"

那时她认识沈适时他也不过二十八岁，从来都不知道他做什么，只是乖乖跟着他走。他经常有各种应酬，去的地方不是酒店就是会所，任何场合都漫不经心。谈起他来所有人都会开玩笑说，哦沈三啊，京阳城最有头脑又会玩的公子哥。

"想什么呢。"周然叫她，"我们走吧！"

周然的父母都很客气，对她似乎挺满意，在餐厅门口对陈母说没事咱们多走走。她站在一堆人身后走也不是不走也不是，偶尔和周然的眼神碰上很快便移开。

阳光不错，路边的黑色奔驰多停了会儿。

副驾驶的男人眯着眼往外头瞧，像是发现了什么有趣的事情，扭头看向后座闭着眼假寐的人，皱着眉说："要不我下去？"

沈适还闭着眼，也不搭腔。

"我说真的，三哥。"男人瞟了一眼窗外，"这种脚踏两条船的女人就该被收拾。"

沈适慢慢睁开眼,没什么表情。

男人好像意识到说错了话,顿时蔫了,过一会儿又不太死心地问:"分手了?那也不对啊,分手了昨晚你干吗还差人传话,让我放她们走?"

沈适没说话,点了一根烟。

昨晚再遇见她也是个意外,他中午在饭局喝了太多酒回到下榻的地方就睡了过去。深夜醒来洗了个澡坐外头的车里抽烟,刚好就在弄堂口看见她要进不进犹豫退缩的样子。

他不是长情的人,但也不至于太冷漠无情。

这几年身边莺莺燕燕什么样儿的没见过,也就她敢不打招呼就说分手,他玩惯了倒也无所谓,不至于和一个小姑娘过不去。

"给句话呗三哥。"前排的男人还在八卦,"那女的到底什么来头?"

沈适用眼神禁止他:"林枫。"

男人噤声。

沈适淡淡地瞥了一眼窗外,她穿着裙子帆布鞋站在那儿总觉得哪儿不一样了,不像从前红唇高跟鞋一肚子小心思,什么都藏起来了。

他淡淡收回视线,喝了杯酒,慢慢将烟头沉进酒杯。

"开车。"他说。

第二章 渐起波澜

那两天,陈母走到哪儿都在夸周然。

大年初四家里待客的时候,周然拎着大大小小的东西过来了。陈迦南当时窝在沙发上玩手机,被陈母使唤着去厨房切水果。

外婆跟着她溜进来说:"这小伙看着不错。"

"那您和我妈跟他过。"陈迦南举起一个苹果端详着从哪里下手,"我后天回京阳。"

外婆问:"回这么早?"

"再不做课题我就废了。"陈迦南在空中用水果刀划了两下,"柏知远生起气来可怕着呢。"

"也就你老师能治你。"外婆笑。

客厅里不知道周然说了什么,陈母乐得一直在笑。

外婆说:"现在也就你的终身大事能让她开心了。"

陈迦南默默地尝了一口苹果。

晚上,她和毛毛视频聊天说起周然,毛毛的建议是觉得不错就先试着处处。

陈迦南没有太反感,也不排斥谈恋爱,只是这几年实在没心思经营一段感情,她要做的事情太多了。

"就当交个朋友。"毛毛最后这样说。

临行那天有些意外的是，周然居然会过来接她去机场。陈迦南看了眼低着头在给她装衣服的陈母，无可奈何地收回了视线。

周然是挺实在的一个人，对她也是真用心。

去机场的路上都是周然挑着话头，陈迦南时而应两声。那条路有些长，车载音乐又是安静的 BGM，陈迦南没一会儿就睡着了。

醒来时，车子停在路边，身上盖着周然的外套。

陈迦南不好意思道："你怎么不叫醒我？"

"看你睡得太香。"周然笑，"时间还早。"

车里一时安静得诡异，远处有飞机的轰隆声。

陈迦南想了一下，说："是这样子，我妈她……"

"我知道。"周然说，"你不用有心理负担，这事儿也不是几天就能成的，咱先从朋友做起，剩下的顺其自然吧。"

后来看着周然在机场跑来跑去给她办登机牌托运行李，她忽然有些感动。到京阳是两个多小时以后，比起萍阳的天气，这儿冷得穿羽绒服都兜不住。

一进寝室，陈迦南就觉得哪儿不对，全是烟味。

姚姚把自己缩在床脚捂着被子一根一根地抽，披散着头发不像样子。陈迦南愣了一会儿，反锁上门，扔下箱子就走了过去。

陈迦南慢慢地坐去床边。

她抬手将姚姚嘴里的烟夺下来，想起前几天看到的新闻和姚姚的那通电话，电光石火之间好像明白过来了。

陈迦南轻声道："是那个男的吗？"

姚姚面无表情地垂着眼也不说话，她没想到过个年的工夫事情就变成了这个样子，却又实在无计可施。

"要不要喝水？"

她刚问完就听见姚姚开口："我没想过鸡头变凤凰，就是和他在一块很舒服。他订婚的事我还是从别人嘴里知道的，明明前一天他还带我出去玩了。"

"南南。"姚姚轻蔑地笑了声,"你说男人是不是都这样?"

陈迦南正要说话,周然打了电话过来问她有没有到校,简单说了两句便挂了。她将水递给姚姚,说:"喝点吧。"

"是我自作多情。"姚姚自嘲,"他们那个圈子里的人谁长情过。"

陈迦南垂眸片刻,道:"你还会见他吗?"

过了半晌,姚姚才说:"总得清算些账。"

或许是身边有了人陪伴,姚姚没多久便睡着了。

陈迦南卸了妆洗了脸躺在床上,看见周然给她发了微信说:坐了一天车,早点休息。

陈迦南犹豫片刻,还是回了个微信过去。

两人你来我往又随便扯了几句家常,快要结束的时候周然又说他后天回京阳,要不要一起吃个饭。

陈迦南担心到时候课题的事情多抽不开身,便回:"到时候再说吧。"

课题近来是她的头等大事,她不敢松懈。

姚姚这几天的状态比之前好了一点,一日三餐陈迦南还是每天从实验室出来后帮着带回去,或许失恋总需要一段时间来调整。

那天傍晚,她忙完课题的最后一个部分,出了实验室往外走,楼道的灯忽然灭了。实验室在负一楼,这会儿没了光又加上走廊尽头的风拍打着窗户,一时让人背后发凉。

陈迦南掏出手机打开手电筒,紧张得手心冒汗。

她吸了口气慢慢往前走,似乎听到背后有轻微的脚步声,吓得她腿都打哆嗦。只觉得脚步声越发近了,她拔腿就往外跑。

身后忽然有人叫她:"陈迦南。"

声音低沉有力,给人莫名的安定。

陈迦南喘着气慢慢回头,就见柏知远打着手电筒朝她走过来。她刚才跑得太快,这会儿岔了气咳嗽得停不下来,弯着腰直不起身。

等缓过来，柏知远已经走到了她身边。

"你跑什么？"他问。

陈迦南哑着嗓子："我还以为……"

"以为什么？"柏知远的样子挺一本正经，真不像在故意吓她，"倒是听说过这儿十几年前死过人。"

陈迦南没忍住又咳嗽起来。

"走吧。"柏知远笑了一下，"去我办公室一趟。"

陈迦南不知道他要做什么，只知道自己必须乖乖跟着。那天才是大年初九，她有些意外他这么早就来了学校。

办公室在二楼，里头很暖和。

"坐这儿吧。"柏知远走去饮水机旁接了杯水递给她，"热的。"

陈迦南有点受宠若惊："谢谢老师。"

"我小时候在萍阳待过几年，对那巷子挺熟的。"柏知远拉开椅子坐下，"怎么没见过你？"

陈迦南愣了一下，说："萍阳是我外婆家。"

"是这样。"柏知远说，"难怪。"

说着，他从办公桌上拿了几本书和一沓资料推到她跟前。她瞄了一眼书的名字。

"这些你做课题会用到。"柏知远说，"有什么不懂的可以问我。"

陈迦南"嗯"了一声，说："好。"

"我记得这句话从你读研一我就说过很多遍。"柏知远靠在椅子上看她，"你一次都没问过。"

陈迦南轻"啊"了一下，一时竟无法反驳。

"你是我教书这几年带的第二个研究生。"柏知远的语气比之前认真起来，"作为老师我会尽我所能教给你知识，但大学不只是来学知识的，明白我的意思吗？"

陈迦南发现柏知远还是挺唠叨的。

"柏老师。"陈迦南慢慢举起手，"我有个问题。"

"说。"

"您带的第一个研究生后来怎么样了？"

柏知远沉默了一会儿："嫁人生子。"

陈迦南是故意这么问的，像柏知远这样淡漠的人好不容易教出一个学生，却在研究生毕业答辩的当天宣布做家庭主妇，是挺让老师受伤的。

"别想太多。"柏知远看了她一眼，"比起她，你差远了。"

陈迦南："……"

周然这会儿打来了电话，陈迦南当着柏知远的面不方便接便直接给挂了，一抬头就看见柏知远若有所思地看着她。

"男朋友？"柏知远问。

陈迦南条件反射道："您不会连我交友都要管吧？"

柏知远淡淡地扫了她一眼，觉得自己被她噎了一下。

"只要不是非正常状态下的闪婚闪恋。"柏知远说，"你随意。"说完，他从椅子上站起来，一边往外走一边说，"桌子整理好，回去的时候带上门。"

陈迦南无语。

她是一路骂着走回去的。姚姚不在寝室，桌子上摆着一些乱七八糟的化妆品，最喜欢的包也背走了。陈迦南一个人坐了会儿，像是想到什么，给周然回了个电话。

他们约在二环那边一个酒吧见面。

周然是穿着一身西装来的，好像刚下班的样子，眼角还有一些疲倦。陈迦南点了一杯清酒给他，目光望向一侧。

"你平时经常来这儿吗？"周然坐下后，问她。

陈迦南抿了口酒。

"偶尔。"她大大方方说完，又明知故问，"怎么了？"

"没事。"周然笑笑，"以后你要想来给我打电话，这么晚一个人出来毕竟不太安全。"

陈迦南看了周然一眼，别开目光。

他们在那儿坐了一会儿,大多时候都是周然在说话,她偶尔会答两句。过了一会儿,周然去洗手间,陈迦南看了一下时间,问了一下吧台的调酒小哥江总是不是在?

调酒小哥下巴自然而然地扬了一个方向。

陈迦南心里会意,拨了一个电话过去。姚姚那边声音很吵,听着全是在碰酒瓶子。她还没说话姚姚就挂了,陈迦南皱了皱眉头。

周然回来的时候看她一脸愁容,问她怎么了,她收了手机,笑笑说没事,我去去就来。

陈迦南凭着感觉上了二楼。

刚上楼,她就看见有侍应生进了一个贵宾房,阖上门的那一瞬间似乎闪过姚姚的裙子。她试探地喊了一声姚姚,然后走近那扇门,抬起的手放在空中停了片刻,接着轻轻推了一下。

包厢里霎时安静了,所有人的目光都看了过来。

姚姚被好几个人围在中间,一个接一个地灌她酒。

陈迦南怔了片刻,闭了闭眼。

她沉默地走过去,使了劲儿将姚姚从人堆里拉出来,很快退离到门口方向,听到身后有人出声,看笑话一样地笑了一声:"这是干吗呢?"

陈迦南侧目,扬起下巴。

"她年轻不懂事。"陈迦南缓缓道,"还请江总不要计较。"

"她自己要来的。"江坤阴邪一笑,"你问问我有动她一根手指头吗?"

陈迦南帮姚姚整理好头发,偏头看过去。

江坤走了过来,目光紧紧地锁住她,有着猎人的眼神,笑了笑,道:"你还挺有胆量的,来我这儿要东西。"这话不知道是说给她们俩谁听的。

陈迦南能感觉到姚姚颤了一下。

姚姚低着头,紧紧抓着陈迦南的袖子叫她:"迦南。"

"来了就闹事,现在想走?"江坤轻蔑道,"这就是你不对了姚姚……"

陈迦南咬了咬牙,心里有点担心。

"江坤。"一道低沉的男声忽然道,"行了。"

陈迦南瞬间怔了一下,后背都不自觉地僵硬起来。她立刻抬头寻找那道声音的方向,包厢里忽明忽暗,不仔细看根本就不知道最里头还坐了一个人。

她知道,沈适在这儿。

那几年里,陈迦南就知道沈适不是个好人。他一天天混饭局跟过家家似的,酒足饭饱出来玩,自然有人投怀送抱,像这样的事情他见太多了。

后来,他喜欢过来找她吃饭,晚上也会按时送她回来。倒是有那么几次中途被朋友喊去玩,他也会很顾及她意见问她是否想去。

"好玩吗?"她这样问。

沈适还是那样笑笑:"看你玩什么了。"

她心里是知道的,知道他们玩的都不是她们这些普通人能见识得到的。

或许是她当时的眼神太游离,沈适会捏着她的下巴笑着逗她说:"害怕了?"她哪会轻易称他的心服软,仰着下巴顶回去:"都是人有什么好怕的。"

沈适笑起来:"人比鬼可怕多了,南南。"

她不是不懂他那话里的意思。

包间里光影浮动,陈迦南整个后背都僵了。

余光里沈适半靠在沙发上,修长的手指夹着一根点着的香烟。他吸了两口烟,目光移过来,不咸不淡地问:"这种地方男朋友没跟着过来?"

殊不知重逢后他对自己说的第一句话竟然是这句,陈迦南抿紧嘴唇。

还在读本科的时候,有一次陈迦南被朋友拉去见识一下市区最大的酒吧,结果一进门就被几个醉鬼缠上,还是沈适亲自过来救的场,吊着眼梢看她说这也敢来?她不知天高地厚地笑,说你不也常来?

他当时都被气笑了:"我是为了生意应酬,你也是吗?"

一句话堵得她说不出话来,只好瞪他解恨。

姚姚缩在陈迦南怀里一直在哆嗦。陈迦南摸不清沈适想要做什么,顺着他的话轻声道:"他在外面,多谢沈先生关心。"

沈适掀了掀眼皮,笑了一下。

"我们可以走了吗?"陈迦南问。

沈适又懒懒地靠回沙发,将烟放到嘴边却不抽,语气不轻不重:"谈朋友要擦亮自己的眼睛,有些事再一再二可没个再三,你说是不是?"

这话一出,陈迦南就知道什么意思了,难怪年前去那地方轻而易举就带走了毛毛,想来他那天大概是在的,只是不屑见她罢了。

陈迦南垂着眸回:"谢谢提醒。"

她说完将姚姚扶好,连头都没抬一下,就走了出去。

有人站起来关上了门,江坤一杯酒进肚,这才疑惑地问:"前两天林枫那小子说你护一女人我还不信,就刚那个?"

沈适将手里的烟摁灭,莫名地有些烦躁。

"看着是不好追。"江坤一只手搭在扶手上,"不过一般追到手就乖了。"

沈适倪了一眼过去:"你的烂摊子我收拾得还少了?"

"成年人不都这样吗?三哥。"江坤喝了口酒,"话题别往我身上扯啊,这一出闹得够烦的了。"

沈适挑眉:"你还会烦?"

江坤似乎连喝酒的心思都没了,让房间里的狐朋狗友都出去,又倒了杯酒闷头喝完,沉沉地吐了一口气。

"有这时间不如好好想想家里头怎么交代。"沈适说,"你那个未婚妻可不好对付。"

江坤这会儿头都疼了:"真没劲。"

沈适嗓子里溢出一声笑,抽起烟来。

"你也别笑我。"江坤像找到组织似的歪歪嘴,"听说祖奶奶最近一直在给你瞧着呢,谁知道是哪家闺秀。"

沈适跟没听见似的,掸了掸烟灰。

"你身边的女人我哪一个不认识。"江坤话题一转,"刚那个不会是哥你在 B 城那几年……"

沈适一个冷眼,话题到此为止。

京阳城的风吹起来比南方凉多了,沈适一根烟抽完,从沙发上拿过外套就走了。他坐上车后没着急让老张走,闭着眼睛在车里睡了会儿。

怎么会没来由地惦记一个没良心的小姑娘?当年人家可是阔步流星一去不回头的。沈适半睁开眼从烟盒里抖出一根烟来,塞进嘴里咬上。

京阳城的夜晚似乎永远都是华丽的样子,就连校园里都一片灯火澄明。周然开车送她们到寝室楼下,女生寝室不让外人进去,何况是男性。

陈迦南还扶着姚姚,将周然脱下来给姚姚保暖的外套递还给他,也没顾得上和他道谢便进去了。过了一会儿,她接到周然的电话,他还在寝室楼下,说她掉了一只耳环。

陈迦南端了杯热水出去。

周然穿着白色的衬衫,耳朵都冻红了。陈迦南将水递给他,他却先把耳环送到她手里。两个同时发生的动作碰撞在一起,两个人都偏头笑了。

"不知道怎么谢你。"她说。

周然笑:"下次请吃饭别拒绝我。"

陈迦南捋了捋耳边的碎发轻轻抬眼,又笑了一下,抬腕看了眼时间说:"时间不早了,你明天还要上班,早点回去吧。"

"那行,有事给我打电话。"周然说,"随叫随到。"

回到寝室,姚姚已经洗了澡出来,整个人钻进被窝里只露出了一个脑袋,眼睛盯着陈迦南一动也不动,不知道该说什么。

陈迦南大大方方地说:"难过的话回头请你喝酒。"

姚姚没点头也没摇头，嘴角还溢出了那么一点笑："死心了还难过什么，人生真是世事难料，两个月前我还是坐在他身边的人。"

陈迦南问："后悔吗？"

姚姚没有回答，只是说："我以为我玩得起。"

房间异常安静，陈迦南以为姚姚都快要睡着了，却听见一句特别轻又带了点小心翼翼的声音，姚姚问她："你认识沈适？"

好像是意料之中，陈迦南笑了。

"我在B大读本科的时候在一个老师家里练过钢琴。"陈迦南简单道，"他是老师的侄子，有过几面之缘。"

姚姚松了一口气："原来是这样。"

"你以为呢？"陈迦南笑问。

"不说这个。"姚姚看着她，"今晚送我们回来的那个人是你男朋友？我怎么都不知道你谈恋爱了。"

陈迦南淡笑："以后慢慢跟你说，先睡吧。"

半夜里听到姚姚被窝里传来抽泣声，陈迦南没有开灯也没有安慰。她想起今天晚上那双淡漠的眸子，只觉得心口闷闷的。

第二天醒来去实验室，她在教学楼下碰见柏知远。

他问："昨晚没睡好？"

"有这么明显吗？"陈迦南说着打了个哈欠，"可能是您给的书太好看了，没忍住熬了会儿夜。"

"熬夜等于慢性自杀。"柏知远叹气，"生物都学到哪儿去了？"

陈迦南嘴上挂了点笑，和他一起进了楼。

柏知远一般很少待在实验室，但偶尔也会视察一下陈迦南有没有偷懒。还没有正式开学，她却已经进入了忙碌期，做柏知远的学生从来就没有闲下来的时候，永远是一个课题接着一个课题。

那天上午，柏知远罕见地跟着她一起进了实验室，他找了个地方坐下，翻开书说："你忙你的，不用在意我。"

陈迦南在电脑前坐下，先看了一会儿最新的国家科技政策，没忍住抬头瞥了一眼柏知远,他好像闭上了眼睛……在睡觉吗?

正要挪开视线,柏知远却睁开眼。

"做事情要专心。"他还教训起她来,"这才过了多久。"

陈迦南没忍住反驳:"我看您睡着了。"

"男人闭上眼睛不一定是在睡觉。"

"那您在干吗?"陈迦南瞳孔一缩,"监督我?"

柏知远深深地叹了一口气,无可奈何地扯了扯嘴角,从桌上拿过一本书给她扔到一边,这才道:"不想做实验就多看书,别想太多。"

柏知远没坐多久,副院长就一个电话把他叫走了。

他一走,陈迦南没了约束,长腿往桌子上一搭,舒舒服服地张开双手伸了个懒腰。电脑上网易云在放歌,歌名《余香》,这也是一个女孩的名字。

下午,周然发来微信:"忙完了吗?"

陈迦南趴在电脑桌上玩手机,回了个"嗯"字,看见他那边是正在输入状态,却迟迟不见回复。过了一分钟,周然的电话直接打了过来。

"在实验室吗?"周然说,"我去接你。"

当时刚下一楼还没走几步,周然便看见沈适从专用电梯走了出来。周然礼貌地叫了声沈总,听见电话那头的陈迦南说:"行啊,那我等你电话。"

或许是距离太近,沈适停了下来。

"你在市场部?"沈适问。

周然受宠若惊:"是的。"

"听李秘书说你做事很认真。"沈适难得开个玩笑,"这个点儿急着见女朋友?"

"让您见笑了。"周然已经让开到电梯一边,笑着道,"萍阳那天您见过她,正在努力。"

沈适客气地颔首,先走了出去。

"沈先生。"刚坐上车,老张说,"老太太打电话来了。"

沈适"嗯"了一声,掏出打火机点了根烟。他半眯着眼沉默了一会儿,手里还在把玩着打火机,一点都不着急走的样子。

半晌,他道:"去H大。"

老张讶异了一下,发动引擎掉转车头上了四环。车窗半开着有风吹进来,沈适咳嗽了两声,老张立刻将窗户升了上去。

一根烟还没抽完,沈适直接掐了。

"算了。"他闭了闭眼,"回梨园。"

周然到H大的时候,陈迦南还在实验室。

她走出教学楼就看见周然站在路边的树下笑着看她,特别安静不着急的样子。那一瞬间,她忽觉时间的流逝。

"怎么这么快?"她走近。

"赴你的约怎么能慢。"周然弯腰拎过她手里的包,"想吃什么?"

陈迦南犹豫:"我这样子怎么跟你去呀。"

她只穿了简单的白色羽绒服,牛仔裤下摆收进低帮的雪地靴里。周然看着她像看一个小女孩,眼睛里都是温柔的光。

"底子好怎么穿都漂亮。"周然笑。

陈迦南忍不住偏头笑了,跟在周然后头上了车。

西郊的下午有点堵,他们在高速公路上多待了半个小时。

周然问她学业:"本科学的就是生物吗?"

"高考填志愿时瞎选的。"陈迦南说,"后来觉得蛮有意思加上不想那么快就找工作,便随便考个研先逃避几年再说。"

周然笑了:"随便考个研?"

"现在是有点后悔。"陈迦南歪头像在思索,"研究生的日子也不怎么好过。"

"有多不好过?"

"你想象不到。"陈迦南蓦地笑了,"简直就是活受罪。"

周然这回是哈哈大笑,打着方向盘的手摸了摸鼻子又笑。路上谈笑起来时间过得就挺快的,堵车成了聊天最好的理由。

男女之间暧昧起来好像都要走一下正常流程,约饭看电影逛街之类总得过一遍。陈迦南其实并不反感周然对她好,只是至今没有进一步的意思。

周然似乎也不着急,这些话题也不会问她,是真正的先从朋友做起的那种,经常会在下午过来接她出去吃饭,看个最新上映的电影,一来二去竟已经过去一个多月。

那一年京阳的春天来得早,大地回暖。

柏知远给的课题陈迦南已经做了好几个月,她这段时间忙得披头散发人仰马翻,每天都有新任务要完成,还要按时发到柏知远的电子邮箱。

实验总有出错的时候,那天也是真倒霉。

她在做一些遗传学相关实验的时候不小心弄错了数据,当时也没多检查就发给了柏知远。后来晚饭都没吃成就被叫去了办公室。

"这是你做的?"柏知远将电脑面向她。

难道是鬼?陈迦南在心底翻白眼。

"这样的数据如果用在科研上,你知道会造成什么后果吗?"柏知远严厉起来一点面子都不给,"前程还要不要了?"

有这么严重?陈迦南眨眨眼。

"我早说过你不是来读研的。"柏知远吸了口气,又问了她一遍,"那你念书的初衷是什么?"

记得当年她还劝过一个朋友要挑自己热爱的路去走,她自己却一装再装。为什么来这儿读研,只是迷了方向刚好有条路摆这儿就走过来了。

"这个问题你要是回答不了课题先别做了。"柏知远说,"回去吧。"

陈迦南没有说话,转身走了。

回去的路上,毛毛打了个电话来。陈迦南把柏知远骂了个狗血喷头,一边骂一边走,遇见障碍物就踢一脚,好像这样才能泄愤。

毛毛后来问:"那你的初衷到底是什么呢?"

事实上答案很简单,只是她当着柏知远的面不敢说。毛毛笑话她说,还有你不敢说的?

陈迦南重重地吐了一口气:"是啊,怕得很。"

毛毛笑:"一个好消息一个坏消息,听哪个?"

"懒得猜,赶紧说。"

"明天早上六点,姑奶奶我就抵达京阳啦。"毛毛说,"开不开心激不激动?"

陈迦南:"……"

"坏消息呢?"她问。

"你得四点就起床来机场接我。"毛毛说,"睡不了懒觉了哦宝贝!"

那天晚上,陈迦南洗了澡就睡了,凌晨两点半又醒了过来。姚姚睡得叫都叫不醒,她简单收拾了下拿了保温杯,裹了羽绒服就出了门。

大半夜的H大零星光点,她一个人走在路上。

还没走到校门口就被身后打过来的一束光模糊了眼,驾驶座上的男人目光看过来,将车子慢慢停在她身边。

"现在几点了还要出去?"柏知远问。

他似乎还没有完全原谅她的失误,口气也是淡淡的。

"一个朋友来了京阳。"陈迦南的声音穿过围巾传来,"六点接机。"说完象征性地问了句,"您忙到现在才回吗?"

柏知远只是说:"上车。"

他从来都是不带商量的语气,陈迦南单独面对他的时候有点发怵。她乖乖地坐上了副驾驶,系上安全带,这才扭头道:"麻烦您了。"

车里到底暖和,也诡异地沉默。

半响,柏知远问:"不热吗?"

"还行。"陈迦南斟酌着回答,"不是很热。"

和谐的话题结束有几分钟,便听见他道:"那个问题想得怎么样了?"

陈迦南起初愣了有几分钟,才反应过来他说的是什么,一时间不知道怎么说,目光恰好落在挡风玻璃前的那个兔子小挂件上。

"看它也没用。"柏知远说。

陈迦南还盯着小兔子:"我说实话您不会骂我吧?"

"看你说什么话了。"

"肯定不会背叛祖国反社会。"陈迦南义正词严,"这个您放心。"

静了一会儿,柏知远道:"说吧。"

"如果非得要一个答案的话,应该说是……"陈迦南停了几秒钟,"当年您在B大的阶梯教室讲课给我的印象实在太好,那时候就在想跟着您学习应该会很有趣。"

"有趣?"柏知远挑眉,"没少骂我吧?"

陈迦南干笑:"您说的这是哪儿的话。"

"可我怎么记得……"柏知远微微蹙眉,"你似乎没来上过几次课?"

陈迦南舔了下唇:"所以……至今后悔,就来这儿了。"

不知道柏知远有没有相信她的理由,总之再没多问。车子开出有一会儿,陈迦南渐渐染了困意,瞌睡虫还没爬上来就听到他问:"不是谈了男朋友吗?"

陈迦南下意识地轻轻"哎"了一下。

"这个时候出门不让他过来接你?"柏知远问。

陈迦南撒谎已成习惯:"他工作忙。"

柏知远偏头看了她一眼:"女孩子家这个时间还是要注意安全。"完了又道,"作为老师我有责任为你负责。"

陈迦南一直点头再点头。

"还有就是,我不管你出于什么原因选择了这个专业,既然做了我的学生就得照我的原则来。"柏知远说,"能明白我的意思吗?"

温柔的话还没两句又严肃起来……

陈迦南无奈。

于是到机场之前的这段时间,陈迦南再没搭话,默默地等待时间流淌。到地方后柏知远却没走,和她一起进了接机口。在看到从里面出来的那个戴着墨镜的老太太时,陈迦南几乎不敢相信自己的眼睛。

她还真的大喊出来了:"陈秀芹?"

老太太溜达到她跟前,故作生气地拍了拍她的屁股,手指扒拉下墨镜到鼻梁处,没好气地说:"大老远过来不叫外婆,喊我名儿?"

陈迦南捂着屁股瞪眼:"毛毛呢?"

"她热恋着呢才不来。"外婆一笑,"我们俩逗你玩呢。"

陈迦南问:"那我妈呢?"

"跟团玩去了。"外婆快速说完,眼睛落在她身边的柏知远身上,慢慢凑近仰头问,"你是囡囡的男朋友?"

陈迦南吓得拉过外婆,小声道:"我导师。"

柏知远倒不在意,伸出手问候:"您好。"

"你好你好。"外婆回握,眼神提溜直打转,"这么年轻就是大教授了,真行啊!"

陈迦南身体微微侧后,在外婆耳边轻咬牙道:"您要是乱讲,一根烟我都不给您抽。"说完又不动声色地站直了,对着柏知远龇牙笑。

这婆孙俩见面挺好玩儿的,柏知远笑了一下,探身拉过老太太扔在一边的行李箱,道:"去车上说吧,这儿挺冷的。"

外婆一边笑一边说:"我想起来了,你就是囡囡经常念叨的那个工作狂……"

陈迦南生无可恋地看着外婆和柏知远已经并肩朝前走出好几步,柏知远好似还笑了一下。那微微抿着的嘴让陈迦南哆嗦,她痛苦地在机场的地面上跺了一脚,无奈地喊着陈秀芹。

那一个个小动作本该是小而不经意的,可还是惹了某个人的注目。她穿着特别简单的羽绒服打底裤配短裙,及肩的头发随着她嗔怒的动作柔软地在空中划过痕迹,忽然就觉得很生活气。

十几米外,沈适远远看着那个身影,眸子眯了一下。

从前她总是半身裙,脚踩高跟,脸上的妆要多浓有多浓。怎么现在看起来和以前完全不同,倒是异性朋友多了。

"沈总。"旁人提醒,"要登机了。"

沈适哼笑着，似乎也没要走的意思，慢慢地从那抹纤瘦的身影上收回视线，看向身边的李秘书，沉吟了片刻。

"李秘书。"沈适要笑不笑的，"一个两年多没见过的人变化很大会是什么原因？"

李秘书一愣："沈总……"

"要么真的脱胎换骨，要么……"沈适说这话时轻飘飘的，"当年伪装得太好？"

第三章 神的旨意

沈适那天是去赴一个局。

酒店包厢里几个男人凑了一桌麻将,看见他进来,有人招呼:"沈总来这儿坐。"说着起身给他腾地方。

男人好像都喜欢在这种环境下谈生意,撂下一张牌说两句话,有意无意透漏点消息,见人说人话见鬼说鬼话。沈适掏了根烟塞嘴里,立刻有人点了火过来。他微微侧头凑上火,吸了两口。

"听说您牌技好。"一个男人笑道,"今晚可得让让兄弟。"

沈适淡淡笑了,咬着烟摸了张牌。

他们这样的人最擅长在牌桌上虚与委蛇玩城府,都不见得谁比谁光明坦荡,输赢倒不重要,重要的是正事是否谈好。

"前些天认识一姑娘,那叫一个好看,就是不太好追。"男人"啧啧"了两声,"追了好几天硬是一个面子都不给。"

有人问:"后来呢?"

"还能怎么着,继续追着呗,谁让我看上人家了呢。"男人笑得浪荡不羁。

沈适抬了抬眼皮,撂了张牌。

他们玩到快深夜,该谈的都差不多谈完了。沈适借着酒意先退了场,男人指了一个服务员，笑着吩咐道："扶沈先生上楼。"

服务员扶着他进了房间躺下，帮他脱鞋的时候看到他挣扎着去扯领带，又急忙去帮他。沈适当时喝得也不是很多，微微眯着眼看着服务员在帮他卸领带，领带似乎不太好解开，服务员急得出了汗。

忽然想起那几年有一次他从饭局上回来，那时也喝了不少的酒，他随便将领带扯了下来，洗完澡出来的时候陈迦南正拿着他的领带在玩。

他那晚兴致不错，倚在旁边看了会儿，问她这有什么好玩的。她倒是挺认真的样子看着他说："想研究一个比较特别的系法。"

"怎么算特别？"他笑问。

沈适发现他竟然清晰地记得陈迦南那天晚上穿的是白色的丝质睡衣，头发披在肩上，刚洗过澡未施粉黛的样子像刚见到她的时候。

"谁也解不开。"她这样说。

沈适闷闷笑起来，眸子里略带着些禁忌的色彩，三分醉意七分认真地说："解不开还怎么做？"倒也是一副玩世不恭的浪荡样子。

房间里，服务员半天没有解开领带，沈适有些心浮气躁。

他抬手一把拂开她，声音低沉冷漠："出去。"

等服务员离开后，沈适胡乱扯下领带扔到一边，让李秘书订了张机票回京阳。电话里，李秘书只得领命连一句明天开会怎么办都问不出来。

老张连夜等在机场外，沈适上了车好像清醒了。

"沈先生，我们现在去哪儿？"老张问。

沈适按了按有些发胀的太阳穴，有些好笑自己现在这种像个毛头小子的样子。他低头点了一根烟，静静地把那根烟抽完，然后道："回老宅。"

那两天H大在礼堂要搞一个文化演出，陈迦南没事就带外婆去那儿看排练。老太太精气神十足地把她学校转了个遍，最后问："你们导师在哪个办公室？"

陈迦南不答反问："您不是也挺喜欢周然吗？"

"女人的话不能多信。"外婆双手背在身后,瞧着这礼堂,"我发现你们学校的帅哥也不少啊!"

陈迦南歪头:"您要不来场黄昏恋?"

外婆拍拍她的肩膀:"你先给我恋上再说。"

演出的那天,陈迦南从朋友那儿搞到了两张票,挑的都是挺不错的位置。开场前半个小时,外婆要去洗手间,她没跟紧给弄丢了,原路找回去看见老太太在和一个男人说话。

那是近两个月以来第一次遇见沈适。

他一身西装笔挺的样子,领带也打得很好看,低头和外婆说话的时候特别温和,不像是酒局上那种温和,带了一些实诚。

陈迦南慢慢走过去,轻喊:"外婆。"

老太太看见她笑了出来,扭头对沈适道谢。她原以为他们会这样装作不认识地擦肩而过,没想到沈适却一直定定地看着她也不着急进场。

"票买了吗?"他忽然出声。

这句话有点明知故问的意思,陈迦南愣了一下。

外婆多精明的一个人啊,"哟"了一声道:"您认识囡囡?"

沈适只笑道:"见过几面。"

陈迦南摸不准他的性子,一声不吭。这时,过来了几个院里的领导,看见沈适就急忙迎过来。陈迦南趁机拉开外婆从人群里溜了进去。

外婆问:"那谁啊?"

"真想知道?"

外婆点了头。

"老师的侄子。"陈迦南平静道,"沈家的孙子。"

外婆没话了。

陈迦南至今都记得当年沈家老太太亲自上门拜访陈母,穿金戴银的,进屋一脸的傲慢之气:"我女儿虽过世早,但我要林意风守她一辈子。"

也是那天,她在 B 城第一次见到沈适,他管老师叫姑父。

看完演出回去的时候,外婆的话又多了起来,嚷着要陈迦南买盒烟抽。

陈迦南一个眼神过去,外婆噤声不嚷了。

"不买就不买。"外婆哼了一声,"没大没小,还敢瞪我?"

陈迦南无奈:"大晚上的您饶了我行吗。"

"你妈又不在,怕什么。"

"外公看着呢好吗?"陈迦南脱口而出,"小心晚上托梦说你。"

一提外公,老太太的眼神立刻变了,刚才还挺开心的,一下子就蔫了。陈迦南自知说错话了,立刻哄着问:"您想抽哪个?我买去。"

外婆噌地抬头看她:"苏烟和阿诗玛。"

陈迦南:"……"

陈迦南先送老太太回了酒店才掉头去买烟,恰逢周然打电话过来,知道外婆来了比她这个外孙女还要开心,自告奋勇买烟送来。

陈迦南先回了酒店,陪外婆看电视。

周然过来的时候不仅带了烟,还带了外婆最爱吃的点心,一把年纪的老太太激动得差点热泪盈眶。陈迦南站在一边都笑了。

"知道您好这口。"周然道,"尝尝是不是江南的味道。"

"还是周然了解我。"外婆将点心都揽在自个儿跟前,看了一眼陈迦南,"好好学着。"

陈迦南笑:"又不跟你抢,藏什么。"

外婆喜滋滋地瞪她一眼,看着周然道:"会打牌吗?"

"想干吗呀。"陈迦南想制止,"你明天没事周然还要上班。"

"就玩一会儿能耽误什么。"外婆不乐意了,拉着周然坐到一边,从烟盒里抖烟,"来一根?"

陈迦南:"……"

周然似乎比她还要淡定,陪着外婆玩了一个多小时。老太太到最后实在困得不行便睡了过去,陈迦南给外婆盖好被子送周然下去。

"今天真是不好意思。"陈迦南说。

"我们之间还用这么生分吗。"周然笑道,"外婆来京阳,我这都应该做的。"

陈迦南低了低头,又抬眼笑了。

"这几天学校忙吗?"周然问,"实在抽不开身我可以带外婆转。"

陈迦南笑:"至少我还是个学生,再忙也有时间偷懒,你都工作的人了哪么好请假?不要老在我这儿费心。"

"这话可就见外了。"周然说。

"那我收回行吗。"陈迦南道,"早点回去休息吧。"

周然"唉"了一声,伸了伸胳膊。

"叹什么气?"

"我在想……"周然偏头看她,"什么时候能把你的心捂热了。"

陈迦南笑笑没说话,周然也默契地没再开口,转身上了车离开。京阳的四月渐渐泛起暖意,她在路边多站了一会儿,没看见路边停着一辆车。

那辆黑色的奔驰慢慢驶了过来。

陈迦南起初并没有注意,只是安安静静地看着前方来来往往的车辆。等到察觉,那辆车已经开到两米外,沈适不知什么时候已经靠在车外,车灯一直在闪。

他很少自己开车,事实上他开车技术很好。

好像刚熟起来的那段日子,总有些夜晚他会来学校接她出去吃饭。陈迦南穿着才练熟没几天的高跟鞋小心翼翼地走着,电话里问他车停哪儿了。

他会笑笑,逗趣地说:"我打着双闪,可别上错了。"

马路上实在不是叙旧的好地方,陈迦南也没那心思。沈适手里还夹着半截燃着的烟,倚着车偏头静静看她。她被那静默的目光看得发慌,随即偏过了头。

正要走,听见他淡淡道:"陪我吃个饭。"

陈迦南站在原地,似乎在想他那句话里的意思。她没有说话也没有看他，只是侧面对着他，一缕头发从耳后掉落下来。

沈适低头吸了口烟，又抬眼看她。

"没别的意思。"他说，"只是吃个饭。"

陈迦南目光落在前方某处，眼神都没偏一下。

他说这话的时候也是淡淡的平常语气，陈迦南想起那时候他对她也是挺好的，没凶过她，没红过脸，就连当年她要离开也没为难过她。

有时候会错觉到沈适是个好人。

像他们那样有着强大的家族背景的人有几个是单纯的，玩起城府来都是在别人看不见的地方。寻常人很难理解他明明待人那样温和，可温和底下又是一张玩世不恭游戏人间的脸。说出来的话里总是五分真五分假，让人琢磨不透。

印象里头，他那天心情好像还不错，问她想去哪儿玩。陈迦南故意刁难地说逛街行吗。他定定地看了她一会儿，只是笑了一下，又是一副云淡风轻的样子说，行啊。

陈迦南当时看着他似笑非笑的脸愣住了。

和他在一起的时候，因为他喜欢穿西装，她也就总是穿裙子、高跟鞋。印象里很少见他穿西装以外的衣服，以至于就连平日里再放松地说话也被沾染了一丝淡漠和严肃。

所以那天他说行啊，陈迦南都颤抖了。

依稀记得她带着他在商场里乱走，兴许他实在看不下去，直接拉过她去了顶层一家店，照着她平日里穿的裙子款式，随手指了好几件让她去试。

试衣间有点远，她只试了一件便出来了。

或许就连那对说话的人都没有注意到她，她很少见到他这样笑，西装革履下一副浪荡子弟的样子，没了往日的礼貌温和。

"我看这个也不怎么样啊。"那女人手抄口袋，斜倚着墙看他，"不会是特意来看我的吧？"

他当时坐在沙发上随手翻着杂志，笑着抬眼。

"二哥说你眼光独到。"他说,"也不过如此。"

"有你这么说话的吗,沈三?"女人白了他一眼,"这次是动了真心了?"说着又笑了,"真好奇她会不会被你带到家里去。"

"对不住。"他闻言淡淡笑了,"有生之年你是看不到了。"

他们一副很熟的样子,笑得那么开却说着最伤人的话。陈迦南只觉得握着衣服的手都好似千斤重。后来是怎么离开的,她已经忘记,只记得那个女人到最后都没有正眼瞧过她。

马路上风有点大,陈迦南拨了下刘海。

"就这么不想跟我说话?"他低声问。

陈迦南有些想笑,还是轻轻笑了一下。

"沈先生想说什么呢?"她侧眸说完这句,又歪头道,"叙旧情吗?"

她何时这样犀利,沈适眯了眯眼。

"好马都不吃回头草。"陈迦南的声音平静毫无波澜,"您说是吗?"

沈适默默地深吸了一口烟,蓦地偏头笑了一下。他随手将烟扔到地上,抬起脚一点一点地踩灭,抬起眼看她。

"什么时候这么伶牙俐齿了?"他笑。

这笑温和得让她有点恍惚,不禁移开目光。

"还是说……"沈适故意顿了一下,笑着说,"以前只是装装样子。"

陈迦南轻轻地咬了咬牙。

"是吗?"他的声音忽然低了,"南南。"

很久没有听到这样的呢喃,陈迦南僵了一下,不知道是因为他的前半句还是后半句,或者说是他咬字时那细微的试探。

她尝试着笑一笑:"您想太多了。"

比起她那干巴巴又别扭的笑容,他倒是笑得干脆坦荡,认真地扫了一眼她身上的毛衣牛仔裤,看着她的眼神多了几分玩味。

"是吗?"他低声。

小姑娘到底年轻,脸色有些许不好看,站在那儿也是一动不动。沈适兜里的手机这会儿响了,他看了一眼,皱了下眉头。

"算了。"他说得云淡风轻,"就当我没来过。"

话音一落,陈迦南跟得了特赦令似的转身就走。看着那跑得飞快的背影,沈适笑意渐深。手机又响了起来,他颇不耐烦地接起。

"沈先生。"是跟了奶奶几十年的萍姨。

"今晚怕是回不去。"沈适连是什么事儿都没问就直接道,"您跟奶奶说一声。"说完就挂了。

沈适看着酒店的方向点了一根烟抽,完了开车掉头去了江坤开的酒吧。

包间里乌烟瘴气,一堆男女围在一张桌子旁玩。

他们去了里间喝酒。

"怎么了三哥?"江坤给沈适倒了杯酒,"脸色臭成这样。"

沈适喝了杯酒,说:"没什么。"

"让兄弟猜猜。"江坤笑笑。

沈适把玩着手里的空酒杯,面无表情。

"祖奶奶给你说了门亲事?"

沈适动作一停,抬眼。

"可别这么看我。"江坤忙伸出双手挡在跟前,"昨天回家听我妈唠叨,好像还是留学回来的。"

沈适听完笑了下,给自己又添满了酒。

"我还知道祖奶奶对这个女孩子挺上心的,镯子都送上了。"江坤说,"你不见见?"

沈适笑说:"然后跟你一样?"

"咱别哪壶不开提哪壶行吗,哥?"江坤都快哭了,"那大小姐我可惹不起。"

"前女友断干净了?"沈适问。

江坤想了想道:"一个多月都没动静,估摸着应该是对我死心了。"说完想起什么似的,嬉皮笑脸地凑近,"你平时对祖奶奶言听计从的,这回怎么连她介绍的人都不见,什么情况?"

房间里点着熏香，黄色的灯光照在男人脸上，有那么点禁忌的味道。
沈适淡笑："知道不少啊。"
"这不重要。"江坤嘿嘿笑，"是为了那个女孩子？"
沈适没有说话，暗香浮动里燃了根烟。想起今夜她那毫不留情的样子，倒真是和最初认识她的时候一模一样。那时还不熟，看着他的眼睛都是干净的。
深夜容易迷醉，他自嘲想得多了。

那晚，沈适歇在那里，昨晚喝了太多酒第二天醒来已经中午。他简单冲了个澡回了老宅，还没走近奶奶房间就被萍姨拦住。
"老太太在念经。"
沈适看了一眼那屋子，故意扬声道："得，那我改天再来看奶奶。"脚下还没转过弯来屋子的门就打开了，一个满头银发的老太太走了出来，手里还拿着佛珠。
"改天是哪天？"老太太轻声漫语，"我不让萍姨打电话你就不知道回来了是不是？"
沈适凑上去扶着老太太："瞧您这话，再忙也得回来不是。"
"知道就好。"老太太瞪了他一眼，"三十好几的人了，也没个正形。"
沈适扶着老太太坐在沙发上，微微弯下腰低语："这不是回来了，萍姨在，给我个面子。"
"你面子可比我大。"老太太哼了一声，话说得中气十足，"人家姑娘在这儿等了你一天，没等到人你说怎么办？"
沈适忽然有些头疼，撸了把头发。
"你以前怎么玩奶奶都不说，可这个不一样。"老太太郑重其事，"你该明白我的意思。"
沈适跟着坐在一边，沉默地听着训话。
"明天给人家赔个礼道个歉。"老太太说，"多大的人了还要我教你吗？"说完也不坐了，站起身又回了房间。

沈适坐了一会儿就走了,老张已经等在外面。

他似乎偏爱在车里抽烟,抽掉半根才让老张发车,也不说去哪儿。老张也没问,照着公司的方向开,开出有一段沈适让掉头。

"咱去哪儿,沈先生?"老张问。

沈适有些疲乏,闭着眼半睡半醒,说随便开。老张跟了沈适这么多年,平时察言观色也知道不少。沈家虽然家大业大有上一辈的产业在,可毕竟人丁单薄只有沈适一个独子,老太太年纪大了不得不有此打算。

"这事儿你怎么看?"沈适忽然道。

老张愣了一下说:"老太太也是为了您好。"

沈适轻笑了一下。

"是吗。"沈适漫不经心道,"当年也是这样为了姑姑好。"他说得轻描淡写,半晌又问,"昨天她来老宅你见着了?"

"老太太让我送周小姐回去的。"

老张欲言又止,沈适抬头看了一眼。

"梁小姐……也就是江总的未婚妻也在。"老张接着说,"是陪着周小姐一起的。"

沈适听完笑了:"这圈子也就这点大。"

他似乎没了说话的兴致,闭上眼又慢慢睁开,平静的眸子蓦地变得深邃起来,想着江坤最近有点闲找点事给他做。

老张低眉侧耳。

"江坤那前女友的事儿还记得吗?"沈适说,"给梁雨秋提个醒。"

这两天,陈迦南一直没睡好。

白天,她带着外婆逛王府井、798,晚上两个人去后海酒吧溜达。外婆抽着阿诗玛点了杯洋酒,看着舞台上小哥唱着《情非得已》。

"能点歌吗,囡囡?"外婆问。

"您想点什么?"

外婆拿下了头上的圆顶硬礼帽,想了有一会儿说《祝你一路顺风》。陈迦南从走道穿过去绕到舞台旁边和乐队说了一下,一手放在包包上道:

"我可以给钱。"

人家也是客气，当深夜福利赠送一曲。

陈迦南回去坐下，看着外婆手抵着下巴做好了要听的样子，耳边有歌声响起"那一天知道你要走，我们一句话也没有说……"

酒吧忽然彻底安静了下来。

静谧悠长的调子里有浓得散不开的忧伤，吉他安静的声音弥漫在这一室酒场里，多的是纸醉金迷的样子。

外婆忽然感慨："好久没听你弹琴了。"

陈迦南六岁起便跟着外公学钢琴，学的第一首曲子是《城南旧事》，至今记得第一次坐上琴凳，十指弯曲拱形展开撑在琴键上，那样的姿势维持了整整一个小时，动一下外公用戒尺打一下手背。后来读中学，认识了母亲大学时候的音乐老师林意风，随着学了些日子走了几场演出，再后来大学忙起来加上外公去世，她便不再碰琴。

陈迦南问："想听我弹吗？"

外婆问她："想抽根烟吗？"

一老一少同时说出来颇有些好笑，陈迦南看了一眼外婆，笑说："我就是这样被你带坏的陈秀芹，陈荟莲知道了跟你没完。"

"到底抽不抽？"外婆直接问。

"别带坏我行吗。"陈迦南轻轻道，"早不抽了。"

喧闹的酒吧里谈笑风生，陈迦南和外婆坐了一会儿就从酒吧出去了。夜晚的街道挤满了人，不知是否都是游客。

路上遇见一个摆地摊画肖像的，一张十块钱。

外婆说："给你画一张。"

"人来人往的看过来多不好意思。"陈迦南说，"还是给你画吧。"

回去的出租车上，外婆拿着画像看了又看，陈迦南凑近说眼睛还是挺像的。外婆将画卷起来收好放在袋子里，感慨道："算是来过京阳了。"

那个晚上,外婆没急着回酒店,她直接让师傅开到了学校礼堂,门没有上锁,轻轻一推便开了。陈迦南打开了舞台上的灯,灯照在三角钢琴上,昏昏黄黄。她知道,外婆想听她弹琴了。

外婆坐在第一排,双手交叠在一起。

陈迦南没有问外婆听哪首,直接弹起来,那是外公生前常弹的曲子。小时候和外公一起去看电影,《海上钢琴师》里1900见到那个女孩子弹的曲子,淡淡的曲调,仿佛心中有万语千言却不曾开口,纸短情长。她一回家就嚷着外公弹给她听,外公弹了很多年。

柏知远是在这个时候进来的。

也不能说进来,他只是站在门口静静地听了会儿。看见远处那个纤瘦的身影,十指轻轻划过琴键的样子比她去试验田种小麦好看多了。

一曲弹完,外婆说:"再弹一遍吧。"

外婆是坐第二天上午十一点的飞机离开的,陈迦南没想过这次短暂的相聚会成为她后来最怀念的日子。回去学校,她又开始了课题生活,每天阅读大量的英文文献。

到了周五,她被叫去办公室汇报实验成果和下一步计划。柏知远听她说也不打岔,一点不像平时——她还没说几句他就开始挑错,那天有些反常。

陈迦南说完后,等柏知远开口。

他将手里的书合起来整理好放进抽屉,身体慢慢地靠在椅子上,也不看她,目光落在办公桌上的盆栽上。

"知道它叫什么吗?"他问。

陈迦南看了一眼:"不知道。"

柏知远轻轻叹息了一下,说:"它叫春雨,比较耐旱,听说两年才开一次花,所以常年都是绿色,泥土干了叶子黄了浇浇水又活过来。"

陈迦南看向那叶子,长得很好。

"这花好养却总有人养死。"柏知远说,"现在这世道谁有那么多耐心等它两年,都是得过且过哪里想过认真,也都忘了它总有开花的时候。"

陈迦南觉得柏知远话里有话。

"也不过两年。"柏知远说到这儿看看她,"你说是不是?"

陈迦南被他看得不太自在,开口却有些结巴起来,一句柏老师都说不利索。柏知远听了也只是笑笑道:"介不介意我问你一个问题。"

她摇摇头:"您说。"

"问你为什么读研你说做学问有趣,虽然在你身上我没有看见一点你喜欢读书的样子。"柏知远慢慢道,"那本科呢,为什么选择生物,不是因为喜欢吧?"

读高三的时候外公癌症中期,每天往医院跑,好好的人折腾得已经不成样子,医生说要用外国的药,家里拿不出那么多钱。高考填志愿,她偷偷将音乐专业换成了随便选的生物,那一年B大生物系是第一年招生,学费半免。

陈迦南沉默了一会儿,不答反问:"我也有个问题。"

柏知远:"你说。"

"生物这门但凡做学术的老师手底下都是十多名研究生博士生,甚至还有提前进入实验室的本科生,大都是为了自己的研究课题和全世界同行竞赛。"陈迦南说,"您一直说对待专业要真诚,可为什么这几年几乎不收弟子?这样您在课题研究组几乎没成绩。"

柏知远听罢淡淡笑了。

"如果我说只是不想耽误你们前程。"他问,"信吗?"

陈迦南疑惑道:"您不喜欢生物学吗?"

柏知远没有正面回答她,语气放得很轻很轻:"人这一生总会有很多选择,有些选择一生可能只有一次。"

陈迦南没明白。

"不说这个了,你嘴巴可是比我紧。"柏知远笑了一下,这回和之前的笑不太一样,很轻松,"手里的课题你先缓缓,我有个事想拜托你。"

陈迦南:"您说。"

"听说你钢琴弹得很好。"

陈迦南怔了一下:"您怎么知道?"

"别管我怎么知道的。"柏知远笑道,"我有个侄女要考北大艺术生突击钢琴,这段日子可能得劳烦你费心。"

"怎么不请专业的钢琴老师?"陈迦南说,"我万一教不好……"

"你怎么知道教不好?"

柏知远一句话将她问住了,陈迦南实在说不出拒绝的话。导师让学生做什么那就得做什么,哪有什么商量可言,就跟老板和打工者的关系一样。

"就这么说定了。"柏知远看了下时间,"今天下午四点半你来这儿,我带你过去熟悉下地方。"

陈迦南:"……"

"放心。"柏知远笑,"钱我照付。"

陈迦南:"……"

从办公室出来后,陈迦南还在想柏知远说的那些话,跟天书似的一会儿花一会儿琴,她是一句都没听明白,不过不让她再吃苦做课题倒是难得。

回到寝室,她和姚姚说起这事,姚姚笑。

"你笑什么?"她问。

"柏知远对你是真好。"姚姚一边画眉一边道,"批评是真批评,完了再教育你什么是对的,人一辈子遇见一个好老师不容易,你得珍惜。"

陈迦南听着笑了下:"有些道理。"

"本来就是事实。"姚姚说完又道,"最近怎么不见周然来找你?"

陈迦南想了下上一次联系还是在三四天前,周然问她外婆什么时候走过来送,她当时没说,后来也是自己送外婆离开没告诉他,他也没再发消息过来。

"你对人家爱理不理,时间长了谁受得了。"姚姚经历一场情伤过后跟换了个人似的,说起话来有板有眼有情商。

陈迦南耸了耸肩,周然不联系她也是好事。

"你收拾这么好看干吗去？"陈迦南问。

"一个很好的朋友来找。"姚姚说，"出去散心。"

别说男人，女人也恢复挺快的。遇见这个受了伤，没关系，多遇见几个慢慢也就走出来了，无非是时间长短不一样。

陈迦南友情提醒："可别玩太过，早点回来。"

姚姚拉了拉裙摆，笑了一下，做了个公主俯身行礼的样子。陈迦南受不了那动作，倒吸一口凉气，摆摆手做了个赶紧走的姿势。

很快寝室便剩下她一个人。

想起柏知远的交代，她上网搜了一些有关钢琴的基础知识。第一回教人学琴，自然得准备充分一些，总不能太散漫。中午她睡了一觉，醒来已是四点，简单收拾了下出门。柏知远早就已经在办公室候着，看见她一来从座位上起身。

他拿过车钥匙："走吧。"

陈迦南乖乖地紧随其后。

这不是她第一次坐他的车，也不再像第一次那样紧张。

柏知远问她听什么歌，她说都行，瞥了一眼车载电视，他放的是克莱德曼的钢琴曲。

"这个怎么样？"他竟然问她意见。

陈迦南含蓄地点了点头。

"从这儿过去还得半个小时，我先和你说一下她的大概情况。"柏知远一边开车一边道，"年纪不大，今年二月刚满十六。"

说完，他偏过头。陈迦南在看那只悬挂的小兔子。

柏知远慢慢收回视线，笑道："这兔子还是她送的。"

陈迦南笑了一下，轻轻靠上座椅，听着缓缓流出的曲子整个人都放松起来。明明中午才休息过，现在又困了。

柏知远放慢车速，看了她一眼。

"睡吧。"他轻轻地说，"到了我叫你。"

第四章 高抬贵手

那个傍晚一切都进行得很顺利。

柏知远将陈迦南送回学校便离开了。陈迦南到寝室的时候，姚姚已经睡下了。好像什么征兆都没有，第二天醒来学校的论坛已经炸开锅，说H大研二女生姚姚破坏人家家庭被正房在酒吧当场扇耳光。

网上什么难听的话都有，一句比一句伤人。

陈迦南从床上爬起来看了眼还在睡觉的姚姚，小心翼翼地叫了声，对方没答应。她有那么一瞬间被吓到了，忙爬过去探了探，发现有鼻息才松口气。

"你以为我会寻死？"姚姚忽然睁开眼。

陈迦南吓了一跳。

"最多就是开除学籍，大不了回老家。"姚姚说，"没什么。"

看着面前的女孩平静如水的样子，陈迦南不知道怎么的心里抽了一下。

"不要想这么坏。"陈迦南用尽全力在安慰，"新闻都是标题党，什么都有，别管它。"

姚姚的眼睛蒙蒙眬眬没有焦点，慢慢地流下了两行清泪。

"算是完了。"这是那天姚姚说的最后一句话。

当天下午就有学校领导打电话找姚姚谈话，陈迦南在寝室坐不住跟着去了，一直等在办公室门外。里头似乎挺平静的，没有听见一句高声。

姚姚走出来时也很平静，还对她笑了一下。

后来才知道，校领导的意见是勒令退学，户口也退还户籍所在地，只是还没有官方定案，说明还有一定的回旋余地。

陈迦南还没有主意，毛毛却打了电话过来。

毛毛人不在京阳小道消息却很灵通，更何况知道姚姚是她室友，询问下才知道昨天晚上真的是江坤的未婚妻找事，陈迦南不关心这些，只关心怎么解决。

"好像有人压着，热度下不去。"毛毛这样说。

像这种不好的事情除了当事人，没有人愿意搞大，背后肯定有人操纵。后半夜的时候，毛毛发了条微信来，说："知道谁吗？沈适。可别惹他啊。"

陈迦南那天晚上想了很多。

她看了一眼睡着的姚姚，透过毛毛的话总觉得这件事跟她有关。她纠结了一晚上，最终想到了林意风。于是，那几天她闲着没事儿就往林老师家跑。

老头两年前来京阳居住，一直一个人。

那个傍晚，陈迦南抱着一束花去敲老师的门，大概等了有十几秒才听见脚步声慢慢逼近。她看见门把被轻轻拧动，然后门从里面开了。

陈迦南面带微笑，愣在当场。

沈适倒是一副要笑不笑的样子，穿着衬衫西裤，没有打领带，有些放浪气在身上，眼角的褶皱透露了岁月的痕迹。

屋里老头喊："是南南吗？"

沈适放开门把手，侧了侧身让她进来。擦肩而过的时候，她闻到了他身上淡淡的酒味，不像刚刚喝过，或许是来之前混了饭局沾上的。

"昨天带了吃的。"老头拉过她往沙发坐，"今天又带花。"

陈迦南笑："应该的。"

"一直都没问你谈对象了没有?"老头问。

"做课题那么忙哪有时间。"她说。

"再忙也得谈恋爱。"老头说着指了指玄关边靠在柱子上的男人,"可别学他,三十来岁还打光棍,什么正事都不干。"

沈适吸了口气,一手抄在裤兜。

"我可什么都没说啊姑父。"他这会儿倒嬉皮起来,"冤枉。"

那个样子一度让陈迦南恍惚,好像回到那几年,他明明对什么都不在乎的样子,但是却记得她的生日,把她往心肝里疼。

"来京阳读书这么久了,这几天才想起来看我。"老头开始算起账来,"是不是有什么事儿?"

陈迦南也没打算绕弯,刚好沈适也在。

"我有个朋友出了点小事情。"陈迦南有意无意瞥了沈适一眼,"想从您这儿讨个情分。"

林老头看她那眼神方向,什么都懂了,话也直接:"我说呢。"

陈迦南深吸了一口气,抬头笑笑。

看见她笑起来那样子,沈适轻轻别开了眼。他以前从来没有见过她这样子,也不说求你,但那话里的意思在这儿,此刻巴掌大的小脸上有南方姑娘吴侬软语时的模样。

老头对沈适道:"你看着办。"

沈适笑了一下,弯腰将水杯递过去。

"您说什么侄子做什么。"他道,"还满意吗,姑父?"

陈迦南垂下眸子,笑意尽收。

陈迦南在老师家没有多待,坐了一会儿就出来了,在楼下没有着急走。过了一会儿,沈适咬了根烟从楼里走了出来。他不喜欢在房间里抽烟。

车子在地下停车场,她站在角落里。

沈适就当没看见她一样,开着车子经过,一直没有回头,朝反方向扬长而去。陈迦南从角落里出来,犹豫了半天,站累了,慢慢地蹲了下去。她不确定要不要再待一会儿。

过了很久，只感觉身边有车停了下来。

陈迦南睁开眼，从怀里抬起头看去。沈适半开着车窗，微微偏头看她，目光很沉，薄唇抿得很紧。

"要我抱你上来？"他淡淡地问。

明明一脸严肃的样子，嘴里的话却说得轻佻。陈迦南不禁叹了一口气，她从始至终都不应该忘记，沈适从来都不是好人。

她坐上副驾驶，沉默着系上安全带。

刚坐稳车子就飞驰而去，他的速度像是在赛车。那几年他什么都玩，也带她去见识过地下赛车的排场，一个个有钱人像是在玩命，陈迦南一句话都不敢说。

沈适一脸阴沉，一路飞速地将车子开到山上，停在一个宅子外头，也没有下车，反倒点了一根烟，看了眼紧紧揪着安全带的陈迦南。

等镇定下来，陈迦南立刻飞奔出去吐了。

她扶着树缓了好一会儿，顺了气慢慢转过身。

沈适靠在车外静静看她，那双清澈的眸子里盛满了怒气，或者还有点恨意。

沈适两手抄兜，看着她轻描淡写道："毛衣牛仔裤帆布鞋，不是不喜欢这种半长不长的头发吗，现在出门连妆都懒得化了？"说着，他嘲弄似的笑了笑，"我很好奇你到底有几种样子。"

陈迦南捂着胸口的手垂下，慢慢站直了。

"不是有事跟我谈吗？"沈适叼了根烟在嘴里，低头凑上打火机，吸了一口道，"说出来听听。"

陈迦南一动不动地看着他，嘴角轻轻颤了颤。

记得有一年，她跟着他去酒吧玩，很多女孩子唱歌跳舞多才多艺，她被他搂在身边，他看都不看那些女孩子一眼。酒过三巡，她出去吹风，那几个姑娘羡慕不已："沈先生对你还挺好的哦。"

原来他冷漠起来，是现在这个样子。

见她不开口,沈适哼笑:"话都不会说了?"

陈迦南闭了闭眼道:"姚姚那件事,还请您高抬贵手。"

沈适笑了一下。

"求我办事的人多了。"沈适吸了一口烟,"是你这个样子吗?南南。"

山上风大,陈迦南的手都凉了。

她咬了咬唇,不太敢直视他:"那我还是给老师打个电话吧,让他和您说。"

沈适都被她气笑了,一口烟进了嗓子。

"今年多大了?"他咳起来说话又哑又低,"要我教?"

沈适的样子太淡定,陈迦南实在不是对手。

"沈先生可能理解错了。"她低着头道,"不方便的话我还是另找别人好了。"说完就转身往山下走,还没走几步,身后那人的声音忽地冷冽起来。

"你敢走试试?"他说。

陈迦南及时刹住,挺着背没回头。

"没记错的话,当年是你先离开的。"沈适低声道,"所以你害怕什么呢?南南。"

四周风声阵阵跟狼嚎似的,像阎罗殿,他是阎王。

"您要找什么样的女朋友没有。"陈迦南平静下来,看着他道,"当年不在乎现在又是为什么?"

他漫不经心:"哪那么多为什么。"

陈迦南看着这黑茫茫的山,心里一点一点地冷了下去。

沈适看着她怎么都不肯转过来的背,没来由地不耐烦起来。

陈迦南问:"那您帮还是不帮?"

她依然是背对着他问的,语气忽然淡漠起来。沈适听着笑了声,似乎觉得他们现在这样的对白有那么点意思了。

"现在记性不好。"他笑,"刚说什么了?"

陈迦南微微侧了侧头,这人好像把以前从来没在她跟前释放出来的痞劲儿一点一点用上了，那时候怎么会觉得他温和呢。

她轻轻叹了口气，用他那天说过的话给这个乱七八糟的局面结了个尾，她说："算了，就当我没说过。"

然后，她一脚踏入了黑夜里。

沈适多要面子的人，双手抵在腰间愣在当场，看着她就那么走了，气得一脚踹上车，差点把保险杠都踹下来了。

他抽了一根烟的工夫，一脚刹车下了山。

远光灯照到了那个纤瘦的背影，沈适连眼神都没给一个就直接开了过去，一路开到江坤的私人会所。包厢里，他一个人要了几瓶烈酒。喝了几口，江坤哭丧着过来了。

"三哥这回你可把我害惨了，那梁雨秋可真是尊神，我哪儿惹得起。"

沈适晃了晃酒杯："就这点出息？"

"你就可劲笑好了。"江坤哼了一声，"凭我的慧眼那个周大小姐也不是省油的灯，你没去找人家，人家也没找你吧。"

沈适一杯酒下肚，不置可否。

半晌，他问："小金山最近没出过什么事吧？"

"好端端的问那个干什么。"江坤说，"倒不如说说我那新闻什么时候给撤了，都陈芝麻烂谷子的事了，我早断干净了，你也是，整人还扯上我。"说到这儿，他又笑起来，"兄弟我开瓶好酒给你？"

沈适直接打断："没兴趣。"

"别啊，这点面子也不给了？"

沈适："滚蛋。"

"喝几口耽误不了事。"江坤说，"最近搞到了几瓶好酒。"

沈适顿了下，没说话。

江坤会意，立刻叫了服务员把酒送进来，后头跟着林枫。这小子那段时间跟着沈适去了趟萍阳，喜欢上那里的山山水水怎么都不肯回来，一回来又开始胡吃海喝。

"就知道你们都在这儿。"林枫拨了一个女服务员指着沈适的方向说，"给沈总满上。"

沈适靠在沙发上，由着服务员给他倒酒。

包厢里的气氛一时热闹起来，几个男人玩起牌来，谁输了就喝一杯。

沈适接了张牌，抽着烟低声问边上那个女服务员："多大了？"

那姑娘有点畏缩，声音倒是很软："二十一。"

他还在看牌："知道这什么地方吗？"

姑娘点点头，又将他的杯子满上了。

"知道还来这儿？"

姑娘回答："工资高。"

沈适不知道是不是捞了张好牌，很轻地笑了一声。他只玩了一把就不玩了，揽过西装外套从沙发上站了起来。

"怎么了三哥，这玩得好好的……"

沈适："走了。"

第二天，H大的论坛又恢复了往日的安宁，干净得一点八卦都看不到。学校的处罚通知也一直没有下来，听说是有人跟校方澄清了，都是误会。

陈迦南不知道，她还在睡觉。

一觉醒来，姚姚在收拾行李，看见她醒来笑了一下。陈迦南从床上坐起来看了看时间，下午四点半。

姚姚先她开口："我……"

陈迦南笑了一下："你要去哪儿？"

"我那天说和一个朋友去散心还记得吧，火车票订好了。"

"这就走吗？"

姚姚"嗯"了一声："虽然看着一切都挺正常，但还是不一样了。我这人虽然虚荣，也爱过渣男，但你说我错哪儿了呢。"

陈迦南攥了攥被子，一言未发。

"还是会有人讨厌我、看不起我、嘲笑我、质疑我。"姚姚苦笑道，"你说和他们有什么关系？"骂了这一句似乎松快多了，声音也轻下来，自言自语似的，"我喜欢就行啰。"

她们都不是太脆弱的人，同寝两年来关系也都是客客气气，谈不上感情有多深厚，大家都好像看透了这世界似的，三言两语就理解对方。

"我刚刚好像说了句至理名言。"姚姚忽然搞笑道。

陈迦南跟着笑了。

姚姚笑完欲言又止，还是道："有些事我知道我不该说，但我觉得周然跟你挺合适的，再不行柏老师也可以试试。"

最后这句有些玩笑的意思，陈迦南叹了口气。

"柏知远我可不敢高攀。"陈迦南说，"至于周然有时候不太想伤害他，再说了我总不能因为合适就在一起过日子。"

"你不试试怎么知道？"

陈迦南的目光定了一下："我还有特别重要的事要做，真没时间。"

"除了课题就是课题。"姚姚拉起已经收拾好的行李箱，"你现在最重要的就是谈个恋爱。"

姚姚那天离开的时候挺开心的，没那么多不堪和难过，走之前特别郑重地对她道谢。

陈迦南只是有些羞愧地笑笑，小声说着该感谢的是我，姚姚没听见。

有点意外的是，那个晚上周然来找她了。

她原以为这段冷漠时期一过他就放弃了，不知道又哪儿想不通了。

周然就站在寝室楼下，看着她披着外套走了出来。

"公司最近挺忙老是加班，前段日子看你学业挺忙也没打扰。"周然搓了搓手走近，"出去走走？"

陈迦南看着他笑了。

"这么出去？"她扯了扯自己的睡衣和外套，"别人以为我有病。"

周然一时好像词穷，偏头看了一眼四周。

"那……"

陈迦南拦了他话："算了，难看就难看吧。"

他们沿着校园小路走了好一会儿。陈迦南其实特别好奇一个人对另一个人好真的是不计较付出的吗？

陈迦南玩笑道："你以前没谈过恋爱？"

"我不是什么聪明学生就知道死读书。"周然说，"找个稳定的工作给爸妈养老就行。"

后来送她回去的时候，她问他为什么对她这么好，周然是个实在人，笑笑说看对眼了呗，顺其自然就行，不逼她。

倒真是很少见过这么傻的人，陈迦南笑。

那两天，她做什么都挺轻松的，课题撂在一边，喜欢跑去实验室消磨时间，周末就去教柏知远的侄女练钢琴，也会因为学业懈怠被柏知远叫去办公室上课。

可能因为他有求于自己，说话也没那么拘谨了。

再次看见柏知远桌子上的春雨，陈迦南忍不住问："您这花多久了？"

柏知远瞥了她一眼："那天教训你的时候刚买的。"

陈迦南："……"

"不要觉得我说课题可以放一放就真的不做了。"柏知远说，"要有始有终，知道吗？"

陈迦南垂下头道："嗯。"

柏知远问了她一些课题上的事后，忽然道："你那个室友怎么样了？"

"都解决了。"陈迦南看着办公桌的边沿，声音低了低，"她出去玩了。"

柏知远点了点头。

"系里今晚撺掇了个局，艺术学院的几个老师也会去，还有你几个师哥师姐。"柏知远想了下说，"你也去看看。"

陈迦南："？"

"对你有帮助。"柏知远这样说。

饭局定在后海附近的一个酒店,柏知远开车带她过去时刚赶上敬酒。

有老师开玩笑说柏老师对学生真是不错，有传授衣钵之意，柏知远笑笑。

"衣钵就算了。"柏知远说,"她钢琴弹得不错,倒可以做你学生。"

那老师一听,"哟"了一声。

"都会弹什么?哪天听听。"

明知是客气话,陈迦南还是应了声。

那天的事情后来想起她是感恩的,至于当时的心情,说复杂也好心酸也罢都没什么意义,除了在那儿遇见沈适。

那晚过去到现在也就几天,再见沈适还是会陌生。

或许是因为他曾经给H大搞过捐赠,学院的老师大都认识他,看见他路过,进来互相敬酒说着别来无恙。陈迦南坐在柏知远身边也不说话,他们敬他们的,她想她的。

听见沈适问:"柏教授最近在忙什么?"

一年前,院里的梁老,也就是柏知远的恩师在酒店办退休欢送会,也是今天这个寒暄客气的样子。酒桌上都是说三分留三分,说完就走。

"瞎忙活。"柏知远回道,"没什么价值。"

"学术无价。"沈适却笑,"您太客气。"

他们说的话大都是她没兴趣听的,陈迦南借故去了洗手间,故意磨蹭了会儿才回去,沈适已经离开了。事实上,沈适并没有走,只是在隔壁休息。

老张推门进来,提醒道:"很晚了沈先生。"

沈适"嗯"了声,平静地说了句我再待会儿,你先出去吧。沙发上的男人脱了外套,衬衫半开着,头仰后闭着眼,眉头似乎还皱着。老张没再说话,带上门出去了。

几天前那晚,老张接到沈适电话已是深夜。

沈适吩咐:"去趟小金山。"

他说有东西忘那儿了,倒没说是什么。老张开着车一路疾驰,半道上截到了陈迦南,顿时有些明白过来。只可惜,不明人都在局里。

第五章 你行你上

陈迦南后来真的接到了一个电话。

艺术学院的那个老师问她最近有没有时间,一个老朋友的指挥乐队周末要去空军学院演出,临时缺人手。陈迦南没法婉拒,立刻就赶了过去。

那是一个艺术的殿堂,年轻人、中年人、老年人都有。几十号人聚集在一起,三三两两低头谈笑,有的还在执着地与自己手里的长笛作斗争,各种各样的声音在这儿都不会有人嫌吵。

指挥乐团的那个老头问她:"会吹长号吗?"

"没怎么吹过。"以前跟林老师练琴,就喜欢倒腾他屋里的那些乐器,除了钢琴都是挑头梯子一头热。于是,陈迦南头皮发麻地说,"就能吹出声。"

老头手掌一拍:"有声就行。"

陈迦南:"……"

陈迦南有些别扭地混在这一堆奇怪的人里头,使劲地让自己手里的长号带点节奏,排练了几回下来嘴巴都要肿了,两只胳膊都抬不起来。

"明天去的时候你们就这么站,空军学院的舞台比这儿大多了,到时候……回头记得晚上回去再多练练……"

陈迦南抱着长号站在最边上百无聊赖地听着，只想着怎么把明天给度过去。傍晚排练结束，她抱着长号去外头打车，车没打到，倒是被人给拦住了。

一张妖孽的脸探出窗户："哟，是你啊。"

陈迦南在脑海里把所有的人都想了一遍，目光平静地移开，刚转身那车子又拦了过来。她皱着眉头抬眼看过去，林枫势在必得地笑了。

"萍阳一别，您怕是忘了我吧？"

看着二十六七岁的年纪，说话一副装老成的样子怎么都别扭，陈迦南没有说话，心底却想笑。是因为那晚带走毛毛，他丢了面子今儿特意为难她？看着不像。

"京阳城这么大咱都能遇见说明有缘。"男人说，"喝一杯去？那晚看着你酒量不小啊，今儿比一比，交个朋友嘛，陈姐姐。不行的话我可就天天去你您学校堵啊。"

不比她大多少，一会儿您一会儿姐姐，陈迦南有些无语。他停的地方占用了公交车道，有公交车过来他也跟没看见似的，径自把车门打开。

陈迦南不动声色地偏头看了一眼，没动。

林枫笑笑说："要不上车，我可就来真的了。"

陈迦南被车堵着，也出不去，知道这人什么都能干出来，也不扭捏了，比起日后被堵在学校，她宁愿今天就把这账算清楚，于是大大方方上了车。刚坐上去，就听见他道："我先做个自我介绍啊姐姐，本人姓林，双木林，单字一个枫，枫红的枫。"

怎么不说枫树枫叶非要说枫红，陈迦南想。

"您这……这出来还带个这玩意儿……"林枫指了一眼后座的长号，"教学生？还是三哥喜欢这东西？"

听他提起沈适，陈迦南换了个舒服的姿势坐好。

"还真不一样。"林枫也不管她回不回答，想着今晚会很好玩的样子径自笑，"这年头谁学这个。"

陈迦南看着挡风玻璃前头的路，抿了抿唇。

林枫将她带去了自己常玩的酒吧,包了一个场子。陈迦南自知躲不过,淡定地坐下,看着面前的桌子上摆满一堆空酒杯。

"不知道您喜欢喝什么。"林枫笑得一脸无辜样儿,"各样都来了一瓶。"

不过一分钟工夫,空酒杯便被填满。

陈迦南从遇见林枫开始就一句不说只是沉默。下车的时候,她也没忘拿了自己的长号,被他取笑这破玩意儿不值几个钱,谁还会惦记不成。

"你们几个一边站着去。"林枫指着包间里的几个服务员。

看来今晚这桌酒是喝定了,陈迦南得感谢他。

她低着头,也不说话,一杯一杯开始喝起来。她喝得很慢,跟表演似的。她听见有女人在林枫耳边低语说会不会喝坏呀,后者坦然道你替她?那人不吭声了。

那酒可真烈,又苦又难喝。

她不明白为什么男人都喜欢喝酒,是因为好这口还是能解千愁。她那会儿心里笑,都这时候了还能想这些无聊的事情,不知不觉已经喝掉了六大杯。

再要拿起一杯时,有人走了进来。

她连头都没有抬,听见林枫在喊三哥,声音里有些说不清的意思在里头,像是笃定没多惊喜的样子,又有些淡淡的苦笑。

"三哥。"林枫看了一眼陈迦南,"我俩路上遇见了,没想到陈小姐还挺能喝。"

沈适的脸色淡淡的,坐下点了根烟。

"你叫我来是为了这个?"他问。

"当然是有正事了。"林枫端了杯酒递过去,被沈适抬手一拦,林枫眼神都变了,"前段日子董事开了个会,今年大环境什么样子你又不是不知道,市场需求没往年大了,还是谁先研究出新玩意儿谁说了算。"

沈适抽着烟笑:"难得你有这兴致。"

"我就是闲得慌,哪有你们忙。听说老宅那边……你也别觉得我多嘴啊三哥，祖奶奶着急着你赶紧定下来也不是没道理，周家再过几十年还是周家。"

包间里顿时安静，安静得有点诡异。

陈迦南依然在默默地喝着酒，琢磨着林枫最后说的那句话，周家过几十年还是周家，那沈家呢？她忽然想偏头看一眼沈适现在的样子，终是没有转过头去。

"要我看啊……"林枫说，"现在一个梁雨秋就把坤哥镇住了，那个周瑾可是十个梁雨秋都比不上的，祖奶奶可真是好眼光。"

沈适抽了口烟，目光落在酒桌上。

她以前从不喝酒，沈适想起来了就喜欢故意逗她两下解解闷，倒是怎么都算不到她会先他离开，这两年也不是没有交过女朋友，就是怎么都不对味儿。

那时候陈迦南在想什么呢。

沈适算坏人吗，如果算，又怎么会在这样的场合里一次次替她解围。那晚她问他当年不在乎现在又是为什么，或许只是觉得无聊有趣玩玩，凑巧遇见又想起她来了。毕竟和沈家那一摊子烦心事儿比起来，她有意思多了。

林枫还在滔滔不绝，沈适将打火机丢向了酒桌。

"行了。"沈适说，"带你的人去别地儿玩去。"

林枫立刻会意，偷笑着看了一眼陈迦南，带着一堆人浩浩荡荡地走了出去。包厢瞬间安静下来，沈适懒懒地往背后一靠，打发时间似的看着她喝酒，过了好一会儿才动了动嘴。

他云淡风轻地问："好喝吗？"

陈迦南抵抗住源源不断的醉意，硬着头皮又拿起一杯酒仰头慢慢喝，喝到一半停下来说："好喝啊，沈先生要来一杯吗？"

沈适笑了笑，吸了口烟。

他没有回答她的问题，朝她身后瞥了一眼，对着那玩意儿点了点下巴,问她那是什么。或许是此刻的气氛有那么点安宁,他们之间说起话来平和得倒有点温情在。

陈伽南目光向下:"长号啰。"

沈适挑眉:"你吹?"

"难道你吹?"

不知道是不是醉了,她的声音此刻轻飘飘的,听着还有那么点冷漠,却又柔柔的,有点像以前了。沈适又笑了下,笑自己上赶着找不痛快。

"我听说你最近教人学琴。"沈适将烟摁灭,抬眼静静地看她,"还顺利吗?"

像是没话找话,陈伽南闭了闭眼。

几分钟后又觉得哪儿不对,她抬起头去看沈适,他坐在一片暗影里,看不太清楚他的表情,倒能感觉到没有那么锋利的气场。

她问:"你怎么知道?"

沈适笑,径自说着:"让我想想,柏教授的侄女?你们老师对你倒是挺照顾,现在这样的人不多了。"

陈伽南笑了一声,只觉得胃难受得厉害。

"没想到沈先生这么关心我的生活。"她看着杯里的酒,"真是三生有幸。"

沈适:"非要这么说话?"

"那怎么说?"陈伽南慢慢侧头看他,"我现在生活挺平静的,该说是您想做什么?"

沈适的双眸变得幽深起来,薄唇紧抿。

他吸了口气,道:"你知道我不是这个意思。"

陈伽南没问他什么意思,放下手里的酒,想睁开眼睛站起来,好像一点力气都没有。

"有人来接你吗?"沈适问。

陈伽南不想说话。

"女孩子家家的以后还是少喝点酒。"沈适说,"我让老张送你回去。"

那话听着特别温和,陈伽南有一瞬间以为是在做梦。她使劲地用指甲掐了掐自己的掌心,清醒了几分,又在想那酒是不是林枫手下留情搞的几瓶度数不高的,怎么还不倒。

陈伽南半睁着眼,去摸自己的长号。

沈适轻笑:"这个明天我让人给你送过去。"

她跟没听见一样,把长号往怀里抱,抱得一脸别扭样。沈适看不过去,探身过去想拿过来,她却抱得贼紧。

"有这么宝贝吗。"沈适好笑地看着她,这姑娘明显醉了,还屹立不倒,"给我。"

陈伽南抱着长号,那表情跟上前线似的。

"这玩意儿有什么好,放着钢琴不弹倒腾这个做什么。"沈适偏头瞧了一眼,"还是个人就会吹的。"

陈伽南忽然抬起头,和他的目光撞在一起。算算日子,沈适该有三十二岁了吧,眼睛里有种说不出的淡漠和温和。这两个词按理来说怎么会同时出现,但很神奇的是他那里都有。

沈适低头看着她,见她小脸皱巴着很难受。她仰着脸像是要说话的样子,一张小嘴微微开着,又听不见声音。沈适垂眸问她想说什么,凑近了听她道:"你行你上。"

要是说沈适刚进来那会儿看见她的时候还是生着气的话,那么现在真的是都给她磨没了。他看着跟前已经躺倒在沙发上的女孩子,忽然就笑了出来。

他弯腰用手拨了拨她怀里的长号,好像还真的在想这玩意儿有什么好吹的。再抬眼去看陈迦南,她竟然已经睡着了,倒真是不怕他对她做什么。

有那么一瞬间,他想俯下身去看看她。

老宅的电话这会儿打来,沈适由着铃声响了又响。他偏头看了一眼这昏暗的地方,忽然有点累了。他看了眼沙发上躺着的陈迦南,弯腰下去。

将陈迦南送回学校后,他还是决定回老宅一趟。路上,他在车里闭上眼睡了会儿,这一睡也是迷迷糊糊的。

隐约听见老张说:"沈先生,到了。"

沈适揉了揉眉心,瞥了一眼窗外的院墙。

"再溜一圈。"他淡淡地道。

还没走近宅子里就听见一阵女人的笑声,萍姨先叫了声沈先生,客厅里的女人们都转过头来,嘴角的笑意都还未收拢。

沈适抬头瞧了一眼,别开视线叫了声奶奶。

"我还以为你泡在外头舍不得回来了。"老太太在沙发上坐着,"知道小瑾等了多久吗?"

"奶奶你别凶他。"周瑾的目光一直看着沈适,"男人在外头跑饭局不是难免的嘛。"

沈适连头都没抬,从柜台上拿了瓶酒。

"别为他说话。"老太太哼了一声,"哪天把我气死是他福气。"

周瑾握着老太太的手:"奶奶。"

沈适跟没听见似的,自顾自地开了瓶酒,抬眼看向周瑾,三分客气道:"来一杯?"

"我不喝酒。"周瑾温婉一笑。

"萍姨。"沈适收回视线,"换个大杯。"

老太太指着沈适气得都不想说话,没一会儿,周瑾两句就又给哄开心了。

沈适喝了口酒,看了眼时间也不过十点多。

"我去外头抽个烟。"沈适说,"您有事叫我。"

他在庭院里坐了会儿,就是他自个儿也没想到会这么悠闲地坐在这儿抽烟。这宅子有一百来年的历史了,有一天也该萧条了。

那晚的后来,沈适送了周瑾回去。

一上车,沈适就闭上眼。周瑾问了几个问题,他也只是"嗯"了一声,好像一点都不放在心上似的,周瑾也不说了。

将人送到,沈适就走了,吩咐老张:"走二环。"

"老太太还等着您回去呢。"老张说,"这……"

沈适已经合上眼,不知道在想什么。二环有几个江坤的地方,沈适在那儿玩了个通宵,四五点才回了酒店房间。

他冲了个凉水澡,靠在床头玩手机。

一时有些无聊,他从手机里找到了唯一一款游戏。游戏其实很简单,完全不需要动脑子,他却总是输掉,玩了几关就扔到一边。

那个时间,陈迦南也是刚醒,头疼得缓了很久。

她坐在酒店大床上,很努力地拼凑喝醉前的那些细节,慢慢地平静下来,下床洗澡出门。

演出还算顺利,回到学校已经下午。

陈母傍晚打电话过来问她最近和周然处得怎么样,陈迦南支支吾吾和母亲打太极,听到那头外婆在喊:"你那个老师……"

"别听你外婆的。"陈母将手机拿到一边,"周然是个好孩子,你可别伤害人家。"

"这种事情又不是我说了算。"陈迦南说。

"日久生情。"陈母叹了口气,"别折腾自己了。"

陈迦南沉默了一会儿,说:"要不月底我回来一趟?"

"有那时间和周然多待会儿。"陈母说,"别瞎闹就行。"

那个"行"字还没说完,手机便被外婆抢了去。老太太好像还特意跑了十几步,小喘着气对她说别听陈荟莲的。

陈迦南笑:"那听你的?"

"不听我的听谁的。"外婆自在地吐了口气,缓过来后声音低了下来,用很正常的口音道,"别怪她催你,她就是怕等不……"

"我知道。"陈迦南连忙截了话,"妈心情还好吧?"

"最近做梦比较多。"外婆叹气,"气色还行。"

陈迦南"嗯"了一声,说:"外婆,你也少抽点烟。"

老太太装模作样地说知道了,还没等她唠叨就把电话给挂了。

她哭笑不得地看着手机,拿了书包去实验室。

柏知远好像知道她会来似的,已经等在那儿了。陈迦南也有些惊讶,站在门口也不进去,傻愣愣地看着这个穿着白大褂的男人。

"柏老师。"陈迦南说,"您怎么在这儿?"

他还在看电脑:"有事找你。"

"找我打电话就行了。"陈迦南说完迟疑了一下,"很重要吗,非得见面说?"

柏知远抬头看她:"很重要。"

陈迦南吸了一口气,柏知远笑说你先进来。她慢慢地挪到桌子跟前,看着柏知远又笑了的样子,顿时放松下来。

"听说你会吹长号。"他开口就是这句。

陈迦南:"?"

"李老师特意打电话到我这儿夸你。"柏知远说,"能吹出声就不错。"

陈迦南:"……"

"鉴于这点,我自作主张帮你讨了个差事。"

陈迦南:"啊?"

"拟南芥那个课题给你师姐做,人已经找好了,这个你不用管。"柏知远说,"再过两个月是H大一百年校庆,有一个节目我推荐了你去。"

陈迦南:"什么?"

"H大校歌。"柏知远道,"钢琴独奏。"

陈迦南一时五味杂陈。

如果说从一开始柏知远请她教钢琴是个巧合的话,那么这接二连三所发生的事情怎么解释。他是个对课题要求极为严谨的人,突然对她的学业放松下来是想做什么?

"这次校庆会请很多知名校友,我听说李熠华老师也会回来,想给他的工作室招几个学生回馈母校。"柏知远意味深长道,"对你来说是个机会。"

李熠华是国际上出了名的钢琴大师，当年外公在世的时候也曾提起过，说这个人很谦和，对待艺术有敬畏有真诚。

陈迦南猛地抬眼："柏老师。"

柏知远淡淡"嗯"了一声。

"您不会是……真想让我改行吧？"

柏知远听罢笑了，什么也没解释。

"好好准备。"他最后说。

柏知远一走，陈迦南就愣在实验室。其实想想，考个艺术学院的第二学位确实不错，可是柏知远到底在想什么呢，一直在给她创造机会，老师做到这份上也太难得了吧。

她在实验室坐到傍晚才回去，正好收到周然微信。

"我六点半下班，吃个饭？"

陈迦南将那条微信看了好一会儿，犹豫了很久才回了个"好，我去找你"。周然还在输入，她已经又回复道顺便有事要过去。

两个人在周然公司楼下的餐厅见面。

周然看见她就笑问："什么事儿非得你过来？"

陈迦南还在组织语言，周然又笑着说："不过你来了我高兴。"

陈迦南看了眼时间，问他想吃什么。周然将菜单放在她跟前，说女士优先。

"我都可以。"陈迦南又将菜单递给他，"还是你点好了。"

周然无奈地看了她一眼，低头一边翻起菜单，一边道："陈阿姨说你喜欢吃糖醋排骨这些家常菜，这家店没有这个，要不来个糖醋鲤鱼怎么样？杭椒牛柳也算招牌了。"

"你点吧。"她说。

周然抬眼："可乐鸡翅？"

陈迦南笑："你想吃啊？"

"我外甥女就好这口。"周然笑说,"每次回萍阳都嚷着我请客。"

那晚本来一切都很平常,如果没有那个意外打断的话。他们吃饭吃到一半时,周然接到电话,大概是工作上出了点问题需要回公司一趟。

周然说:"我给你叫个车先回去吧。"

"没关系。"陈迦南说,"我在这儿等你。"

她还记得周然临走时那个充满希望的眼神,陈迦南不免低下了头。沈适就是在那个当口看见她的,也看见了周然一路跑回公司。

陈迦南等了周然一会儿,接到他的道歉电话。

大意是有了新的问题可能需要连夜加班,陈迦南后来是一个人回去的。她在路上拦了辆车,让司机开慢点。

半路上京阳下起小雨,整座城市都模糊起来。

她回寝室换了身干净的睡裙,打着伞去外面扔堆积已久的垃圾。好像忽然有了看雨的兴致,她一偏头,瞧见灌木丛边的路灯下那辆银灰色的保时捷消失在黑夜里。

陈迦南痛快地收了伞,让雨落在身上。

她抬头看了看这夜幕下降临的水,轻飘飘的,没有根,可砸在脸上还是会有点疼。如果是淋漓细雨,可能只会感觉清凉。如果砸下来的是冰雹,后面的事谁知道呢。

陈迦南近来一直在为演出做准备。

她借着柏知远的面子在艺术学院要了一间钢琴教室,几平方米大刚好够放得下一架钢琴和一个凳子,教室在教学楼负一层。那一层都是这样的小隔间,每一间也都是这样的布置,每晚来练琴的学生都得刷卡排队,限时一个钟头。

那一年外婆迷上胡歌,《伪装者》看了无数遍。

有时候打电话说着说着就聊起剧情,陈迦南觉得柏知远就像剧里的明楼,你看不穿他是以何种身份存在,却还得感谢他创造的这些机会。

周末下午,陈迦南和往常一样坐公交车去上课。

柏知远的小侄女很有天赋,这还没多久已经可以自学到《哈农钢琴练指法》第六条了。陈迦南又让她开始弹《车尼尔钢琴流畅练习曲》,教了一首《城南旧事》用来调节枯燥。

于是那天,柏知远碰见她时,说:"她说你教得很好。"

"我也是有样学样。"陈迦南说。

他们并肩走在图书馆外的校园路上,路两边的杨树拔地而起,高高仰头沐浴阳光。柏知远慢慢站定,看了一眼她有些深的眼袋。

"昨晚没睡好?"他问。

"练琴有点晚了。"陈迦南笑了笑,"不影响。"

"这段时间可能会有点辛苦。"柏知远道,"身体是第一位,不要太拼命。"

陈迦南:"我知道。"

"你现在这样子比你做生物实验时看着精神多了。"柏知远笑了笑,指了指身后的二教,"我还有节课,忙你的去吧。"

说完,他转身进了教学楼。

陈迦南在原地站了会儿就往寝室方向走去,算了算日子给毛毛拨了个电话。毛毛好像在饭局上,还能听到她捂着手机说"你们先喝,我接个电话"。

过了几秒,嘈杂的听筒变得安静。

毛毛笑侃她怎么这时候打电话过来,陈迦南一边走一边说:"无聊,想从你那儿听点有趣的八卦打发打发时间。"

"八卦?"毛毛说,"姐姐我卖房赚了一大笔算不算?"

陈迦南"喊"了一声,笑道:"回去请客啊。"

"那必须的。"毛毛得意道,"老板攀上了沈家这棵大树,至少有那么一段漫长的时期姐姐我是不愁吃喝了。"

陈迦南:"是你之前说的那个什么地皮?"

"为了这块地皮我没少吃苦头,如今也算是苦尽甘来了。"毛毛说,

"那晚也没被那个林少爷白白调戏。"

陈迦南哼了一声:"你是赚了,我惨了。"

她把那天遇见林枫那个无赖的事说了一下,顺便添油加醋提了点喝了多少酒差点倒在那儿。毛毛听得夯毛,问她:"他拦你路你就乖乖上车了?"

"不然跑吗。"陈迦南嗤笑,"他真找学校来怎么办?"

毛毛气得在那边一直骂脏话。

"你说这种有钱的浑蛋怎么就不栽呢。"毛毛气道,"听说下周还要搞什么慈善晚会,邀请的全是商业名流,让这王八蛋又捞一笔。"

陈迦南眉毛一动,听着只是笑了一下。

现在的公司搞这种活动大都是公关揽到底,交给外包公司一手策划,也有些私底下会请一些交情好的乐团助兴,提高档次装装门面。陈迦南大概是赶上了好时候。

她那天去老年艺术团兼职,就遇见了林枫,后来才知道这乐团还是他资助的,有一个发烧友是他表舅。

林枫看见她自然不会错过搭讪的机会,还特意穿过一堆人凑上去打招呼,热情劲儿和那天逼酒判若两人。

"咱俩还真有缘啊,是吧陈姐姐。"林枫挑着眉梢。

陈迦南轻笑了一下:"有那么点儿。"

"真别说,你现在这口气这表情……"林枫"啧啧"两声道,"跟三哥还真是有些像了。"

提到沈适,陈迦南将目光落向别处。

"你跑这儿做兼职能挣几个钱啊。"林枫说,"我给你个平台怎么样?"

那个瞬间他大概是说笑的,陈迦南却抬起头认真了。

"我来这儿是因为热爱。"陈迦南也不知道她怎么会说出这个词来,"小试着玩,不敢登您的大雅之堂。"

林枫长长地"哦"了一声,重复着她说的"热爱"那两个字,半晌,忽然笑了出来，不知道是这个词好笑，还是说的人好笑。

"听着是有点道理。"林枫眯着眼笑，"可这乐团我也不能白养着是不是？做做样子总还算过得去。"

这些人从来都不会面对面和弱者谈条件，陈迦南是从指挥老师那儿知道她即将要做的工作，还是份了不得的活儿。

林枫似乎比她还要期待，大白天跑去沈氏晃荡。

人还没进办公室就喊着三哥，李秘书一脸无奈也是没办法，恭恭敬敬地推开门请人进去。沈适正在低头看文件，闻声连头都没抬。

"我还以为看见鬼了。"沈适说。

林枫往沙发上一坐，二郎腿跷起来，喜滋滋地笑着，喝了几口李秘书端过来的茶，这才看着沈适说："三哥，明晚你来吗？"

沈适："没空。"

"别呀，你不来多没意思。"

"听说你宴请了至少百来位。"沈适抬眼，"没意思？"

林枫干脆耍起无赖："你不来就没意思。"

沈适轻笑了一下，没有给话说去还是不去。

"我倒有个想法。"林枫卖起关子。

沈适看着文件："想说就说，不说就滚。"

林枫嘿嘿笑："我也请了周大小姐，至于她的男伴就不太清楚了。你要是迫于祖奶奶那边的压力的话，明晚可是个好机会。"

沈适翻文件的动作一停，慢慢抬眼。

"现在外头都传你俩有戏，这要是你明晚带个别的女人过去，表现再亲密点什么的会怎么样？"林枫说，"那个周大小姐名校出身多爱面子，肯定知难而退。"

沈适将笔往桌上一扔，靠在椅子上。

"反正我是觉得只要周瑾不松口，祖奶奶一定会让你俩定下来。"林枫说，"迟早的事儿。"

沈适嗓子里溢出一声笑，听得林枫瘆得慌。

"你倒是看得清楚。"沈适说。

"话不能这么说啊，三哥，我也都是为了你好，江坤那小子现在还在梁雨秋的淫威下抬不起头……"林枫说着觉察到沈适的脸色都变了，立刻停住话匣子干瘪瘪地笑了声，"那啥，三哥，我还有事先走了。"

说完，他就快步走向门口，临了还喊着："明晚八点，记得来啊。"

沈适懒懒地靠着椅背仰头闭上眼，眉头慢慢地皱起。过了会儿，他按了内线让李秘书进来一趟，吩咐道："联系一下赵小姐。"

沈适平日行事低调，那晚来得也出乎意外。

大概所有人都知道他不喜欢出席这些乱七八糟的活动，尤其还罕见地在身边带了个女伴，是个小有名气的明星。

有人靠过来打招呼，笑脸相迎。

江坤穿过一堆人走了过来，看见沈适身边的女人，笑着挤了个眼。女人识趣地给男人留下空间，去向别处和太太小姐们谈起珠翠宝石。

"放着周瑾不要。"江坤说，"故意的吧，三哥？"

有侍者端着餐盘打身边走过，沈适拿了一杯酒。

"她来了？"他淡淡道。

"林少爷的面子能不给吗？早来了。"江坤给他指了指某处，周瑾的目光一直没有看过来，"还和她老弟，你说这大小姐真是聪明啊，男伴都让人无话可说。"

沈适喝了口酒，摇着酒杯抬头看了眼。

"你呢？"沈适问。

"我？"江坤眼神示意着身后，"除了梁雨秋我敢带别的女人吗？上次那出够我呛了。"

沈适笑了笑，放下酒杯。

他这会儿有走的意思，过来露个面表表态就行了，无奈又遇见几个生意场的熟人，在阳台抽着烟说了会儿话。

沈适咬着烟，偶尔应两句。

男人之间的话题除了生意就是女人，这还没说一会儿嘴里的话就变了味儿。有人玩笑着说沈总眼光好,回头给兄弟也介绍介绍。

沈适抽着烟闷笑,眼神微眯。

"那个女的谁请来的?"忽然,有人目光转移,"看着挺漂亮啊。"

沈适低头掐了烟,听得漫不经心。

"回头问问林少爷不就行了。"一个男人回,"你别说,钢琴弹得还真不错。"

沈适喝了口酒,目光忽地一顿。

他定定静了几秒,下意识地瞥了一眼过去。会场一角搭了台白色的三角钢琴,琴凳上坐的女人后背挺直,及肩的头发束在脑后,穿着一袭白色的单肩纱裙,裙摆打在脚踝上方。

她的侧脸看上去特别干净温柔。

怎么会用这些词来形容她,沈适忽然想起那天晚上她喝醉的样子,抱着手里的长号,眼睛澄净,仰头对他笑得一脸无辜地说:"你行你上。"

沈适目光温和,轻轻笑了一下。

"沈总笑什么呢?"有人好奇。

沈适收了笑,慢慢道:"冤家。"

说完放下酒,手抄裤兜走了出去。

陈迦南始终没有回头去看,晚会开始的时候,她的工作结束。当时就领到了劳务费,比她预想的还要多一些,够她半年的学费,算没白来。

那之后,她的生活平静了有一段日子。

再次掀起波澜是在一个月之后,姚姚已经从南方回来了,专心跟着江老师搞学术。有一次,姚姚告诉她系里弄了个资助平台,百分之三十的研究生每年都会领到一笔钱。

那天,陈迦南去柏知远的办公室,恰好他不在。

事实上,她也没什么重要的事情要说,这一学期转眼又到了考试季,她又没有特别认真地听过课做过实验,就是想来找柏知远画重点。

柏知远不在,她也不着急走。

她一边等一边象征性地翻了翻桌子上的参考书,大都是一些外文版。她看到专业名词习惯性地念了出来,念完又觉得不对,听到身后有脚步声以为来人是柏知远。她拿着书皱着眉回头问:"老师,这个……"

目光所及是一双黑色皮鞋,再往上,她怔住。

沈适也没想到会在这儿看见她,许久没见愣了一下,完事儿装模作样地往她手里的书上瞥了一眼。

陈迦南回过神立刻收了书,不动声色地往后退了一步。

沈适瞧了她的小动作,倒是笑了。

"听说H大向来尊师重德。"沈适坐在一边的待客沙发上,好整以暇地看着她,"能来杯水吗?"

陈迦南目光静了静,放下书去倒水。

她今天穿着未及膝的紧身格子短裙,上身是一件简单的白T,右下摆挽了个结,踩着白色帆布鞋,头发剪短了,发尾微微卷着有些蓬松凌乱,像个干净的小女生。

陈迦南将水放在桌子上,乖乖地低着眉。

听见沈适问:"柏教授不在?"

陈迦南轻轻地"嗯"了一声,退后到几步之外想走。

"我又不会吃了你。"沈适说,"跑那么远做什么?"说着,他看了一眼杯子里的水,状似无意道,"柏教授这有什么好茶,泡一杯来。"

陈迦南沉住气,咬了咬牙。

"我对这儿不熟。"她说,"不知道。"

沈适淡淡地"嗯"了声:"找找看。"

陈迦南:"……"

"H大尊师重德,怎么能随便翻人东西。"她说得也很平淡,跟叙述一句毫无感情的话似的,"您说对吧?"

这人从来都是不吃软不吃硬,全凭喜好做事,喜欢你了什么都宠着,烦你了想都不会想起,惹着他了会晾你一段时间让你自己反省,也会有先忍不住跑来找你的时候。最怕的是对你没了兴趣,扔掉你跟扔一件旧衣服一样。

沈适听着笑了一下，问她："那我能抽烟吗？"

"对不起。"她说，"不能。"

沈适好似还有些遗憾："算了。"

她那会儿正准备走，柏知远刚好回来了，他看见办公室里的两个人，愣了有一秒，便笑道："沈先生久等了。"随即叫住陈迦南，"给沈先生换一杯茶。"

她沉默地走向墙角的柜子，拿出那盒碧螺春。

沈适看着柏知远开玩笑道："您这个学生对这儿很熟啊。"

陈迦南背对着他们泡茶，手都抖了一下。

柏知远笑道："太贪玩老被我训，来这儿比实验室还勤。"

"看不出来。"沈适瞥了一眼那个瘦弱的背影，"还挺皮。"

柏知远笑了笑："现在好太多了。"

他们说了两句便开始谈起正事，似乎还和系里的科研投资有关。陈迦南泡好茶端了过去，柏知远抬头看了她一眼，说："去我抽屉把最上面那份文件拿过来。"

陈迦南应声去做，心里开始骂起来。

沈适慢悠悠道："您这个学生好像有话要说。"

柏知远抬头看陈迦南，接过文件道："这样，你先回去，我明天要出差，有什么事发邮件给我。"

她松了一口气，礼貌地低了下头准备走。

"没关系。"沈适说，"总得有个先来后到，要是介意，我可以先回避。"

他这话说得坦坦荡荡，陈迦南揪不出错。

"您太客气。"柏知远也没再推来推去，直接看着她，"就在这儿说吧。"

陈迦南："……"

她犹豫了一会儿，还是有些难以启齿。

"陈迦南？"柏知远叫她。

沈适低头喝着茶，好似没听似的。

"不是要考试了吗，我是想请您……"陈迦南硬着头皮慢慢道，"画重点。"

沈适像是被呛了一下，咳嗽了出来。

柏知远也一时不知道说什么，恨铁不成钢地看了陈迦南一眼，指了指桌子上那一摞书，叹气道："拿了赶紧走。"

陈迦南："谢谢老师。"

她这一走，沈适就笑了。

"柏教授对待学生真是宽容。"沈适道，"没少操心吧？"

"让您见笑了。"柏知远摇头笑。

沈适抿了口茶，看似无意道："我听梁老说您有意培养自己的学生搞外行？"

柏知远顿了一下道："我见过太多学生选错专业走错方向，每天做着自己不喜欢的工作以为忙碌就是充实，说句伤人的话这也不过是一种麻木的踏实，有机会能帮一把是一把。"

沈适淡淡笑了笑，没说话。

"我说教惯了，沈先生别介意。"

沈适："您说得对。"

"我这个学生对钢琴很有天赋。"柏知远说，"如果您那边有什么合适的发展机会的话，柏某先在此谢过了。"

沈适微微沉吟："客气。"

那一天的京阳城阳光万里，空气似乎都格外新鲜。沈适坐在车里兴致不是很好，面无表情地把玩着手机瞧着窗外，半晌收回视线。

车开出H大，沈适道："去姑父那儿。"

林意风正在家自己下厨，煮了一包泡面，还没喂进嘴里就被沈适夺了去。这个侄子从来都是这样，没大没小拿他也没辙。

"我以为好心看我来了。"老头哼了一声,"真是。"

"看您说的。"沈适没皮没脸道,"这不是给您带了瓶酒吗?"

两个男人坐在餐桌上,面对面斗嘴。

"说吧,什么事儿?"

沈适笑:"没事。"

"没事你能来?"

"真没事。"沈适咬着面说,"陪您聊聊天。"

"跟我一个老头子能聊什么。"老头靠着椅子,笑着看他,"你说说我听听。"

"比如……"沈适一边呼啦吃着面,一边头也不抬地说,"您和姑姑。"

房间忽然一下子安静下来,也只是一下子。

"过去这么多年了有什么好说的。"老头道。

老头说了这句不再吭声,沈适将面吃完了,擦了擦嘴,抬头看着这个年近六十的老人,眸子里瞬间闪过一丝悲痛。

片刻,他低了低头:"对不住了姑父。"

老头笑着摆了摆手,弓着腰去拿了开酒器,说:"陪我喝几杯。"

安静的屋子里只有喝酒碰杯的声音,有时候你会发现这个地方实在寂寞,没有人的时候连阳光都不愿意进来。

后来老头喝得半醉,沈适扶着他进了卧室。

他给老头盖上被子正要走,老人忽然睁开眼睛,不像是做梦,不像是说胡话,只是安安静静地看着他,慢慢张开嘴。

"她还好吗?"

沈适闭了闭眼,说:"好着呢。"

回去的路上,京阳城忽然狂风大作下起了暴雨,老张担心下面的路走不过去正要询问,老宅打来了电话,说老太太突然晕倒已经送去医院。

老张说:"沈先生,前面怕是过不去。"

"走应急车道。"沈适说。

到医院的时候老太太已无大碍,沈适坐在外面的椅子上抽了好几根烟。萍姨从病房里退出来,在他跟前叹着气说这几年都是这样,一听见暴雨老太太就犯头晕,今晚比往年都严重。

沈适道:"辛苦您了萍姨。"

"不是我说您啊沈先生。"萍姨道,"老太太做这么多都是为你好,周小姐无论从哪儿看都那么优秀,您倒好这一出差就是一个月,听说您回来老太太天天在家等着,万一今晚……"

沈适扔了烟:"我知道。"

沈适进了病房,老太太还闭着眼没醒。暴风雨将窗户敲得噼里啪啦响,沈适走了过去,透着窗帘一角看这窗外的黑夜。

想起那一天夜里,也是今晚这个样子。

那天他去哈尔滨出差,带着陈迦南一起去。她那段时间和以前不太一样,笑得也比以前多了。一进酒店,她便开始捯饬暖气,拿着遥控器问他这个怎么用。他笑着刮一下她的鼻子,说她笨到家了。

那个清晨他们做得也很尽兴,各种花样痛快淋漓。

她躺在他的怀里又变成了小女孩的样子,从头到尾一直没喊过疼,眼泪都没掉一滴。深夜,他从饭局上回来,哈尔滨暴雨倾盆。

她站在窗前,眼睛红红的。

"站那儿做什么?"沈适问。

她没有回头,看着窗外的黑夜。

"等雨停。"她慢慢说。

第六章 从头来过

图书馆里，陈迦南一边看书一边骂人。

柏知远给的那沓书里头干净得连一个黑点都没有，这人平时上课都不做备注的吗。她胡乱翻着书想找一些蛛丝马迹，没待一会儿就抱着书出来了。

周然打电话约她一起看电影。

他们最近的相处倒真像是朋友一样了，不急不缓，这似乎是她所期待的，但往深里想还是会觉得对不住这个大男孩。

那天看的是惊悚片《寂静之地》。

周然没有想到陈迦南喜欢看这种，或许在他的印象里她不该是这个样子。周然问她："不害怕吗？"

陈迦南看得聚精会神，想了想说："害怕，还是想看。"

那个夜晚似乎注定不太寻常。

电影看到一半，周然被公司召回做壮丁，陈迦南忍不住问："你们公司经常这样吗？"

周然有些不太好意思道："正常下班基本是奢侈，所以抓着机会就得约你。"

陈迦南笑，忽然认真道："我和你一起去吧。"

周然蒙了一下。

"你忙你的，我随便转转。"陈迦南说完顿了一下，"不方便吗？"

周然忙摆摆手，高兴还来不及。

她和周然在大堂分手，看着周然上了电梯。

这栋大楼有三十九层，中间有近二十层都是沈氏的，这个时间还亮着灯的楼层大都是中高层。

陈迦南站在大堂打量着四周。

身后有人似乎在对她说你好，陈迦南回过头去。显然，李秘书也没有想到会在这儿碰见她，还是挺客气地问："您好，请问您有事吗？"

陈迦南并不认识李秘书，礼貌颔首："我在等我朋友。"

李秘书点了点头朝电梯方向走去，直接上到二十七楼。沈适还没有下班，眉角有些许疲惫，不耐烦地抽着烟，地上扔了一堆文件。

敲了门进去，李秘书欲言又止。

半天不见说话，沈适抬眼："怎么了？"

"沈总。"李秘书道，"我刚在大堂遇见了陈小姐。"

沈适抽烟的动作顿了下。

"这个交给市场部。"他从桌子上拎出一份文件，"明天给我汇报。"

李秘书："……"

沈适摁灭烟，起身拿过外套出去了。他直接下到停车场，将沈氏绕了一个圈将车子停在公司门口，摇下窗看了里面一眼。

陈迦南坐在沙发上，低头在看手机。

沈适注视了一会儿，开车去找江坤喝酒。

江坤抽着烟跟沈适诉苦道："梁雨秋出国玩几天，要不我这会儿还苦着呢。"

"这么贱？"沈适笑。

"周小姐好像最近不怎么去老宅了。"江坤说，"你就等着祖奶奶收拾你吧。"

"老宅忙着呢。"沈适说,"没这工夫。"

旁边的女服务员这会儿突然倾了倾身子,帮他把空了的杯子满上了。沈适垂眸看了她一眼,不动声色地别开视线。

江坤多精的人,立刻揽了身边的人站了起来。

"三哥,你休息。"江坤说,"兄弟出去跳个舞。"

沈适淡淡地抽着烟,也不说话。包间里莫名地安静下来,服务员刻意拉开了些距离,端端正正地站好。

"是你啊。"他吐了口烟圈。

"啊?"女孩一脸的震惊,"沈先生还记得。"

他上次多跟这个女服务员聊了几句,江坤便刻意将人安排在他边上,沈适再次见到她并不觉得意外。

沈适笑了笑:"住哪儿?"

"H大。"女孩答道。

沈适"嗯"了一声,问:"几点走?"

"十一点半。"

他问:"这么早?"

"晚上有门禁。"

沈适笑了一声,将烟摁灭,捞起西装外套说:"去收拾一下,我送你回去。"

女孩愣了一下。

"交班得好一会儿。"她慢慢道,"要不……"

"不着急。"沈适说,"你慢慢弄。"

他去了车上等,习惯性地点了一根烟。过了一会儿,有人敲了敲车窗,他降下玻璃窗看了过去,女孩子瓜子脸披着长发眉目干净,对着他笑得一脸灿烂。

沈适开车直接上高速,烟还在指间燃着。

"怎么认得我车的?"他问。

"哪还用认。"女孩子坐在副驾驶,两只手缠在一起,"以前见您开过。"

沈适淡笑:"是吗?"

空气里有片刻安静,烟雾缭绕。

"以前就有人总是不认识。"沈适说着笑了一下,"每回都得我提醒。"

女孩子笑笑:"其实您的车子挺好认的。"

沈适没再说话,一路将车子开到女生住的楼下。女孩子年纪小,开心地和他打了招呼跑进了楼。

沈适将车子挪了个位置,一个人静静地待了会儿。

那几日京阳城天气骤变,大雨说下就下。

有好几个晚上,沈适都会送那个女孩子回来,只有一次遇见到陈迦南。她穿着薄薄的短袖牛仔短裤,趿拉着一双粉色人字拖在食堂门口吃冰激凌。

像是在等人,一副百无聊赖的样子。

沈适坐在车里就那样看着,也不觉得无聊。副驾驶的女孩子看着有些奇怪,过了一会儿,她忍不住问他:"您在看什么?"

夜风里,陈迦南一点一点地舔着奶糕,有一辆车子在她身边停了下来,周然手里好像拿着一样东西给了她。她仰着头含笑,软软的发尾贴着耳朵。

沈适嘴角微沉,发动车子开了过去。

那段路的车速有些快,女孩子似乎有些害怕。等到车子停在楼下,她才慢慢转过头问:"您没事吧,沈先生?"

沈适淡漠道:"没事。"

"谢谢您今晚送我回来。"女孩子解开安全带,准备下车,道,"那我先走……"

那个"走"字还没说出来,手腕被沈适拉住。女孩子回过头去看,沈适的眸子渐深,又瞬间恢复了平静。

"那地方以后还是别去了。"他最后说。

算是做了一回好人。

接下来的几天，沈适都特别忙，去了很多地方出差，两三天里有二十多个小时都在飞机上。再次回到京阳是因为H大的百年校庆，他受邀出席盛典。

一堆人坐在办公室聊天，沈适安静地听着。

"今晚有好几个节目都不错。"校长说，"沈先生一会儿有眼福了。"

沈适笑了笑，不置可否。

"这么久也一直没问过，不知道沈老先生身体如何？"

沈适笑道："家父这两年一直待在国外，一切都好。"

"好些年没见过了。"校长回忆着说，"上次好像还是H大搞建设，令尊捐了一栋楼，印象深刻至极，现在一代又一代，已经是你们年轻人的天下了。"

沈适笑笑："您客气了。"

这场寒暄没有持续多久就因为晚会的开始而结束，沈适和H大几个领导坐在最前排。他似乎也没什么兴致看，一直把玩着手机。

校领导时不时给他指指舞台，他半倾身过去，偶尔点下头，嘴角含着客气的笑，又是那样一副温和的样子。那样一群人里，数他最不一样，漫不经心，却又不容忽视。

陈迦南的节目本来排在最后，后来又调到前头。

大概是第四个节目后，沈适出去接了一个电话，再回到座位上便看见已经准备好的舞台。一架黑色钢琴，一个穿着白色单肩裙的短发女孩子。

她是怎么舍得剪掉那头长发的？

沈适看着她坐在钢琴前，五指慢慢地搭在琴键上，脑海忽然冒出这个问题。他不敢承认那一瞬间他想到了很多事情，这个干净善良的姑娘曾经是属于他的。

第一次见面是在姑父家，她也正在弹琴。

她似乎真的喜欢做这个事情，好像只有这个时候才能看见那双眼睛里真正藏着的东西。

沈适用舌头顶了下左脸颊，微侧身和旁边人说了些什么，然后走了出去。

陈迦南的余光看见他离去，神色微微变了。

节目结束，陈迦南虚脱似的朝着后台的走廊尽头走去，低着头只看着脚下的路，细跟鞋踩在地上咚咚作响。她正入神地听着脚下的声音，腕子突然多了一股力量。她还没来得及抬头去看，已经被人拉到了身侧一个房间。

门被瞬间反锁，灯光也暗着。

陈迦南被那股力量压在墙上，那熟悉的温度和味道让她瞬间反应过来。她想挣扎，双手却被他反剪在头顶，那张脸迅速压下来。

舞台的灯光倏地变亮，透过房间里的一扇小窗照了进来。她慢慢看清了沈适的脸，淡漠的，又有些许愤怒。

"沈先生一向温和从容，怎么也会这套了？"

陈迦南故意激怒他，好像这样会开心一样。

沈适似乎没那个心情跟她斗嘴，一只手从她腰上抽回捏住她的下巴，对准她的嘴用力亲了下去。

她有一会儿是蒙的，身体越拧越被他箍得紧。

沈适亲够了慢慢侧头移到她的脖子，狠狠地吸了一口气，甜甜的，有点奶味儿。

陈迦南挺平静的，挣扎了几下便安静了。

只感觉到他的唇湿湿的，慢慢地从脖子往下滑去。她微微垂眸看着身上的男人，轻轻地笑了一下，又笑了一下。

"沈先生这是做什么呢？"她问。

沈适将脸慢慢从她的脖颈抬起，黑眸紧紧地攥着她的视线。他深深吸了一口气，手里的动作停了下来，静静地看着她。

"南南。"他轻声叫她，声音有些沙哑，像是用了很大的力气在说话，开口又是很轻很轻的语气，近乎呢喃耳语，"这两年玩够了吧？"

陈迦南看着他，目光沉静。

舞台上有人唱歌，竟然是《祝你一路顺风》。她想起外婆来京阳的那个夜晚，她问外婆想听什么，外婆说了这首。其实后来外婆走的时候还对她说过很多，也大都忘记了。

"沈先生想听我说什么呢，玩够了回到你身边吗？"陈迦南轻轻道，"我为什么要这样做。"说着笑了下，"你又不会跟我结婚。"

沈适慢慢放开她，眼神也淡漠了许多。

"你看。"陈迦南接着道，"你自己也这样想。"

沈适从裤兜里掏了根烟，塞嘴里低头点上。

"我现在挺好的，生活学业都很顺利，也有一个正在相处的男朋友。"陈迦南说，"今晚我可以当什么都没发生过，您还是那个沈先生。"

沈适笑了声，猛吸了一口烟。

"我要是不同意呢，南南？"

陈迦南"哦"了一声。

"那您想做什么？"陈迦南一副猜疑的样子，"想跟我旧情复燃吗？"

沈适扔了烟，忽地抬手掐上她的下巴。

"这么跟我说话很开心吗？"沈适眯起眼睛，"激怒我？"

陈迦南淡淡地从他身上别开眼。

"我只是说实话。"她道，"惹您生气真是抱歉。"

沈适看着她，蓦地笑了一声，慢慢松开手。

"长大了，南南。"他说。

昏暗的光线里，什么都看不太清楚，陈迦南不知道他说这话的样子也不愿意知道。她把自己扔进一个没有对手的赌局，输的人会是谁呢。

她的手机这会儿响了起来，是柏知远打来的。

沈适一副看好戏的样子，看着她接通电话。房间里很安静，电话那边说了什么听得一清二楚。柏知远问她在哪儿，要和几个老师同学一起吃饭。

陈迦南回了两句，挂了电话。

她抬头看沈适:"您听见了,我还有事。"

陈迦南说完,看见沈适也没有什么反应,转过身手刚放在门把上,就感觉他从背后贴了上来,坚硬的胸膛抵着她。

沈适的手覆上手把,很君子地放在她手上。

他侧身凑近她耳朵,陈迦南轻微颤抖了一下。沈适低低笑了,将脸搁在她的脖颈上,又轻又慢地吻了一下。

"也许你说得对,南南。"沈适笑道。

他说完拧开门把,先她一步走了出去。

陈迦南在他走后静静地待了一会儿,慢慢地、慢慢地扯了扯嘴角。她轻甩了一下还算清醒的脑袋,手指穿过头发捋了一把,拉开门出去了。

柏知远在礼堂门口等她,穿得很正式。

"刚才表现很好。"柏知远等她走近,轻道。

陈迦南不太习惯这人的夸赞,歪着头笑了笑,将被风撩起的一丝头发捋至耳后。她侧头看了一眼四周,又转回来看柏知远,问道:"我们要等其他人吗?"

"不用。"柏知远道,"我们先过去。"

陈迦南忽然想起什么,问:"李熠华老师也在吗?"

提到这个,柏知远顿了一下,说:"说是有事晚会也没来,到时候多注意行程消息吧。"说完看了一眼陈迦南,"不用担心。"

"柏老师。"

柏知远眼神询问。

"您是真的打算让我转行吗?"陈迦南问得认真。

夜里的校园小路一片寂静,师生二人沿着边缘慢慢往前走。两边的杨树被风轻轻吹起,沙沙作响,黑夜衬得这场谈话都安静严肃了。

"确实有这个打算。"柏知远想了一下说,"不然也不会让你教我小侄女学钢琴。"

陈迦南问:"为什么?"

"今天有个大二的男生唱了首歌,有幸那晚见你弹过。"柏知远慢慢说，"我想你知道是哪首。"

陈迦南沉默下来。

"你不喜欢生物。"柏知远说，"对吗？"

陈迦南低头笑了笑。

"又或许当初考我的研究生只是恰巧，你只是想来京阳？"

柏知远的话让她倏地震了一下。

"选一个有把握考上的，比如本专业就不错。"柏知远说，"但作为老师我不能由你胡闹下去，你说是不是这个道理？"

陈迦南勉强笑了下。

"你这样笑是被我猜中了？"柏知远叹了口气，"那要不要我猜猜你为什么来京阳？"

陈迦南抬头看去，柏知远眼神有点复杂。

"要么为了前途，要么为了某个人。"柏知远思量道，"你投鼠忌器选择生物自然为的不是前途，对吗？"

陈迦南咬紧嘴唇。

"选择我做导师或许是在赌。"柏知远又道，"没想到赌赢了。"

柏知远点到为止，目视前方不再说了。

陈迦南低下头去，笑了笑："难怪以前上课的时候梁老总夸您眼光精准独到，又有教授这个职位少有的谦和。"

柏知远"嗯"了一声。

"梁老抬举了。"柏知远说，"到了。"

包厢里几个师兄师姐先到了，他们在饭桌上说话倒也随意。过了一会儿，几个系的教授也到了，同行的竟然还有沈适。

他穿着白色衬衫，西装外套搭在手臂上，领带系得特别整齐，和身边人说话三分笑意，一边聊着一边落座，很客气地和柏知远了握手。

几个师兄师姐已经站了起来，陈迦南也不好坐着。

"今年多亏了沈先生对生物系的科研投资我们才能撒开手干。"全部落座后，一个年轻的教授举杯道，"我先敬您一杯。"

"名校是国之重器。"沈适笑道,"应该做的。"

柏知远道:"沈先生太客气了。"

"举手之劳。"沈适说完话音一拐,淡淡地扫了一眼只喝饮料的陈迦南,又收回视线对着柏知远道,"您这位学生好像不太喜欢吃菜。"

陈迦南:"……"

柏知远看向身边这几个学生:"不要因为我们大人在拘束了,都随意些。"

一个教授笑道:"知远就是比我们细心。"

他们的话题大都围绕着近来的科研和一些社会话题,沈适那一晚兴致不错,较往常多说了几句,酒也喝得有些多。

"沈先生喝太多了。"有教授道,"要不给您叫个车?"

沈适抬手:"不碍事。"

毕竟都是搞学术的老师,简单聚聚也不会喝太晚,没到九点饭局就散了。陈迦南看着老张过来接沈适,柏知远和几个教授先走,她跟在几个学姐身边最后才离开。

几个人在校门口散了,陈迦南接到一个电话。

那是一长串曾经被她用力忘记却还是烂熟于心的京阳本地号码,陈迦南有一瞬间条件反射地站住,朝两边看了一下。她没有接那个电话,刚往前走了几步就看见身后有车灯照过来。

她下意识回头去看。

那车是低调的黑色,停在她的正后方,打着双闪。

那一刻,陈迦南忽然有些走不动了,看着那束光照过来。

电话又响起来,陈迦南没打算接。

沈适透着车窗看她,那眼神的意思好像是你不怕闹事我就下来。

电话一直没有停过,陈迦南最后还是接了起来。

"上车。"他声音很低,"我没什么耐心,南南。"说完真的打开车门走了下来,抬眸看她。

两个人相隔了十几米,面对面还在通话。

"我要是不上呢?"她问。

"你知道我不是什么好人。"

"喝酒还开车。"陈迦南忽略掉他那句,"老张呢?"

"我让他回去了。"

"回去了?"陈迦南皱眉,"醉酒驾车要坐牢的。"

沈适笑笑:"这么想让我被关起来?"

陈迦南:"……"

她知道他什么都做得出来,最后还是走了过去,四下看了眼周围,黑漆漆一片没人注意才上了驾驶座。他倒自在,坐上副驾驶直接闭上眼睛。

"先随便转转。"他说。

陈迦南冷着脸,直接开上高速。

有一阵子车里很安静,他好像真的睡着了。陈迦南侧头看了一眼,沈适的呼吸平稳,不像是装的,可能刚才确实喝太多了。

她漫无目的地在公路上乱开,太晚了没留意,连闯了好几个红灯都没发觉。

一路畅通无阻的感觉让她感到挺痛快,陈迦南开心了,刚才所有的不快都没了,她将车子开在一个没什么人的街道路边,停了下来。

车子刚停下,沈适就睁开眼。

"过瘾了?"他问。

"过瘾。"

沈适低声笑:"解气了?"

"生什么气?"

"那开这么厉害。"沈适笑道,"红灯也不认识了?"

"……我闯红灯了?"陈迦南后知后觉。

沈适:"好几个呢。"

陈迦南一开始还有点害怕,但看他事不关己的样子,又不想让他好过,便说:"这一趟得扣掉您七八分,心疼了?"

那晚的京阳似乎比往常都要美，这个陌生的街道安静得像平静的湖面。他的表情也是淡淡的，嘴角有几分笑意，挑着眉头看她。

"随便扣。"他说。

沈适的声音又低又轻，还夹杂着一分笑意。

陈迦南顿时有些无话可说，偏过头透过挡风玻璃望向车前方的街灯，昏昏黄黄，被许多小小的飞蛾围绕在里头。

那光太弱，像临终病人的呼吸。

轻轻地，缓缓地，擦过她的鼻息。陈迦南看得有些愣神，余光里沈适看了她一眼又别开了目光。她拿不准他要做什么，却又不能主动出击。

车里的空气慢慢流动着，像那光。

沈适烟瘾犯了，摸出打火机点烟，怎么都点不着。他把打火机扔到一边，不知道从哪儿摸出一盒火柴，嘴里咬着烟，一只手拿着盒子，一只手将火柴划过，哧的一声有火光冒出来。他微微低头，将火柴轻轻拿到嘴边点烟。

就在那一瞬间，陈迦南发动引擎将车子开了出去。

沈适被震了一下，烟呛在嘴里，咳了好几声，火柴竟然还没灭。他甩了两下将火柴棒从窗户扔了出去，左手夹上烟，睨了她一眼，笑了。

"你这是有多恨我。"沈适嗓子里溢出一声淡笑，"我好像没怎么着你吧？"

陈迦南目视前方看着路，面无表情。

"您最好给老张打个电话。"陈迦南说，"我其实不怎么会开。"

沈适不以为意地"嗯"了一声："那怎么学的车？"

"忘了。"她说得很干脆。

还是大学考的驾照，以前但凡回萍阳，毛毛都会开着那辆破旧的沃尔沃过来接她去香江玩。她有时候起了兴致会开一会儿，开得倒也凑合。

沈适被她那句弄得又咳嗽起来。

"难怪红灯也不知道让路。"沈适故意曲解道，"那就往犯罪道路上开。"

陈迦南："……"

"你不是想看我进派出所？"沈适笑，"正好称你意。"

陈迦南冷笑："要进你进，别拉上我。"

沈适无声地笑了一下，烟雾里她的短发干净俏皮，那张侧脸未施粉黛，脾气跟个小姑娘一样不经逗。以前什么样子？他此时此刻一点都记不起来。

"你这个态度可不行啊。"沈适说，"柏教授似乎很器重你，还特意向我举荐过你。"

他加重了"器重"和"特意"这两个词。

陈迦南愣了一下，转过头看了他一眼。沈适的眼里漫着淡淡的笑意，又有了平日里待人温和的样子。

"不相信？"他笑道，"要不打个电话问问。"

说着，他将自己的手机给她递过去，陈迦南淡漠地看了一眼，又默不作声地开起车来。还没两分钟，听见沈适道："开错了。"

陈迦南皱眉："哪儿错了？"

沈适微微凑上前给她指了指方向。

"这儿。"他道，"该左拐了。"

他晚上确实喝了不少酒，身上的味道却不是很浓，再加上抽着烟，掩盖了一些酒味，说话的时候也不温不火的。

陈迦南气道："你刚怎么不说？"

他气定神闲地往椅背上一靠，闭上眼。

"不想说。"他这样道。

陈迦南在心里翻了个白眼。

车子开出十几米后，终于被交警拦了。

陈迦南握着方向盘的手紧了紧，看了一眼沈适，他还闭着眼似乎跟他无关一样。陈迦南慢慢摇下车窗，抬头看向已经凑近的交警。

"开错道还喝了酒？"交警皱着眉看她，"下来接受检查。"

陈迦南脸上堆了点笑："我没喝。"

"那也得下来。"交警说，"把他叫醒。"

陈迦南扭过头看沈适，他没一点要醒的迹象。

"哎。"她这么叫他，"警察叫你呢。"

沈适没答。

陈迦南又喊了一声："哎。"

沈适没答。

交警显然有些不耐烦，敲了敲她的车窗。

"你先下来。"声音严肃。

陈迦南愤恨地瞪了沈适一眼，不太情愿地从车上走了下来。交警问什么她说什么，大概意思是监控查到闯红灯再加上不按规则行驶有的罚。

陈迦南有些头疼。

"我没想这样的。"陈迦南解释，"是他叫我开的。"

交警才不管这一套："就你这么开下去今晚不出事才怪，先把身份证和驾驶证给我。"

陈迦南："……"

正僵持着，陈迦南瞥到一个熟悉的身影。老张不知道什么时候赶了过来，大概是一直在后面跟着吧。

"您先回车上吧。"老张礼貌地对她颔首，"这儿交给我。"

她自然不敢再回驾驶座，安安静静地坐去了后座。

沈适慢慢睁开眼睛从后视镜看她，半天才扯开嘴角笑了一下。

陈迦南知他故意，抿嘴不理。

她看着老张拉过交警说了几句，也不晓得说了什么，看着倒是一派和气的样子。陈迦南收回视线，沈适还在看她。

"老张会处理好，倒是你，"他逗起她来，"这些常识有时间我教你。"

陈迦南语气平常："您日理万机，不劳大驾。"

"我有什么架子？"沈适笑道，"说说看。"

陈迦南："不想说。"

余光里，老张似乎已经和交警协商好了，开好罚单后，对方做了个放行的动作。

半晌，老张回到车里，问："现在去哪儿，沈先生？"

沈适看了一眼陈迦南别过目光的脸，揉了揉有些疼的太阳穴，他这会儿其实有点难受，可能是这几天一直到处跑又混饭局的缘故。

"H 大。"沈适看了她一眼，"先送你回去。"

他的声音淡淡的，不似刚才温和。

陈迦南看着他微微低下头去捏着鼻梁的样子，好像有些不太舒服，眉眼间有些困乏，再回想刚才的话里似乎也有些疲惫。

喝那么多酒活该，陈迦南想。

到寝室楼下的时候，陈迦南很干脆地下了车，半分停留都没有，甩了车门扬长而去。老张看着那个身影，笑着摇了摇头。

"陈小姐现在的性子倒是越发像小姑娘了。"老张道。

沈适淡淡笑了一下。

"短发也比以前漂亮。"老张今晚话有点多，兴许是以前和现在还没有哪个女孩子能让沈适这么上心，再遇到陈迦南有意外也有平常心，便又道，"活泼了。"

沈适这回抬眼道："活泼？"

哪儿看出来的？跟他在一块不是抬杠就是沉默，还活泼？说起话来嘴皮子倒是挺利索，怼起人来比以前厉害多了。

"就是从前太安静了。"老张笑，"现在有些生活气。"

沈适静而不语，半晌眸子柔软起来。

"沈先生。"老张意识到不能再多说，"咱们现在去哪儿？"

"回梨园。"他揉揉眉心。

听到车子离开的声音，陈迦南才从楼里走出来。今晚她用尽了所有的力气跟沈适不对付，他却没一点生气的样子。

是她忘记了沈适从来都是太过耐心，很难有急躁的时候。

后来几天没有再见到沈适，临考前，她埋头苦背。

倒是听到了一些有关李熠华老师的消息，大概是六月底回国外，中途会开放工作室迎接面试者，有意者先准备曲目发至邮箱，通过筛选者具体面试时间待通知。

陈迦南背完生物又跑去琴房。

这一周，她忙得吃饭都顾不上，好像是读研究生以来最用功的一段日子。柏知远最后还是心软地给她画了重点，没让她真的挂科。

她给外婆打电话问想要什么生日礼物。

"苏烟和阿诗玛。"外婆就记得烟。

她让外婆问陈荟莲想要什么假期礼物。

"带周然回家来。"母亲就记得这个。

说来她和周然也有一段时间没见了，现如今她不太好意思去找他。成年人之间的默契或许都是这样子，他不找你，你也不能像小孩子那样去责问为什么，于是，很多关系渐行渐远。

六月初那个夜晚，陈迦南收到了面试通知。

陈迦南当时刚从食堂出来往回走，一边低头看手机一边笑，没怎么看路，被不远处的礼堂拦住了脚。她想起过两天的面试，忽然想进去试试感觉。

还是那个高高的台子，钢琴安静地待在那儿。

陈迦南穿过一排又一排的座位沿着过道走了上去，坐在了钢琴前。每到这样安静的时候，她都会想起那个曾经弹给外婆听的夜晚。

她把双手慢慢放在琴键上。

很小很小的时候，她跟外公学琴，外公满眼期待地问她——囡囡，长大了想做什么？她歪着脖子想了很久很久，外婆在一边看着外公笑话说，得，白教了。

陈迦南忽然有点鼻酸，曲子也变得忧伤。

长长的绵延的调子从指缝间跑出来，跑满了整个礼堂，又变成轻轻地，一个音一个音慢慢地跳跃出来，像日子一天又一天。

你看这一年又一年，哀而忧伤。

弹罢,听到门口有人问:
"你在难过什么?"低缓至极。
陈迦南侧头看去,柏知远不知道什么时候站在那儿。
他像是刚从办公室出来的样子,穿着休闲的衬衫牛仔裤。陈迦南慢慢合上琴盖,从台子一侧下来,朝着门口的方向走去。
临近,柏知远又道:"刚才的曲子叫什么?"
"《幸福的日子常在》。"她说。
"名字好,调子太悲了。"
陈迦南笑了笑:"您怎么在这儿,刚忙完吗?"
柏知远"嗯"了一声,他说路过。
"哦。"
"李熠华老师的面试通知该下来了吧?"
"您怎么知道?"
柏知远:"猜着也不远了。"
他们边走边说,站在校园路边吹着六月的风。陈迦南双手插在衣兜里,听着柏知远说些学业上的话,也没怎么听进去。
柏知远说起两天后的面试:"好好把握。"
陈迦南点头应声。
"机遇不是经常会有,可能一生只有一次。"柏知远语重心长又像是有言外之意,"不要把时间浪费在没有意义的事情上,明白吗?"
半晌,陈迦南才"嗯"了一声。
"这两天好好休息,准备准备。"柏知远说,"回去吧。"

陈迦南和柏知远道别之后一个人走回了寝室,姚姚在和朋友视频,她忽然没什么睡意了,换了一身裙子又出去了。
H大外面的街上有好几个大商场,亮得像白天。
陈迦南在一楼买了一瓶江小白,跟喝饮料似的边喝边逛,不时地抿一小口,看见漂亮的衣服鞋子便停下来瞧几眼试一试。
她将四层的商场来回转。

其实也没多大的兴致，就是心里有点烦，好像每回和柏知远谈话后都挺烦躁，听着一堆人生大道理就贼心乱。

她又抿了一口江小白。

四楼一个品牌店里的女人不小心瞧到这一幕，不禁好笑地看着沙发上坐的男人道："你看那个女孩子，还挺有意思。"

沈适连头都没抬，随手在翻着杂志。

"哎。"女人又道，"这个周小姐还真挺招你奶奶喜欢的，几句话又把你拴跟前了，欲擒故纵这一招玩得好。"

"说两句行了啊。"

"以前见你带过那么多女孩子过来都没感觉。"女人笑了笑，"这回怕是要定了。"

沈适翻页的手一停，将杂志扔到了一边。

他似乎也有些不耐烦，准备摸兜找烟抽，被女人一句"这儿不许抽烟"，叫停了动作，抬眼的一个瞬间，看到不远处微仰头在喝江小白的陈迦南。

沈适下意识地皱了皱眉。

这时，恰逢换衣间的周瑾出来了，她两手轻轻扯着裙摆优雅地笑着问他这件怎么样。沈适撤回目光，淡淡地笑着说挺好的。

"今晚是你亲口答应奶奶陪我出来的。"周瑾收了笑，"这么敷衍啊。"

沈适抬眉，语气严肃："周瑾。"

他的表情很淡漠，又从容有礼。

"不说这个了。"周瑾被他眼神里的话意弄得心底一酸，硬是挤了个笑扯开话题问他，"你说白色好看还是粉色好看？"

沈适说："白色吧。"

那个晚上，陈迦南并没有看见他，再见到是在两天后去面试的路上，刚跑出寝室楼就被他的车子拦了下来。沈适像是存心要拦她似的，将车子大摇大摆地停在路中间。

她走,车跟着走。她停,车横向把路一挡。

下午两三点的阳光从西面照过来,照在他银色的保时捷上熠熠发光,也惹得路上来往的学生驻足回看。陈迦南偏头看他,罪魁祸首笑得温和。

"这样还不上来?"他问。

眼看着围观的学生越来越多,陈迦南硬着头皮钻进了副驾驶。沈适嘴角的笑意渐渐蔓延开,穿过校园路直接开过校门。每回都以这种方式逼她就范,陈迦南是有些不太痛快。

沈适仍笑着问:"去哪儿?"

陈迦南有正事在身,这会儿没工夫绕弯子。

"西单那边。"她说,"麻烦您开快点。"

沈适问:"很急?"

陈迦南:"很急。"

"去那儿做什么?"

陈迦南不答。

沈适偏头看了一眼,她穿着蓝色的及膝裙子,一双特别普通的白色帆布鞋,化着淡淡的妆,头发好像刚刚洗过,蓬松柔软。

他将车子顺势一停,上了锁。

"你干什么?"陈迦南气急。

沈适不紧不慢道:"去那儿做什么?"

"面试。"陈迦南妥协。

"什么面试?"

"钢琴。"

沈适又发动车子:"早说不就完了。"

陈迦南想骂人。

沈适今日倒是闲得没事,似乎就是专门来找她的,却什么也没说。车子被堵在高速上过不去,陈迦南只有干等。

"面试很重要?"沈适问。

陈迦南不太情愿地"嗯"了声。

"就穿这个？"

他的话里有些嫌弃的意思，陈迦南低头瞧了一眼自己的穿着，看着就是一个很单纯向上的大学生的样子，哪儿不好了？

沈适没说话，侧过身伸手从后座拿了一个纸袋出来。

他扔到她腿边："换上。"

纸袋外头的品牌低调又耀眼，陈迦南瞥了一眼，用手拨了下去，说："谢谢沈先生了，我这个挺好的。"

沈适一手把着方向盘，一手扯了扯她的裙摆。

陈迦南很快地躲了下，薄薄的布料划过他的指腹。

沈适不知道想起什么，倏地缩回了手，不太自然地看向前方。

"太透了。"他评价。

陈迦南翻了个白眼，要你管？

沈适却道："不换？"

陈迦南说："不换。"

堵成长龙的车流慢慢地一点点往前移动，沈适放开方向盘，探身从身侧开了瓶酒。陈迦南不知道他葫芦里装的什么药，还没反应过来，裙子上就有酒滴下来，瞬间染了颜色。

她抬眼瞪沈适，他照单全收。

"对不住。"沈适笑道。

陈迦南低头看着已经脏掉的裙子，再抬头，他已经将纸袋放在她身边，一脸得逞之意地笑笑说把遮光板放下来，去后面换。

她打开车门，坐到后面去换。

那是件及膝的粉色裙子，下摆有一圈碎花褶皱，双吊带，很简单的款式。不得不说沈适真的很会挑衣服，这么久了还记得她的尺寸。

裙子不好换，几乎是全脱掉了。

她开始的时候还有些迟疑，偏头去看那人。他像是知道她要说什么一样，笑得有些吊儿郎当，说："又不是没看过，你怕什么。"

陈迦南转回头，很快换上裙子。

沈适坦荡地从后视镜看着她换，上次抱在怀里就很瘦，脱了衣服身上一点肉都没有，骨架分明。那对挺起的胸裹在内衣里，好像还是那么点大。

换好裙子，车流已经渐渐疏通了。

陈迦南也没再换回前面去，就坐在后边开着车窗遥望，从包里掏出耳机插上，摆明了不想再说话的样子。

沈适笑笑，加快了油门。

他今天就是特地过来当司机的，而陈迦南也真的把他当司机看，到了地方连声客气话都没有直接下车，看着她穿着那身裙子的背影，沈适承认他想要她。

那个下午是李熠华老师的弟子面试的她，基本正常。

她并没有见到老师本人，听说是通过复试才有机会。从工作室出来已经是两个小时之后的事情了，楼下那辆熟悉的车竟然还在。

沈适靠在车外抽烟，正面对着她。

"顺利吗？"他先她道。

隔着七八米的距离，他的声音听着却很遥远。陈迦南站在那儿有一种很疲乏的感觉，就这样看着他，也停下脚不再往前走了。

沈适笑着看她发呆，扔了烟朝她走去。

她愣愣地看着他过来将手搭在她额头上，低喃着玩笑道："没烧啊。"然后很自然地牵起她的手，用近乎家常话的语气说，"走吧，先陪我吃个饭。"

陈迦南是愿意的，为他那点温柔。

车里，陈迦南的脸色一直不是很好，沈适开得挺慢，偶尔偏过头看她一眼，问她话她有时候应一声有时候沉默不言，沈适倒还喜欢。

她只是在想一个问题。

一个小时前，那个面试她的男孩子问："你大学本科和研究生都读的生物，为什么现在才跑来做这个事情？"

她没有像之前回答柏知远那样，而是沉默。

现实几乎难有戏剧性的反转，她只是避重就轻地说："大概是被命运推到了这个位置。"

车里开着音乐，调子舒缓，听得她想睡觉，就真的睡过去了。迷迷糊糊中只觉得脸颊像被羽毛刮过般痒，然后落在脖子、锁骨上。

她侧过头想躲掉，又被一股力量拧着。

再睁开眼，沈适正在亲她。

她被困在他怀里，呼吸极浅，又动不得。

沈适感觉到她醒了过来，一只手拉了下裙子的吊带，慢慢将吻挪到她的肩上。陈迦南不由得瑟缩了一下，听到他低低的笑声，那只手早已经挑开后背的暗扣覆了上去。

他的声音也很低很轻。

"从头来过吧。"沈适的鼻息呼在她的颈窝，热热的、黏黏的，"南南。"

第七章 他很温和

那本该是一个很美的夜晚,偏偏她不解风情。

陈迦南由着沈适靠近自己,他身上的味道还是那样,带着淡淡的烟酒味。

她轻笑道:"从头来过是什么意思?"

沈适从她胸前抬头,她的目光比刚才清澈了些。他轻轻吸了口气,看着她的眼睛说:"你知道我什么意思,南南。"

陈迦南摇头:"结婚吗?"

沈适的眸子深沉了些:"当年你是因为这个离开的吗?"

陈迦南没有说话,偏过头去不看他。

沈适从她身上下来,重新坐好整了整衬衫。他烦躁地点了根烟,深吸了一口,重重地吐出烟圈,声音听着却比之前更加消沉。

"算了。"沈适说,"这个改天再谈。"

他很轻易地就将这个敏感的话题消融掉,打开车载音乐,开车带她去了一间到了地方已经快要打烊的民俗餐厅。

"这个店做南方的菜很地道。"沈适停下车道,"尝尝看。"

回城的方向和学校相同,她也没想到他还会有兴致吃饭。

沈适像是什么都没发生一样,看着她道:"只是吃顿饭。"

他说得诚恳，陈迦南这个时候也不会做作。餐厅老板似乎和沈适很熟，他们一进门就恭迎上来，带路去了二楼一个小包间。沈适将菜单给她推过去，要了酒和茶。

陈迦南不会替他省，点了一大堆菜。

沈适看着她点菜的样子，想起从前带她出来吃饭，她都会很矜持淑女，将菜单又推回给他，说你点就行。

他倒了杯酒，拿出手机看了眼。

老宅那边打了两个电话过来，沈适顿了下，将手机关机放到一边。抬头看她，两个人的视线恰好撞在一块，陈迦南很快移开，那双清眸里有点鄙夷。沈适跟着笑。

"没别的女人。"他逗她道，"你以为是什么？"

陈迦南轻哼了一声。

"这和我有什么关系？"她低头看茶。

沈适笑笑。

餐厅里有音乐响起，是今年挺不错的一首民谣流行歌曲，传唱度还可以，讲的是一对绝恋男女的悲情故事。

姚姚经常在寝室放，她听过很多次。

"喜欢这歌？"沈适问。

陈迦南不置可否。

"林枫公司的一个艺人。"沈适不咸不淡地道，"喜欢的话可以带你认识。"

菜一样一样地上来，陈迦南拿着筷子戳戳这个挑挑那个。

"不认识。"她简单道，"不喜欢。"

沈适笑了下。

"喜欢谁？"他缩了缩黑眸，"周然，还是那个教授？"

陈迦南倏地停下动作，抬头看他。

这个时候的沈适好像才是今晚最真实的，他从来只按照自己的喜好来，不会给她机会，能温和让到今天这种地步实属难得。

沈适看着她似笑非笑，好像在等她回答。

陈迦南慢慢问："沈先生什么意思？"

沈适不温不火："没意思。"

她听得却打心底哆嗦了一下。

"就是问问。"沈适忽然笑了下，"紧张什么？"

陈迦南手心出了一层细细的薄汗。

"吃点这个。"沈适给她夹菜，"你以前很喜欢。"

陈迦南将他夹过来的菜拨向一边。

"现在不喜欢了。"她说。

沈适笑笑说没关系，换换口味也不错。他说完擦了擦嘴，抿了口酒，有些慵懒地靠着椅子看她。陈迦南抬头瞪过去。

"沈先生今天很闲吗？"她问。

"很闲。"

"是吗？"陈迦南有意道，"我怎么听说您有喜事。"

沈适抬眉："说来听听。"

他一脸很有兴致的样子，陈迦南仿佛有口气堵在胸口闷闷的。她这会儿又说不清楚是什么感觉，真真假假都已分不清。

陈迦南："不想说。"

"不想说还是不愿说？"

他问得彻底，和陈迦南目光对视。

"有区别吗？"她问。

沈适敛眉，半晌，笑笑。

那顿饭其实没怎么动，陈迦南也吃很少，就是故意点的多花他钱去的。沈适倒不在乎她那点心思，只当是喝了酒，有了让她开车的理由。

她坐在驾驶座有些忐忑，偏头看他。

沈适知道她想什么，于是笑笑说那次也没见你吓破胆儿，以前怎么开现在就怎么开，大不了一起殉情也好。

这个词被他说出来有些稀罕，她懒得信。

后来，陈迦南再想起那个夜晚，还有他说那些话时骨子里带出来的

第七章 / 他很温和

散漫,这些都是普通男人装不出来的,她不敢承认那晚真信了几分。

她愣住的样子太单纯,沈适想把她压在身下。

后来,他还是忍着道:"先回你学校。"

陈迦南很快从那种情绪中抽离出来,一路开得小心翼翼。幸好距离不远,十几分钟就到了H大。她不知道该停哪儿,沈适给她指路说再往前。

她将车子停好,看到老张已经等在那儿。

老张并没有着急过来,反而识趣地背过身去。陈迦南一时有些五味杂陈,转身就要下车,手腕被他抓住。

他的气息逼近,有些危险。

陈迦南缩了缩脖子,眼看着他的脸落了下来。她想要偏过头,下巴却被他捏住,听他低声说:"我可能真不是什么好人,也不愿意做。"

说着,他放开她:"明白我的意思吗?南南。"

陈迦南屏息不言,推开车门走了。

等她一走,沈适靠着椅背重重地叹了口气,从烟盒里抖出根烟咬在嘴里,刚点燃老张上了车。

沈适道:"奶奶那边没什么事吧?"

"老太太很好。"老张道,"倒是周小姐,今天她打电话问过我您的去向。"

沈适笑了声,吸了口烟。

"随她去。"他不耐烦道。

后半夜,沈适去了江坤那儿。他平日里无事喜欢去坐坐,好像那地方更容易让人放松一样。江坤最近在琢磨香水生意,看见他过来正想商量一下投资的事。

沈适当时在喝酒,听得也兴致缺缺。

江坤道:"三哥,你倒是给句话。"

"你定就行。"沈适沉吟道,"完了再说。"

这脸色瞧着也不是很正常,从别的地方喝完酒跑他这儿又喝起酒,江坤不由得停了话匣子多看了沈适几眼。

"不会是……"江坤猜道，"周瑾吧？！"

沈适懒得抬眼。

"这种时候光喝酒可不行。"江坤对沈适道，"还得玩点别的。"

沈适："不怕梁雨秋收拾你了？"

江坤笑了声："美国那么远管得着吗她。"

沈适眯了眯眼。

"我听说她老子出了点事，还在封锁消息。"沈适轻慢道，"这种时候你最好别乱来，毕竟顶着个未婚夫的名声，别太落井下石让人抓住把柄。"

江坤愣了一下："这事我怎么不知道？"

"你天天玩场子知道个屁。"

"也没怎么玩。"江坤解释不清便转了话题道，"我就说梁雨秋突然跑美国去干什么。"

话音刚落，酒吧门被推开，进来了三个女人，一个赛一个漂亮，江坤的眼神立刻就变了。

"我不管那些。"江坤道，"三哥，今朝有酒今朝醉。"

说完，他端了酒杯就凑上去搭讪。这货前脚刚走，后脚就来了个女人跟沈适搭讪。沈适看着面前搔首弄姿的女人，面无表情地抿紧嘴唇。

看他半天没反应，女人竟然不请自来地去扯他的领带，俯身触碰他的喉结。

沈适脑海里放电影一般过着那张装模作样的脸，烦躁地一把推开身上的女人，说了声滚，随后解开了几颗衬衫纽扣，点了根烟抽起来。半响，他看着烟若有所思。

那个时候若有所思的人不止沈适。

陈迦南坐在床上，想起他那个潮湿的吻，明明那么温和的人却说着最狠的话，她有过一瞬间的迟疑和退缩。

姚姚也睡不着，问她："想什么呢？"

"没什么。"陈迦南说,"一点以前的事。"

姚姚从床上爬起来,靠着墙看她。

"我很少听你讲以前。"姚姚有了听睡前故事的意思,"说说呗。"

陈迦南笑:"小学中学再到大学读研。"

"完了?"

"还有什么?"

姚姚:"……"

陈迦南正想闭上眼睡觉,听见姚姚试探着道:"你和……沈适……"话题到此为止,姚姚不再多说一个字。

陈迦南抬眼看过来,姚姚被那眼神吓到了。

"我没别的意思啊,迦南。"姚姚说,"就是那天晚上我看到有人送你回来,那车子……我见过。"

陈迦南淡淡道:"我之前说过,他是老师的侄子,有点交情而已。"

姚姚慢慢地"哦"了一声。

"你想多了。"陈迦南道,"睡吧。"

姚姚的那几句问话像是一盆冷水浇到她头上,关于今晚所有的温情都在那一刻散了干净。晚上梦见了外婆,外婆问她什么时候回来。

"再过几天。"她说完问起母亲,"妈她人呢?"

外婆半天没有回答,她又问了一遍,听见那边有打雷闪电的声音,外婆的话很远,说着这个陈荟莲谁知道跑哪儿去了。

她一下子从梦中惊醒。

江坤近来也是闲得没事,既然想着从香水上搞一搞,速度也挺快,没两天就跑各地找路子投资去了。再加上沈适给投了一大笔钱,资金上没有问题。

那两天,沈适也跑了京阳很多地方开会混饭局,想起陈迦南是在一个酒过三巡的傍晚。当时饭桌上一堆人在敬酒寒暄,沈适拨着身边的女下属给一个老总拼命敬酒。

"实不相瞒。"那个老总被灌得眼神涣散,"这儿的酒还真不错。"

沈适笑着干了一杯:"那得看谁陪了,您说是吗?"

有人跟着笑了几声,又附和几句。

饭桌上的气氛一下子更热闹了,沈适瞧着那老总不安分的眼神,他轻轻勾了勾唇喝了一杯酒。

又听见下属笑哄着问他:"您喜欢唱歌吗?"

沈适听着放下酒杯,借口去了下洗手间。他站在酒店二楼的露天阳台处一边抽烟一边给林枫打电话,让他在会所腾出一个空场子来。

"这么说还算顺利?"林枫问。

沈适轻轻"嗯"了一声。

林枫看他半天没出声,又道:"心情不好?"

沈适抽着烟,没有说话。

"还惦记那个女人?"林枫开玩笑道,"要我直接给你绑过来?"

沈适掸了下烟灰:"行了,忙你的去。"

他在外头把那根烟抽完才回了酒桌,有几个已经被灌得差不多了,一行人又浩浩荡荡坐上车去了林枫的私人会所。

一堆人换了地方喝酒唱歌,兴致高昂。

沈适又陪着喝了几杯,眼神往一个下属那儿瞟了一眼,对方立刻会意,扶着身边男人的后背将嘴搁耳边不知道说了什么,没一会儿,两人就先离场了。

老张来接他已经凌晨,沈适喝得有点多。

他在车里半眯着眼给陈迦南拨了一个电话,听到的却是对方已经关机。沈适将手机扔向一边,抽了根烟,让老张往老宅开。

回去已是二更,奶奶早睡了。

沈适去厨房倒了一杯热水,回头便看见周瑾穿着红色的蕾丝睡衣站在后面。他淡淡地撇开眼,一边喝水一边往客厅走。

"你怎么在这儿?"他问。

"听奶奶说最近夜里多梦。"周瑾跟在他后面,轻声细语道,"我过来陪几晚。"

沈适顿了下,"嗯"了一声。

他端着热水往沙发上一坐,揉了揉眉眼处,再抬头看见周瑾还站在那儿。他将热水放去桌上,漫不经心地问了句:"你不睡吗?"

"醒了还好,不是很困。"周瑾看了他一眼,道,"我听老张说你最近饭局多,要注意自己身体,别喝太多酒。"

沈适听了笑了一下。

"你别嫌我烦。"周瑾自是闻到了他身上沾到的香水味,仍然认真道,"我知道你们男人在外头逢场作戏都是难免的,但还是要克制一些,免得奶奶又说你。"

沈适抬眼。

"没记错的话咱俩还没订婚。"沈适笑笑,"是吗,周瑾?"

周瑾:"我这样说你不开心啊。"

沈适别开目光,舔了舔牙。

"那不说这个了。"周瑾道,"十月我爸爸回国,到时候我们慢慢谈。"

沈适笑了:"我以前什么样儿你不知道吗?"

周瑾偏着头想了想。

"大概知道。"周瑾看着他微微一笑,"你喝了酒还是早些睡吧。"

那个深夜,沈适睡得是真不好,半夜又从老宅离开去住酒店,洗了个澡,躺床上抽烟,毫无睡意。清晨刚躺下没一会儿,老宅就来了电话。

奶奶训他半夜回来不打招呼又走,听着香气得坐在沙发上喘气了,沈适忙低声服软说公司太忙。奶奶冷哼一声不听他瞎话,问起香水的事儿,沈适听着笑了声。

"没事儿瞎玩。"他这样说。

奶奶只叮嘱他注意分寸,闲着还是要多在公司发展上花心思,最后都没忘说多陪陪周瑾。沈适只当哄老太太开心,笑笑说我知道。

挂了电话,他更无睡意,起身去了公司。

早上又开了一早的会,晌午,他眉间已经染上疲乏之意。李秘书泡了杯茶进来,劝他去休息一会儿。

沈适一边喝，一边看文件："没事，你忙去吧。"

一大堆事儿弄完差不多已经黄昏，沈适拎了件外套去赴饭局。他刚坐上车，便看见公司门口一个男人在打电话，注意到是因为那个男人是周然。

"开过去。"沈适吩咐老张。

老张将车停在周然身边，后座的沈适降下车窗看了过去。周然自是注意到，有些惊喜地对沈适颔首，叫了声沈总。

"下班还不走？"沈适问。

"等个朋友。"

沈适问："你那个还在追的女朋友？"

周然没想到沈适记性那么好，含蓄地笑了一下，犹豫了半晌，说："不好追就先做做朋友看。"

沈适扬眉，"哦"了一声，问道："那在等她？"

"大学同学。"周然说，"她回老家了不好约。"

沈适不动声色道："是吗。"

周然一直俯首笑着。

"你们总经理跟我说过你稳重不激进，原来追女朋友也是这样子。"沈适看着周然不太好意思的样子笑了下，"好好干。"

老张闻言没忍住，无声地笑了笑。

晚上的饭局他本来是准备过去待一会儿就走，半路被生意上一个朋友截了又多喝了几杯。回到车里又是一个深夜，京阳的天空看不到星辰，霓虹掩盖静默。

沈适头疼地闭上眼，面色柔了几分。

"您没事吧，沈先生？"这几天跑饭局太多，老张担心他的身体吃不消，"要不去趟医院？"

沈适："不用。"

老张叹息了一声，默默地开着车。

沈适眯了一会儿慢慢睁开眼，看向窗外来来往往的车辆，不知道是不是酒意上了头，掏出手机拨了一个电话。

一道南方口音说着"你好"，大概是她外婆。

沈适也很客气道："您好。"

"你找囡囡？"老太太停顿了下，道，"她买酒去了，有什么事你等会儿再打给她好吧。"

萍阳的夜晚不比京阳璀璨，一片静谧。

这边，外婆挂了电话，便坐在门口一边抽烟一边等陈迦南。

深巷子里一盏红灯笼照着路，陈迦南回来的时候就看见外婆这个样子，差点洒了刚打的米酒。

"您不怕我妈出来看见呀？"陈迦南道。

说着，她走上去拿掉外婆嘴里的烟，老太太跳起来又夺回来，白她一眼说让她去放个哨。

陈迦南笑了笑，坐在门槛上。

"昨儿个还和你妈说来着。"外婆忽然道，"她那意思就是周然了。"

陈迦南有些讶异外婆说起这个，愣了一下。

"其实那孩子对你也是打心眼里好，是个本分人。"外婆说，"咱也不求有车有房，钱可以慢慢挣，关键是对你好，知道吗？"

陈迦南沉默。

"别让你妈担心。"外婆最后说。

陈迦南不愿意好好的气氛变成这样，从门槛上跳起来拉过外婆嬉皮笑脸着说知道了，拎着米酒在外婆跟前晃。外婆拍了一下她的手，笑了。

陈母其实早就睡着了，外婆和陈迦南一起熬夜。

两个人偷偷开着里屋的小灯，一边喝酒一边看喜剧。外婆指着电视上的人对她说这小伙看着就不错，像周然。

陈迦南看了外婆一眼，又看电视。

那一年有个电影是《祖宗十九代》，外婆冲着吴君如看了那部电影，虽然最后吴君如只出现了几个镜头,外婆却喜欢得不得了。

睡下已是深夜,萍阳的月亮正在头顶。

陈迦南从乱七八糟的茶几上找到手机,去了院子里的摇椅上躺下才打开看。没有未接,一个已接。她看了一会儿那个号码,刚退出手机就振动起来。

她迟疑了很久,等它停掉,响第二遍。

或许陈迦南自己都没意识到,沈适真的打了第二遍过来。她在第二遍接听结束前几秒钟按了选择通话,听到的是那边低匀的呼吸声。

陈迦南也没说话,等他开口。

他光明正大地一边说着自己不会是好人,一边又在温和地等她走过来。不强迫,不使手段,好整以暇地瞧着,等到今夜怕已是极致。

"还没睡?"他说话声很轻。

陈迦南不太想出声,低低地"嗯"了一声。

"一个小时前我打过一次。"沈适说得很慢很慢,"你外婆接的。"

"我知道。"她说。

听筒里,他闷闷地咳了几声,在这寂静的夜晚听得很清晰,似乎还有翻箱倒柜的声音。过了一会儿,听见他喉结动了动,大概是喝了几口水。

"什么时候回去的?"他的声音清冽了几分。

"前两天。"陈迦南道,"您有事吗?"

沈适把玩着打火机,声音也听不出喜怒。

"这样就不好玩了,南南。"沈适又咳了一下,这回大概是手握拳抵着唇咳的,听着闷而重,"早些睡吧,明天我打给你。"

那通电话意味着所有的开始,陈迦南后来想。

第二天清晨,陈迦南是被外婆的饭菜香闹醒的。

她顶着蓬松的头发从床上爬起来的时候已经早上八点半,挤了牙膏去院子里刷牙。树下种的花开得正鲜艳,旁边一行蚂蚁排成队在搬家。

陈母摆好饭桌叫她:"麻溜点儿。"

吃饭的时候,外婆问她今天有没有要去的地方,想让她陪着去山里的菩萨庙祈福求签。萍阳去山上的路不远，走去山上大概也就一个小时。

陈迦南一个电话，毛毛将车子送了过来。

这姑娘从来都有一股不甘认输的奋斗劲儿，天天混在一堆男人堆里争强好胜发誓要做女强人。陈迦南看着她和外婆说回头等我打麻将啊，完了给了自己一个眼神又一阵风似的溜走了。

"毛毛这丫头今年也二十四五了吧。"外婆说，"你看看人家这精神气儿。"

陈迦南推着外婆的肩膀上车："您也不赖。"

"山上路不好走，你俩上点心。"陈荟莲系着围裙从厨房出来，"早点回来。"

陈迦南从车里探出头："知道了。"

"你也别老待屋里睡觉。"外婆叮嘱着陈母，"到外面晒晒太阳，知道吗？"

陈迦南看她们母女俩互相语重心长，笑着慢慢将车子倒出巷子。刚开出去，外婆就从裤兜里摸出一根苏烟，划了火柴点燃，深深地吸了一口。

"您可真行。"陈迦南道。

"现在不抽回去就找抽。"外婆哼笑道，"我聪明吧？"

陈迦南腾出一只手竖了个大拇指。

"你怎么就没继承我那么一丁点呢？"外婆叹息道，"真不知道随了谁。"

话音刚落，她手机响了。

陈迦南看了一眼那串号码，默不作声地按了电源键，又和外婆说起话来，装作不经意地问外婆："是这条上山路没错吧？"

到山下时间还早，她和外婆慢慢往上爬。

那天上山的人不是很多，初夏的风吹在身上有微微凉意。外婆的圆顶帽子老被风吹掉，陈迦南将自己的鸭舌帽和外婆换了一下。

"我这样看着还年轻吧？"外婆正了正她的帽子。

陈迦南摸着下巴看了几眼，由衷道："要不我给您介绍个帅哥来场黄昏恋？考虑一下。"

外婆还真的做了一副思考的样子。

"胡歌今年三十六七了吧?"外婆一边喝水一边沉吟道,"我要是再年轻个四十岁一定不跟你外公好,想当年我风华正茂的时候……"

陈迦南:"……"

她们在路上结识了一个老太太,和外婆还挺有话题,说了一路。陈迦南跟在后头走,沈适的电话打了过来。

她刻意走得慢了点,按了接听。

沈适的声音听着和平时一样温和,好像并没有因为她早晨的拒接生气,倒是一副云淡风轻的口气问她这会儿做什么呢。

"爬山。"陈迦南说完顿了一下,又道,"外婆要去庙里祈福。"

沈适"嗯"了一声:"你也信这个?"

"有时候信。"她说,"像好人有好报不是不报时候未到什么的。"

沈适听罢轻轻笑了笑。

"那我是不是也得祈个福去。"他说,"要不你帮我求一个。"

陈迦南低头看着台阶,一阶一阶慢慢地踩上去。山里的风吹在脖子里,她一手扶着头顶的帽子,一手拿着耳机,总觉得他的声音很遥远。

静默片刻,她问:"你信吗?"

沈适说:"不信。"

"那还让我求?"

"给你找个事做。"他笑说。

陈迦南很轻地"哼"了一声,被他听在耳里笑意变大。

"这段时间太忙没顾上问你。"沈适清了清嗓子道,"你那个钢琴面试怎么样了?"

她是在回萍阳前几天收到工作室的回复——李熠华老师在国外有个临时演出要提前离开,招学生的事情暂时中断,往后推迟,具体时间等通知。

当时柏知远第一时间打了电话过来。

陈迦南不太想让柏知远失望,笑着说可能天妒英才吧。柏知远在电话那头低声笑起来，说话都让她说完了。她想说声感谢最后还是什么都没说，只听柏知远道："有时候等待不是一件坏事。"

身边有小孩笑着闹着跑过，陈迦南被惊得回过神。

沈适皱眉："怎么了？"

陈迦南站定道："没事。"

对于面试的事情，她只对沈适说了四个字："就那样儿。"

沈适倒是没再刨根问底，问她现在爬哪儿了，还能爬得动吗。

外婆忽然回过头叫她："囡囡。"

陈迦南抬头看过去，"哎"了一声，扬声说来了。电话里沉默了一会儿，沈适低声说："好好陪你外婆爬山，先这样。"

他说完就挂了，风停了。

陈迦南跟紧外婆，听见老太太聊起喜欢的地方和演员。她静静地走在身边，偏过头去看山里的树和鸟，听外婆说话。

回程时，外婆在车里睡着了。

到家的时候陈母已经做好饭，毛毛打电话让陈迦南去香江接她，地址在市里一个五星级酒店。陈迦南懒得进去，将车停在路边等。

天色已经阴沉下来，好像有一场大雨要下。

陈迦南等了一会儿才看见毛毛和几个男人从酒店走了出来，有一个年龄大她们三十多岁的老头对毛毛动手动脚。陈迦南看了一会儿，觉得毛毛好像不好摆脱，于是下了车。

"毛舜筠。"陈迦南大喊，"你爸公安局几点下班啊？"

这几句成功地掉转了那几个人的注意力，毛毛的眼神火辣辣地瞧着她。陈迦南走过去拉过毛毛，没好气道："知道我等多久了吗？还等你爸办事呢，赶紧走。"

毛毛"哦"了一声。

正说着，旁边过来一个西装打扮的人，悄声对那老头说了什么。陈迦南趁机将毛毛扯远，毛毛客套地说了两句便拉着陈迦南走了。

一回车上,毛毛就躁了:"陈迦南。"

陈迦南开着车漫不经心地"嗯"了一声。

"说过不准叫这名儿的。"毛毛想着自己的样子和那个大明星实在差距甚远,从小到大每次听着都难过,"丢死人了我。"

陈迦南笑:"我不那么叫没气势,你得理解。"

毛毛嘴里还在啰啰唆唆念叨着,貌似难过得不轻。陈迦南开着车往萍阳方向走,手机进来一条短信,她只瞥了一眼,愣住。

"来酒坊,要么去你家。"来自沈适。

酒坊是刚才毛毛出来的酒店,陈迦南有些震惊,她没想到沈适来这儿了,他敢这么说就敢这么做。陈迦南看了毛毛一眼,将车慢慢停在路边。

"你叫个代驾。"陈迦南解开安全带,一边下车一边道,"我有点急事。"说完就下去拦车,留下毛毛一脸蒙。

陈迦南坐出租车到酒店门口的时候,已经有人等在那里,带她上了三楼包厢。沈适坐在落地窗前的沙发上正喝着茶。

沈适抬眼:"看见我很惊讶?"

包厢的门从后面被轻轻关上,周围都静了下来。

"站那儿做什么。"沈适朝着他对面的位置点了点下巴,"坐这儿。"

陈迦南慢慢地走过去坐下,说不出哪儿有些别扭。沈适自上而下打量了她几眼,白色运动衫运动鞋,他笑了一下。

"穿这样爬的山?"他问。

陈迦南终于知道哪里不对劲了,这件包厢古色古香的气质实在和她这身装扮不符。想到这儿,她忽然开心起来,倒他胃口。

"不然呢。"她反问,"高跟鞋吗?"

沈适呷了一口茶,淡淡笑了笑。

"真不好意思。"陈迦南乘胜追击,"给您丢人了。"

沈适眸子半抬,给她倒了杯茶推过去,一举一动不紧不慢的样子,像是没听见她说的话似的,反倒问她:"你那个朋友和你关系怎么样?"

陈迦南很意外他问这个。

"毛毛?"她顿了下说,"发小。"

沈适靠在沙发上,不咸不淡道:"有些事不是女人能办到的,那些乱七八糟的局你以后也少去,能明白我意思吗?"

陈迦南似懂非懂:"什么意思?"

沈适瞥了她一眼。

"不然你以为……"他说着眼睛眯起,"今晚一句'你爸公安局几点下班'就能放你们走?"

陈迦南顿时恍然。

"那些人可都不是啥善茬。"沈适淡淡道,"你也少掺和。"

陈迦南隔着一张桌子看他,看得不清不楚。

"你那会儿也在?"她问。

沈适"嗯"了一声。

"你来萍阳干什么?"

沈适终于有了一丝笑:"我以为你不会问。"

陈迦南移开眼,望向窗外。

"明天要去燕山开会。"沈适说,"过来看看你。"

他说这几个字的时候轻轻松松的,像以前很晚了她都要睡了,他会突然打电话过来,扰人也不道歉,会坦荡地笑道就想听她说说话。

陈迦南将目光又收回来。

"我挺好的,不用看。"

沈适说:"那得看了才知道。"

陈迦南不语。

"说点有意思的。"沈适问,"今天去拜菩萨求了什么签?"

陈迦南看了他一眼:"说了就不灵了。"

沈适笑道:"没说我坏话吧?"

他问得情真意切,三分玩笑在里头。

"忘了。"陈迦南歪着头还真想了一下,皮笑肉不笑的,"好人坏人菩萨肯定一眼就能看出来,我觉得都不用我说。"

沈适挑眉看她:"是吗?"

他将她杯里的茶慢慢倒掉,又重新续了热的,倾身给她推过去低声道:"那我就坏人做到底,今晚不送你回去了。"

陈迦南听到这话还是抖了一下。

看着她略微惨白的小脸,沈适闷声笑了出来。毕竟还是个小姑娘,再怎么镇定骨子里总有些怯懦在。他忽然心情好了,看着她的眸子又温和了几分。

"放心。"沈适笑笑,"我四点的飞机。"

沈适说这话的时候声音低了,脸上有一种淡淡的疲倦。

陈迦南大概知道他有多忙,不然也不会等到现在见她。他的手段她也知道,像上次光明正大地在学校拦她路不过警醒。

她只是恰好识趣,走到这一步了。

沈适靠在沙发上半抬着眼看她,目光里有一种说不清道不明的情绪在。半响,他移开眼望向别处,香江的黑夜没有那么多灯红酒绿,这个地方此刻安静得像在佛前打坐。

可他不信佛,偏爱那些十里洋场。

"沈先生。"陈迦南忍不住打破这场平静,"没事我就先走了。"

沈适看着她。

"我千里迢迢赶过来。"他笑,"说个话也不肯了?"

陈迦南深吸了一口气。

"我记得你中学在香江一中读的书,是吗?"他忽然问起这个,"距离这儿是不是还挺近的?"

中学那段时间大概是她过得最自在的日子,不用考虑任何人的期待,只需要做自己。

提起那段旧时光,陈迦南没那么冷淡了。

"二十来分钟吧。"她轻轻道,"不算远。"

沈适说:"走吧,去看看。"

"现在?"陈迦南惊讶,"暑假学校没人。"

沈适笑:"没人更好。"

陈迦南看着他脸上那一抹匆匆而逝的笑意,很奇怪地没了话,看着他从沙发上拎过西装外套,一边穿一边往外走,右手松了松西装领带。

那晚,他没有喝酒,开车罕见的慢速。

车里,他问:"是从这儿走吗?"

"不是有导航吗?"她不想给他指路,"比我准。"

也不知他想起什么,笑了笑,说:"嗯,这个我同意。"说罢侧眸看了她一眼,又道,"这个导航的声音我不喜欢。"

陈迦南没理。

"没你的好听。"

他说得轻描淡写,好像只是在阐述一个事情,也不管她信不信。陈迦南扯了扯干涩的嘴角撇过头,很轻很轻地咬了咬舌尖。

那晚他脾气特别好,说什么都很温和。

事实上,陈迦南也并不怎么给他指路,他走错过两三次,有一次她实在忍不住抬手:"那边左拐,第一个路口。"

沈适只是笑笑。

香江一中有七八十年的历史,学校管得特别严,几乎不怎么让社会车辆进去。到了地方,陈迦南坐在副驾驶一声不吭,看着沈适从窗户探出头和门卫老大爷磨嘴皮子。

"您行行好。"他说得特别客气,"就一会儿工夫。"

"不行不行。"

老大爷不松口,沈适从车上下去。

陈迦南皱着眉看他低头和老大爷说了什么,对方一脸难过又遗憾的样子看着他,拍拍他的肩,给他开了大门。

沈适上了车,陈迦南看他。

"想知道我说了什么吗?"他目视前方,笑问。

陈迦南回过头:"不想知道。"

沈适笑了笑,打转方向盘直直地开了进去。他开着车前灯一路照见操场,将车子停在台球桌边,这才熄了火。

"你高中在哪栋?"他问。

陈迦南一边解开安全带一边道:"沈先生不是挺有本事吗,怎么不自己猜。"说完径自下了车,被六月的晚风吹了一脸。

沈适跟在她后头下来,笑着点了根烟。

自从高中毕业后,陈迦南再也没有来过这儿,她静静地站在那儿看着,闻着脚下尘土和花香的味道,整个人忽然放松了下来。

"这地方不错。"沈适吸了口烟道,"中学都是这样子吗?"

陈迦南听到这句愣了一下,偏过头看他。

沈适只是淡淡地掠过她的脸,将目光落在眼前这一栋又一栋低矮的红墙教学楼上,声音有些往日岁月里弥漫过的悠长。

"别这么看我。"沈适吐了口烟圈,"我当年混得比你惨多了。"说着抬眼,"读的一个私人基地军事化高中,部队一个叔叔办的,比我想象的还要狠,那一年我们是第一届。"

陈迦南很少听他提起以前。

"老爷子那时候怕我太混惹事儿蹲号子才送我进去的。"沈适说到这儿又吸了口烟,轻声道,"那时候年少轻狂什么都玩,和家里也闹得不怎么好看。"

是去B城那三年吗?陈迦南没说出来。

"也罢。"沈适凉凉地笑了笑,"让他提前退休养老。"他说着掐了烟,下巴点她,"去你教室转转?"

"我教室有什么好转的。"

"怎么说也不能白来一趟。"沈适朝她走过来,"看看去。"

他擦过她的肩,陈迦南没抬脚。

"那时候收过情书吗?"沈适没有停下,边走边说,"那会儿是乖乖女还是早恋逃课?"

陈迦南看着他的背影,自后跟上。

"早恋。"她说得干脆。

沈适听罢只是笑了笑,逗猫似的问:"几岁?"

"十六。"她说。

"嗯。"沈适站定，回头看她，挑眉笑，"我十四。"

陈迦南："……"

比气人这一块，沈适从没输过。

或许是学校整修的缘故，教学楼没锁。这里还是当年的样子，窗户像是最近刚刷过一层漆，还留有一些刺鼻的味道。

陈迦南走得慢，到三楼已不见他人。

这里的走廊很长很长，静得只听见初夏轻轻刮过的风。校园路上的灯昏昏暗暗，照过来也不过一点微光。陈迦南想去摸手机，才发现落在了他车里。

漆黑的走道，模糊的影子，让她想起《寂静之地》。

那个时候，她是有些害怕的，偌大一栋楼只有她在。陈迦南蓦地觉着嘴唇有点干，她被卡在二楼上也不是下也不是。

于是，她轻喊："哎。"

除了回声，没人应。

陈迦南感觉到背后阴森森的，她又不太敢往后看，大着胆子慢慢一个台阶一个台阶往上走，依然不见沈适。

她皱眉又喊了一声："哎。"

话音一落，左边传过来慵懒的一声："叫谁哎？"

陈迦南倏地回过头，沈适似笑非笑地倚在教室后门看她。距离那样近，她却只看得见他的轮廓，还有光打下来时嘴角若有似无的笑意。

"问你话呢。"他追根究底。

陈迦南有一口气堵在胸口，看了他一眼转身就要走，步子还没踏出去，手腕已经被他拉住，接着感觉到他使了力，整个人栽进他怀里。

他力气太狠，陈迦南挣脱不掉。

她慢慢放松下来，两只手没劲儿似的垂落。沈适一只手放在她的脑后，下巴绕过她的颈，气息平稳地擦过她的耳朵。

"肯搭我话说明心里还有我,是吧南南。"沈适将唇贴着她的脖子轻轻研磨,声音平淡听不出起伏,"这招欲擒故纵谁教你的?"

陈迦南颤了一下。

沈适将脸从她的颈窝抬起来,胸膛喘息起伏,她能感觉到他重重地吸了一口气,挑着眼角看她,捏上她的下巴。

她仰着脸,倔强得让他意外。

沈适微微眯起眼,看着面前这张巴掌大的小脸,干净固执。他的眉心染起一股燥热,低声骂了句脏话,对准她的唇便亲了下去。

他的吻深而有力,把她整个要吸进去一样。

陈迦南开始还紧紧闭着唇,无奈他的力气实在太大,像是攒足了很久的脾气一下子爆发出来,竟然用牙齿将她的嘴唇一点一点咬开。

是真的疼,她的眼泪在眼眶里转。就是从前看起来最坏的时候,他都是很温柔的样子,即使是耍狠的时候,也没有过像现在这样的狠劲。

陈迦南有些放空,可怕的是她并无反感。

她想起那时候认识他也有过天真幻想,当年他也不过二十八岁,从京阳那样遍地风流的地方来到 B 城沉寂三年,都说他是圈子里最会玩的人,可她看到的是他待人温和,三分笑意下一张淡漠的脸,脾气忍性也是极好。

可就是这样一个人,忽然闯入了她的生命。

母亲单纯幼稚,自以为能和林老师永结连理,后来还不是沈家老太太几句话就断了她所有的念想,差点送了大半条命。

也是很久以后,陈迦南才明白,原来最初沈适接近她们母女也不过是来探探口风,替沈家除障罢了。

或许他很早很早就已经知道她是谁,于是才有了林老师家第一次见面那句:"哟,姑父,您有客人?"

漫不经心的语气,如今想起却别有用心。

她或许是整件事情里最不该出现的那个意外,就连沈适自己都没有想到。其实,他对她也并没有太大的不同,陪他吃个饭解解闷,后来熟了起来,他待她也是真好,第一次要她比想象中温柔太多。

可陈迦南太固执记仇,浓妆艳抹硌硬他。

沈适不算个君子,却从不强迫,善于攻击对方最柔软的地方,偶尔会笑笑逗她几句,这样一个温和的男人处久了再伪装都没了意思。

那时候她想,女生在爱情里总是输家。

大概是母亲又一次住院的时候,医院发了病危通知单。而在这之前的一刻,她已经不计较他的出发点,准备好所有真心。那一夜,窗外的暴雨下了一整夜,她看见他衬衫上的口红心灰意冷。

决心离开反扑,好像也是那个时候的事情。

教学楼外那些扑朔迷离的光晕蔓延在他身后,陈迦南目光渐渐变得清澈。香江的天气从来都是多变的,不知纠缠了多久,天上响起了一声惊雷。

沈适吊儿郎当一笑,喘着气的缘故,声音低缓。

"去车里?"他在她耳边轻喃,"不然神仙都得吵醒了。"

第八章 旧时光里

沈适的气息重而粗，压得陈迦南出了一层薄汗。

陈迦南想推开他却推不动，皱起的眉头看在他眼里有些意思。

沈适听不见她应，低声笑了笑，罕见地耍着流氓说："要不就在这儿？"

她听罢，倏地推了他一下，却推开了。

惊雷又响了一下，很快会有一场大雨。陈迦南忙低头整理自己的衣服，一抬头，沈适正好整以暇地瞧着她看，一脸的玩味儿。

她避开他的目光，转身先下了楼。

沈适低头笑了一声，随即抬步跟上。她在前面走着，他在后头跟着。两人一前一后刚上了车，雨就下了起来。

比起窗外的清凉，车里闷多了。

陈迦南找到遗落在座位上的手机，才拿到手里外婆的电话便打了过来，问她在哪儿。她用余光扫了一眼沈适，他正微俯身将钥匙插进孔里。

"遇见一个高中同学。"她微微扬声，面不改色道，"来一中走走。"

车子慢慢驶出操场，沈适脸色淡了下来。

外婆说："我认识吗，带咱家来玩。"

"每次带朋友回去还不都是给您撑麻将桌子的。"陈迦南看了一眼窗外越下越大的雨，"我还不知道你吗？陈秀芹同志。"

外婆笑骂:"回来记得买烟。"

说完便挂了。

车子已经慢慢开到校门口,老大爷出来开门,和沈适又说了两句。沈适淡笑着递了根烟过去,摁下打火机给点上,吸了几口这才开车走。

不比刚才的疾风骤雨,此刻他们之间平静很多。

想起他的那些玩笑话,陈迦南不禁看了他一眼,发现他似乎并没有放在心上,开着车的样子颇漫不经心。

收回视线时,却听他道:"看什么?"

"没什么。"她说。

沈适沉默了一下,侧头问她:"你外婆喜欢抽什么烟?"

她愣了一下。

很难说清楚他们现在的关系,陈迦南也不知道接下来会发生什么事情。像从前一样,他总是喜欢单方面拿好主意,只需要通知她一声。

成年人之间的暧昧被他玩得风生水起。

"你在前面放我下来好了。"陈迦南长吁一声,"我自己去买。"

沈适看她一眼,没有说话。

他将车子掉转方向,缓缓停在一家二十四小时便利店门口。刚停稳,陈迦南便打算推门下去,被他拉住腕子说:"待着。"

说完松开她的手,他先下了车。

陈迦南没有听他的话,径自从车上下来,雨水溜进脖子里,她抬手挡在眼睛上方往便利店跑,看见他已经站在那儿。

老板问他:"要什么?"

沈适这才想起忘了问她烟的名字,余光里有身影跑过来,他回头,第一眼是陈迦南那双干净的眸子,藏满了清高和孤傲。

陈迦南走近,接了老板的话道:"阿诗玛。"

说着,她从口袋里掏钱,沈适已经递了现金过去。她下意识地去拉他的手,将零钱给了老板。沈适被她的动作诧异到,意味深长地看了她一眼。

陈迦南不敢和他对视，噌地收回手。

回到车里，他的脸色已经很不好了，一只手搭在方向盘上，另一只手掏出根烟塞进嘴里，也不着急着点，咬在嘴角。

"就在这儿停吧。"陈迦南审时度势道，"我打车回萍阳。"

沈适沉着脸，黑眸冰冷漠然。

"我有说让你回去吗？"他的声音也冷了。

陈迦南倏地看向他。

"你不是四点的飞机吗。"她目不转睛地盯着他的侧脸迟迟开口，"别耽误了。"

沈适忽地笑了一下。

"干那事几分钟就够了。"他说得很下流，完了又看她一眼，"你说是不是？"

陈迦南呼吸一紧。

她迟疑了片刻，发觉他难得一副认真起来的样子，薄唇抿成一条线。陈迦南当他开玩笑假装没听见，随口道："还是在这儿停吧。"

她抬手摸了下车门，没上锁。

或许是她的动作太明显，又恰好被他这一偏头发现，沈适瞳孔收缩了一下，立刻打了方向盘将车子停在路边。

刚停稳，沈适就压了过来。

他的双手张开挡在她身体两侧，危险的眸子里燃起一些莫名消失又忽然蹿起来的欲望。陈迦南被他的粗暴吓了一跳，微微偏开脸。

"这么讨厌我？"他低声，"以前装得不是挺好吗？"

陈迦南皱了皱眉。

听见他在耳侧问："嫌我钱脏，还是嫌我脏？"

他的气息太重，陈迦南避无可避。

沈适又笑道："或者两种都是。"

陈迦南慢慢稳住心神，轻轻一笑说："沈先生是要强人所难吗，不像您的作风。"她刚说完，沈适就低低笑了起来。手机这会儿适宜地响起。

沈适比她先一步拿过去，挑眉道："柏老师。"

第八章／旧时光里

131

陈迦南条件反射地伸手去夺，沈适已经坐好将手机拿得远了些。她眼里的紧张和不安让他有些不舒服，于是当着她的面按了接听。

她整个人都凉了，屏住呼吸。

里头传过来的却是小孩子的哭闹声，咿咿呀呀听不明白，或许是柏知远的某个小侄子无意间按了他的手机？不过半晌，那边自动挂了。

陈迦南长舒一口气。

沈适在短短的数秒内看清她的脸色变了又变，忽地不耐烦起来，掏出打火机点了根烟，然后将她的手机扔过去，眸子黑沉。

"下车。"他声音冷硬。

陈迦南怔了一下，又瞬间清明，上牙齿咬着下牙齿"喊"了一声，接着推开车门下来，雨淋在脸上一片凉意。

沈适再抬眼，她已经坐上的士走了。

他仰躺在座椅上，忽然被她给气笑了。三十几年头一回被一女孩气成这样，要是被那几个孙子知道非得笑掉大牙。

回去酒店已电闪雷鸣，沈适直接去了浴室。

水从头顶流过男人的脖颈宽肩，沿着脊背顺势而流往下钻去，脸颊上已经淌满了水滴，沈适抹了把脸，想起她来只觉得浑身燥热异常。

但强扭的瓜不甜，他也不喜欢。

洗完澡，沈适裹上浴巾点燃了根烟夹在指间，想起陈迦南推诿别扭的样子，猛吸了一口烟，又将烟掐灭，给李秘书打了个电话。

"改签到明天下午。"他说。

那一晚他没睡好，陈迦南也是。

她回去时外婆还没睡，一个人坐在客厅看《琅琊榜》，一边咬着梨子一边对正在玄关换鞋的陈迦南说："你说世上怎么会有梅长苏这样的人呢。"

陈迦南看了一眼电视，笑了一下。

"笑什么。"外婆说，"他固执起来那性子和你有的一拼。"说着问她，

"烟买了吗？"

陈迦南走上前恭敬地递上烟。

"为了给您买烟，我都快把自己断送了。"她苦笑完伸出手，"给钱。"

外婆朝着陈迦南的手掌打了一下。陈迦南笑着躲开，有气无力地瘫坐在沙发上，只觉得全身都疲惫不堪，大脑也一片混沌。

外婆将烟藏在兜里，睨了她一眼，道："逛乏了？"

她"嗯"了一声："打仗去了。"

"赢了输了？"

陈迦南默了片刻说："好像赢了一点。"

"刚才梅长苏也赢了一场。"外婆说着拍了拍她的腿，"大晚上胡说八道的，快洗澡睡觉去。"

外婆是最能温暖她的人，笑起来眉眼弯弯，特别慈祥，外婆身上的味道也好闻，让她莫名感到安心。那天晚上，她是和外婆一起睡的，入睡前她说外婆讲个故事吧。

"《伪装者》还是《琅琊榜》？"外婆道，"选一个。"

陈迦南："睡了。"

醒来的时候外头还下着雨，外婆已经不在床上。她揉着眼睛打了个哈欠从床上爬起来看雨，被窝里的手机响了起来。

柏知远声音清凉："还没起？"

陈迦南一时有些语塞，干干笑着叫了声柏老师。

"昨晚小外甥不小心按的。"柏知远道，"没打扰到你吧？"

陈迦南当时差点吓死："没……"

"那就好。"柏知远像通知一件很普通的事情一样的语气，"收拾一下，我马上到你家门口。"

陈迦南："？"

陈迦南还没说话，柏知远便挂了，她在床上把他那话想了一想，噌地就爬起来往院子里跑，喊着："外婆牙膏呢？"厨房里传出一声吼："自己找去。"

好不容易收拾得能见人,她跑到门口去看。

巷口里站着一个人,他打着一把黑色的伞,一手拎着一个盒子,笔直地立在那儿,像一棵树,雨落下来,巍峨不动。

柏知远也看见了她,陈迦南从雨里跑过去。

等她跑近,柏知远将伞倾斜了一下让她钻进来,笑着说总算有点年轻人的样子,又低眸看了她一眼,笑而不语。

陈迦南同样低头,才想起未换下睡衣。

"柏老师。"她不好意思地笑笑,"您怎么来这儿了?故人?"

柏知远点头道:"每年总会来一两次。"

"要不进去坐坐?"她这回说得真情实意,"我外婆刚做好饭。"

柏知远将手里的盒子给她。

"给你外婆的一点心意,坐坐就算了。"他说,"有这时间你不如多去看看书练练琴,你可就要研三了,还有的硬仗要打。"

陈迦南疑问:"您是说找工作?"

柏知远笑了一下不置可否。

雨水滴答滴答打在伞上,远远看去那两个人比这场雨还应景。沈适坐在车里,不动声色地瞧着巷口雨下那一对男女,目光骤然变冷。

"开车。"他最后说。

那天萍阳下了很久的雨,一直到傍晚。

陈迦南将沙发搬到院子外的屋檐下,盘着腿坐在上头听雨,怀里放着一本贾平凹的《自在独行》,好像是 2016 年年中出版的书。

她抱着书看雨从屋檐落下,只是看雨。

想起早上告别柏知远回到家,她将礼盒拎给外婆看。老太太翻开盒子,都是些名贵补血的药材,翻到最下头,外婆将那物件拿出来问她:"你老师怎么把书塞这儿。"

书是贾平凹的,里面掉了一个信封。

信封里有一张五天后的音乐会门票,她当时打开看到都愣了,钢琴演奏者是李熠华老师的恩师,所以说李熠华老师应该会在近期回国。

陈迦南当时感慨万千,或者说不知所措。

她拿捏着手机不知道要不要给柏知远打一个电话,可打过去说什么呢,一句谢谢似乎太苍白了。他是她的伯乐,是恩师。

后来,她还是编辑了一条短信。

内容很简单,三两句平常感谢的话,只是这次她称呼他为老师,去了姓氏。柏知远的回复也很平常,只是说好好准备。

雨势一直不见停,陈迦南翻了几页书。

陈母从房里睡醒走了出来,和她并肩坐在沙发上。即使是这样炎热的夏天,母亲依旧披着厚衣裳,还是有些睡眼惺忪的样子,近来嗜睡有些严重。

"你外婆呢?"陈母左右环视了一圈院子,"这么大雨去哪儿了?"

陈迦南说:"隔壁打麻将。"

陈母轻轻叹了口气,问她在做什么。陈迦南靠在沙发背上伸了个懒腰,笑嘻嘻地说看书听雨浪费大把的好时光。

"你还看书?"陈母笑。

"别这么看不起人行不行。"陈迦南拿起书亮了亮封面,"贾平凹的。"

陈母嗔了她一眼:"样子装得不错。"

雨声噼里啪啦砸在地面上,慢慢地渗进砖缝里泥土里。和着雨声,母亲的声音轻轻柔柔,软软的,像落在棉花上的感觉。

"最近和周然联系了吗?"陈母问。

听到这个,陈迦南抿了抿嘴唇,眼神乱晃。

"真不喜欢?"陈母轻道。

陈迦南顿了片刻,微微抬眼,母女之间的对视好像有一层隔膜似的,互相都看不太清楚,最后还是陈母打破了这场平静。

"妈只是不想你活得这么累。"陈母叹息道,"以前的事情妈早忘了,你也得忘,我们都是普通人,做事情脚踏实地,不能太勉强自己,明白吗?"

陈迦南很慢地"嗯"了一声。

"你和你爸一个样子。"陈母说,"犟。"

很少听母亲提起父亲,陈迦南怔了一下。那个下午母亲难得说那么多话,口吻也是淡淡的,怀念起从前来。

"我们结婚的时候很穷,他每天早上出去深夜才回来,一天做好几份工作,说要给我买套房子,结婚不能苦了我。"陈母微微笑着,"他年轻时候长得好看,很招姑娘喜欢。"

陈迦南安静地听着,也不搭话。

"后来有了你,他更拼命挣钱了。"陈母说,"跑长途、油漆工、木匠什么的都干过,但每次回家都穿得很体面,就是怕我们被人瞧不起。"

陈母说着眼泪落了下来。

后来的事情陈迦南知道,六岁的时候,父亲为了救工友被楼顶掉下来的石头砸到了,没抢救过来,死在救护车上,裤兜里还揣着给她买的当年很流行的玩偶。

她对父亲的印象太模糊,但那温和的样子很深刻。

陈母抬手擦了擦眼泪,笑着说没想到这一晃都过去这么多年了。雨掉在地上砸了一个小小的水坑,滴滴答答。

"他那时候就说我单纯怕我被人骗。"陈母歪着头回忆道,"说好一辈子,就他骗了我。"说着笑了笑,长长地嘘了一口气。

"王八蛋吧?"陈母笑骂。

陈迦南鼻子酸了酸,点头:"嗯,王八蛋。"

陈母笑笑,没再说话,抬手搭在女儿肩上,两个人一起看雨,很平静。后来母亲又困意上头,回了房间昏睡。

外婆回来时都晚上七点了,正在放新闻联播。

老太太身上有淡淡的烟味,就知道跑出去干什么了。陈迦南看着外婆进洗手间用毛巾拍打了一下身上的衣服,这才进屋去看母亲是否已睡妥帖。

第二天萍阳就晴了,太阳晒下来穿吊带都热。

陈迦南去京阳是在三天后的傍晚，毛毛开车送她去了机场。她在京阳离家太远不能顾得上家里，只能托付毛毛多上心。

"你只管去折腾。"毛毛向她保证，"我和外婆玩得美着呢。"

陈迦南笑，转身走了进去。

落地京阳在夜里九点，她从机场出来呼吸都不顺畅了，这边比萍阳还热得让人窝火。她打了车回学校，洗了个澡躺下才浑身舒坦，接着给外婆打电话报平安，这才睡下。

那两天，她时刻关注邮件，并未曾有回复。

音乐会在七月上旬，也就是两天之后。陈迦南本意是想问候下柏知远是否也前往，却在校网上看到他因公赴俄，便没再打扰。

她那天穿着白色裙子，头发束在脑后。

柏知远给她的票座位很好，在很中间的地方，她到得也很早，场子里还没几个人。那次，她真的一点其他心思都没有，只是很简单去听一场音乐会，却意料之外地遇见了林意风。

林老师坐在她前边，她当时有被惊到。

可还是被认了出来，当时她正偏过头往外走，林老师叫住了她，声音是欣喜的，她回过头不好意思地笑。

"一个人来的？"林老师问。

陈迦南点头。

"以前你说不喜欢这种，怎么拉都拉不来，现在倒是开窍了，我还以为你不再喜欢弹琴了。"林老师看着她说，"既然来了就别着急走了，跟我去个饭局混个脸熟。"

她是不太愿意扯上这些关系的。

"还是算了吧林老师。"她说。

"难得凑个局，或许对你以后有帮助。"林老师叹气道，"还是看不起老师，翅膀硬了不给我面子了？"

她不好再婉拒，跟着去了。

那真是京阳城数一数二的星级酒店,一顿饭下来够她在香江买一套房。桌子上的人大都中年,多是林老师的校友,一起来听音乐会的。

有人指着她对林老师笑:"好福气。"

大抵看着都是挺温和慈祥的人,陈迦南陪着喝了几口酒,头有些晕。林老师没什么酒量,喝了一点去了趟洗手间。

陈迦南坐在那儿,觉得有人的手摸上来。

她下意识地躲了一下,抬头看去,是刚才说林老师好福气的那个老头,好像还是个什么副董事长,笑得一脸正经的样子。

眼看对方整个人都要贴过来,她噌地站了起来。

副董事长扑了个空,皱着眉头看她。刚要说话,包厢的门被人推开,有人走了进来。桌上一席人看过去立刻笑着招呼,"蓬荜生辉"这些词都出来了。

陈迦南歪着脑袋看去,沈适笑得谦和。

沈适从进来就没看她一眼,径自和一桌叔伯打招呼。陈迦南冷吸了一口气退后到一处。刚才那个副董事长又贴了过来,还玩笑道:"老林有陈小姐这么个学生哪辈子修的福啊。"

话音刚落,林老师进来了,看见沈适笑了笑说这么快就过来了。陈迦南顿时有些明白,可能他们之间不过是借机又凑一个饭局谈生意罢了。

那位副董事长忽然笑起来,嚷嚷着喝酒。

陈迦南趁着还算清醒找理由想走,况且今晚本就是意外中的意外。她微低头和林老师说了两句,正要走却被那副董事长拦住了。

"这才刚开局就走?"那话里有些不放人的意思,"着什么急嘛。"

陈迦南客气地笑笑。

"暑期学校有宵禁的。"她很快找到合适的借口道,"我就不打扰各位前辈了。"

沈适自始至终都在喝酒,未曾正视。

林老师此刻已然会意,笑着挥挥手道早点回去。陈迦南顿时松了一口气,拿过包就往外走,直到推门出来,后背才耷拉下来。

她应该抓住刚才的机会,可她忽然反感。

陈迦南实际上走得并不快,一是晕得有些厉害,一是她在赌,赌他可能会回头,就像当年她义无反顾来京阳一样,即使那时候和他之间希望渺茫,即使步步惊心。

只是没想到风暴会来得这么快。

她刚走到走廊拐角,忽觉身后有一股风吹过来,还没来得及回头,嘴巴已经被捂住,整个人被拦腰抱起扔进电梯。

陈迦南惊魂未定,沈适已经压了下来。

她原以为可能会到学校,或者明天,也可能后天他才会想起出这口气,也有些意外他会这样沉不住气,不像他的脾气,明明刚才连看她一眼都懒得看的。

他这回来势汹汹,陈迦南无缚鸡之力。

沈适将她抵在角落里,手掌覆在后背用力揉捏。陈迦南连说话的机会都没有,嘴巴被他的舌头搅得天翻地覆。

她只觉眼前一黑,身子便软了下去。

刚刚喝的酒有问题。

醒来时,外面下起了大雨,房间里开着一盏暖灯。

陈迦南穿的还是自己的白色裙子,除了头还有些晕之外,并没有其他的感觉。酒店的白色大床很软,被子也很软,她轻轻侧了侧身,瞥见床脚坐着一个人。

几乎是瞬间清醒,她很快爬了起来。

沈适也是同一时间抬头看过来,他腿上还放着手提电脑,像是在工作的样子,昏黄的光线里他的脸色看不太清晰。

"醒了。"他声音很低。

陈迦南想起昏睡之前的吻,抿了抿干涩的唇没有说话。她只是静静看着沈适,在努力拼凑之前的细节。

他有时候是个君子,不乘人之危。

"今晚什么情况你不知道吗？"沈适的语气像是责备，"我以前教你的识酒常识也忘光了？"

陈迦南坐在床上目光有些涣散，沈适皱了皱眉。

他有些无奈地叹了一口气，将电脑搁向一边，站起来朝她走了过去，抬手覆上她的额头，垂眸看着她笑了笑。

"还是在想怎么对付我。"他忽然道。

陈迦南的眼皮跳了一下，乖乖地垂着眼由他逗弄。

沈适从她额上收回手，略微咳嗽了下，顺势倚在墙上看她。

"闹脾气也该有个限度。"沈适点到即止，又道，"姑父这些年不谙世事，早不清楚外头什么样了，以后那种饭局别跟着去。"

他并没有意料中的发脾气，温和得让她动容。

"或者说，你喜欢那个副董事长……"他意味深长地顿了下，"胜过跟着我？"

陈迦南噌地抬头看他，双目怒瞪。

沈适被她这一瞪弄得好笑，又低低笑出来，胸腔都微微震颤起来。他看了一眼她身上的裙子，衬得她看起来很小。

"洗个澡去。"他淡然道，"这样还能睡吗？"

陈迦南听罢又低下头，抬腕去看时间。

"现在是凌晨三点，暴雨。"沈适笑道，"你再看也走不了。"

陈迦南微微侧头，抿了抿嘴角。

房间里很安静，气氛也和谐。

至少，她醒来之后看到的是那个不动声色又谦和的男人，好像他们之间的这两年空白忽然不见了一样。

他穿着黑色衬衫，没系领带的样子看着随和。

陈迦南身上的酒味确实不能忍，她慢吞吞地从床上下来，裙摆落在膝盖处，白色的纱随着起身的动作在空中划了个弧度，轻轻刮过他垂下的手背。

沈适不动声色地抬眸，别开眼去。

陈迦南脚步很轻地进了浴室，将门反锁，看着镜子里那张有些惨白的脸蛋，不知为何有些手足无措，因为他太温和。

或许是听到反锁那"啪嗒"一声，沈适笑了一下。

他摸了根烟出来，从桌上拿过火柴，去阳台抽。

沈适也没有想到会有一天他抱着一个女孩上了床却什么都没有做，看着她被酒意弄晕过去的样子忽然不忍心下手。

浴室里传出哗啦啦的水流声，沈适吸了口烟。

分开这两年里倒真的见过她一两次，他不是喜欢回头的人，但还是很容易在有些时候想起她，他不愿意承认那些温存，不愿意被女人束缚，他觉得自己玩得起不在乎。

再次相遇，她一头撞进来，第一眼就再没想过放她走。

暴雨重重地打着窗户，隔着厚重的窗帘依然听得清那一下一下重而缓的撞击。他慢慢舔了下干涩的唇，偏头看向浴室那边。

陈迦南洗了将近一个小时，在门口站了十分钟。

她从镜子里看到自己裹着浴巾的样子，脸颊热得有些泛红，熬着时间到十一分钟的时候，浴室的门被他敲了两下。

喝醉他都不动手，陈迦南也无所谓了。

她将手搁在门把上，深深呼吸了一口气，慢慢拧开。视线里，沈适两手插兜倚在浴室边的墙上，似笑非笑地看着她。

"洗完了？"他不咸不淡地问。

陈迦南犹豫着轻轻地"嗯"了一声，她被他看得不自在，偏过视线要走，却被他拉住手腕。沈适抬了抬眉只是笑笑说："就'嗯'一下？"

"我今晚要是不来，你这会儿在哪儿知道吗？"

他似乎开始算账了，又不太正经。

想起他在电梯里的粗暴，陈迦南笑了一下道："那我还得感谢您是吗？沈先生，感谢您把我带这儿来。"

沈适笑："是这么个理儿。"

他一脸无赖样儿，陈迦南似乎拿他没办法。她想从他的手中抽出腕子,可他用力太紧,再抬眼他的目光盛满了欲望。

她有预感过这一刻的到来,愣愣地睁着眼。

浴巾裹着身体露出锁骨,沈适的目光从她脸上慢慢向下移,那双腿又细又直,胸前的沟壑隐隐看得见,只是她现在似乎有些不好上。

"要不我给你讲讲。"他轻声道。

沈适说完这话轻轻地笑了声,从裤兜里掏出手机,看了她一会儿,然后向前一步将手覆在她脑后,将她整个人扯向怀里,对准她的唇亲了下来。

他的唇凉凉的,有些许烟味。

沈适将她抵在墙上,一手扶着她的腰。

陈迦南刚洗完澡脱了一层水没有力气反抗,忍不住嘤咛了一声,双手被他反剪禁锢在头顶。

她瞪着他,用牙齿咬着他的唇。

沈适下意识地"嘶"了一声,从她嘴里退出来垂眸看她,一副好脾气的样子,笑得偶傥,说着:"还气着呢。"然后他微低下头将脸凑近她问,"怎么才能消气?"

陈迦南看着他,故意动了动被他禁锢着的手腕。

沈适会意立刻松开手,却又换了个姿势将她整个人压在墙上,他的气息轻缓均匀,似乎真的很诚恳地在等她的回答。

"打我一下?"他说。

陈迦南翻眼不理,沈适觉得有点意思了。

"有个事还得跟你确认一下。"他说。

陈迦南抬眼。

"真喜欢那个周然?"他忽然开口,"还是姓柏的?"

陈迦南沉默很久,吸气慢慢道:"你拿什么身份问我。"

听罢,沈适眯了眯眼。

"听说沈先生要订婚了。"陈迦南淡淡道,"还没恭喜你。"

"这么说话很开心?"

陈迦南扭过头："开心。"

"嘴这么硬。"沈适吊着眼梢看她，"非要这样气我？"

陈迦南紧紧抿着唇，不看他也不说话。沈适拧着眉抬手将她的下巴转过来，强迫她看着他，那双眸子里似乎燃起一些怒意，又慢慢地消失了。

他叹了口气："嗯？"

陈迦南不说话。

"还是说……"沈适被她的样子气笑了，吊儿郎当的语气道，"真想和我结婚？"

她几乎瞬间愣住了。

空气忽然静默下来，灯光染上了一层暧昧。

沈适没再开口，目光落在她的胸前，低头吻上她的锁骨，很轻松地抬手扯下她身上最后一块遮羞布。

陈迦南猛地从刚才的意识中清醒，下意识伸手往胸前挡，被沈适拉开摊开手掌覆上去。

陈迦南全身痉挛了一下。

"这么漂亮藏什么。"沈适低笑，下巴绕过她的颈，"身体比你诚实，南南。"

他知道她哪儿敏感，情动是什么样子。

说罢，他再没有给她反抗的机会，吻得用力而热烈。其实那时候陈迦南也没想逃，她知道她跑不掉了。只是她有些难过，难过那份早已遥不可及的悸动。

她身上有股淡淡的奶香，沈适近乎贪婪地嗅着。

天微微亮的时候，暴风雨似乎更大了，她想让自己睡过去，可他似乎还不放过她，半睡半醒间，他的声音低缓蛊惑。

"搬出来跟我住。"沈适咬着她的耳垂道，"梨园怎么样？"

陈迦南后背对着他，眼睛慢慢睁开。

"养起来吗？"她问。

沈适皱眉，他的胸膛紧紧贴着她，自后将她整个人搂在怀里，下巴搭在她肩上，抬手覆上她光洁的腰，指腹轻轻贴在上头一下一下地抚摸。

"就不能好好说话？"他的声音有点严肃。

陈迦南："不能。"

沈适忽地低笑一声。

"要不我住你那儿去。"他说。

陈迦南不说话。

沈适目光探向她："嗯？"

"那我就报警。"她说。

沈适上手揉了她的胸一把。

"这么狠？"他说着笑了下，低头亲上她的后背，"你开心怎么着都行。"

她坦然接受和他上床，他自当她服软，话也温和得很。

那个清晨，他对她真的是百依百顺，兴致极好地凑在她耳边低声说："过两天带你见个人。"

陈迦南稀里糊涂，没听见似的。

那天，他酣畅淋漓过后，拉着她在酒店温存了大半天，直到下午才送她回学校。她也没怎么给他好脸色看，只是看起来挺温顺的样子，偶尔顶几句嘴，他给足了面子照单全收。

隔日又是送花和衣服，像回到旧时光。

他看上谁了就喜欢给她买东西，怎么宠着怎么来。

陈迦南有时候觉得好笑，沈适还是避免不了俗世那一套讨女人欢心的玩意儿。

第九章 岁月漫长

陈迦南在寝室睡了一天,醒来是个傍晚。

没有消息没有电话,她差点以为这两天只是错觉。她照常爬起来洗漱,穿着睡衣就出了门。暑假的学校食堂都关着,只有一家便利店还在营业。

她要了泡面,目光瞥到一处愣住。

电视上一个娱乐频道正在播着某公司的产品发布会,新闻只有不到一分钟的时间,她看见沈适坐在嘉宾席上,跷着二郎腿,嘴角勾着三分笑,倜傥得漫不经心。

他身边坐着一个女人,传说中的未婚妻。

陈迦南看着视频里的男人,想起前夜他还在她身上逞凶,转眼就又是一副温和从容的样子。她顿时卸下肩膀的力量,揉着眼睛慢慢往回走。

毛毛打电话过来问她:"这几天怎么样?"

"不怎么样。"她说。

夜晚的校园小路安静得都能听见风刮过耳边的声音,陈迦南踢踏着拖鞋,怀里抱着西红柿炖牛腩方便面,走得有些消沉。

"我刚从你家回来。"毛毛打着哈欠说,"外婆赢了我八十块,你一会儿微信红包给我啊。"

陈迦南:"……"

"干吗不说话。"毛毛道,"想什么呢?"

陈迦南一边走一边扬起拿着面的左手，苦笑着说："我在想天道酬勤任重道远天将降大任于斯人也必先苦其心志劳其筋骨饿其体肤空乏其身所以动心忍性增益其所不能……"

"没病吧你。"毛毛无语，"大半夜的瞎嚷嚷什么。"

陈迦南"哈哈"一声笑出来。

"毛毛。"她忽然一本正经。

"干吗？"毛毛哆嗦了一下。

"都看不见星星。"陈迦南重重地叹了一口气，仰望头顶漆黑的夜，路明明就在脚下，可她怎么走一步都这么艰难，"你给我拍张萍阳的天。"

毛毛笑了笑："等着啊。"

过了大概一两分钟的样子，手机滴滴响了一下。微信里进来了一张图片，天空上有点点星辰，让人想起冰岛的极光。

"要不工作回萍阳吧？"毛毛说，"没我你可怎么办。"

陈迦南静默下来。

"我觉得外婆也是这意思，白天打麻将还跟我旁敲侧击了一下。"毛毛顿了下说，"阿姨最近身体状况好像也没以前好了，南南，你自己好好想想。"

"知道了。"她沉默半晌，说，"再拍一张。"

陈迦南一边走一边看手机，她把图片放大了看，又拿远看，远处有萍阳的低矮红瓦楼和稀疏的万家灯火。

京阳的灯火好像总带着一种迷离，让人看不太清。

品牌发布会结束之后，沈适在媒体的聚光灯涌上来之前先一步离开。周瑾跟着他的脚步，挽着他的胳膊走在旁边。

"一会儿吃墨西哥菜吧。"周瑾提议说，"我知道有一家很地道。"

沈适微微蹙眉，有些不太耐烦。

"有机会再说。"他说，"先送你回去。"

"你还有其他事吗？"周瑾迟疑着问。

沈适淡淡抬了抬眼，目光示意她不该问。

"不方便的话就算了。"周瑾强忍着笑笑,"不要忙太晚。"

两个人坐在后座,沈适一上车就闭起眼,一只手把玩着打火机的样子似乎又昭示着他没睡,只是有些疲乏不愿意睁眼。

送周瑾回去后,老张开车去了H大。

沈适看了眼时间已经十一点多,他忽然笑起自己来,怎么跟十年前读大学时的毛头小子一样,到这年纪还是得这么花心思追女人。

车子开到一半,老宅来了个电话。

大意是奶奶不太舒服让他赶紧回去。

沈适揉了揉眉心,让老张掉头。事实上,奶奶没什么大问题,就是血糖有些偏低头晕。

意外的是,周瑾也在。

陪着奶奶睡着,已近凌晨。沈适摸了根烟去院里抽,周瑾跟了出来。两个人站在铺满大理石小路的花园里,沈适点了根烟。

"你又不送我过来,我只好自己来了。"周瑾这么解释。

沈适淡笑了声。

"没耽搁你什么事吧。"周瑾说。

沈适抬眉。

周瑾站在他身后,看着他宽厚的背,穿着衬衫打着领带,低眉俯首,对什么都很淡漠,只需听到他的名字就足以让她动容。

在他面前,她哪里还有大小姐的样子。

周瑾慢慢地上前走了一小步,轻轻地将脸贴在他的背上。沈适抽着烟没有动,周瑾欣喜地弯了弯嘴角,用脸在他的背上轻轻蹭了两下。

"爸爸再过段日子就回来了,到时候会商量我们的婚事。"周瑾轻言细语,闻着他身上的味道,"以后能少抽点烟吗?"

沈适低眸,拂下周瑾的手。

他回过头看她,呷了一口烟扔到地上踩灭,面无表情地看着面前的女人,知书达理、温婉清秀,奶奶挑的人差不了。

"你拿什么身份问我?"沈适低缓道。

说到这个,沈适忽然笑了一下。想起那天夜里他抵着陈迦南的时候,她好像也说过类似的话。他笑着俯身到周瑾耳侧,声音低沉。

"别老端着。"他说,"现在还不是。"

他说这话还是那样温和淡然,像在说今天天气不错。说完,他转身离开了老宅,留下周瑾一个人站在那儿。对于女人,他从来都是这样。

沈适去了江坤那边喝酒,这小子一脸调侃。

"我就说这个周大小姐不是个善茬儿。"江坤抿了一口酒道,"出手了吧?"

沈适仰头靠着沙发,忽然在想陈迦南跨在他身上会是什么样子。她这两年瘦了不少,抱她的时候腰上都没肉。

"来这儿屁都别想。"江坤意有所指,"先喝几杯爽一下?"说着打了个电话,出去了。

过了一会儿,进来一个女人,披着长发,手里抱着一瓶酒,说自己是江坤叫来给他送酒的,沈适没出声。女人看了他一眼,站在那儿也没上前。

"沈先生在想什么呢?"女人看他一直没发话,忍不住问。

沈适忽然起了玩的心思,拍了拍身边的沙发。

女人会意立刻坐了过去,熟练地开了酒瓶,给酒杯斟了酒,抬手将杯子递了过去。沈适忽地抬手握住那只手,声音听不出感情。

"会打领带吗?"他问。

女人愣了一下:"当然了。"

"解不开的那种?"他问。

"您开玩笑呢吧。"女人说,"领带哪有解不开的。"

沈适抬抬眉头,摸出手机拨了陈迦南的号码。那边一直未接听,他又拨了一遍,过了很久才听到有气无力的一声"喂"。

"睡了?"他低声问。

陈迦南并没有睡着,她装着已经睡了一觉被他吵醒的样子,不咸不淡地"嗯"了一声,说话也有一点生气:"现在几点了您知道吗?"

沈适弯唇:"你那领带怎么系?"

陈迦南愣了一下,没想到大半夜打电话他会问这个。她将手机拿开看了一眼,确认真是他打来的,才道:"电话里怎么说?"

"那我过来。"

说罢径自挂了。

陈迦南坐在床上怔怔的,半晌吐了一口气。

也不知道他怎么会突然来这一出,像搞笑漫画一样,陈迦南有些说不出滋味。

约莫过了一个多小时,有人叩门。

陈迦南打开手机照明去开门,看见沈适一副不修边幅的样子站在门口,领带被扯得松松垮垮,黑色衬衫从西装裤里掏了出来。

她有些不可置信:"你怎么进来的?"

沈适看着她笑了笑,推着她进了门反锁。

陈迦南从他怀里退开两步,将手电筒对准他,他偏开头闭了闭眼,抬手将她的手电筒转了个方向。

"没电?"他问。

"暑假哪有电。"

"你就这么睡?"

陈迦南"嗯"了一声。

沈适叹息一声,视线在房子里转了两圈,向前走了两步,不小心撞到床脚,疼得他凉凉地"嘶"了一声。

陈迦南没忍住弯了弯嘴角。

"你走路都不看吗?"她故意道,"这么大一床。"

沈适好笑地回头,踢了踢她的一米二小床。

"这叫大?"

"大。"

沈适哼笑了一声,吸了口气。

陈迦南问:"你不是要系领带吗?拿来。"

沈适抬眼,不为所动。

看见他眼底深处的情欲,陈迦南心领神会,却还是一脸无辜地看着他,打算绕过他走进去,还没跨出一步手腕就被他拉住。

他斜眼看了看她身上的睡裙,她下意识地扭过身去,却被沈适一把拉进怀里。

"跑什么。"他淡淡道。

他用手指拨了拨她的头发,将她的手机拿开扔到桌子上,照明直直地打在头顶的墙上,房子里两个人的影子瞬间清晰起来。

陈迦南双手抵在他胸前,蹙起眉头。

他将脸凑上前闻了闻,笑说擦的什么这么香。陈迦南摆明了要硌硬他,直截了当地道:"没你身上的香水味香。"

沈适听罢抬眼,笑了一声。

他看了她一会儿忽然放开她,转身走到她床边坐下,将领带扯了下来,随手解开了衬衫的几粒扣子,四下看了一圈,然后双手折在脑后躺了下来。

陈迦南看得目瞪口呆。

她站在那儿一时不知道说什么好,看着床上的男人似乎很疲惫的样子。半晌,听见他低低出声道:"站那儿不累吗?"

他说这话时眼睛还闭着,像睡着了。

沈适拍拍床边:"陪我躺会儿。"

深夜的房内安静得出奇,窗外草丛里的蛐蛐儿叫都听得格外清楚。陈迦南缓缓叹了一口气,走到桌边倒了一杯热水。

水汽呼呼而上,她罕见地发起了呆。

突然,手腕多出一道力量,还没反应过来已经被他拉到床上。沈适从床上翻了个身将她压在下头,那一刻,他的目光出奇地清澈。

他静静看着她。

陈迦南不说话。

约莫过了几分钟,沈适轻轻吸了一口气,缓缓低头在她额头上轻轻落下一个吻，然后从她身上下来躺在外侧。

他低沉道："睡吧。"

那一刻，空气里有种温暖在。

沈适先她一步醒来，那时天还未亮。

他侧着身子，一手撑着胳膊看身边的女孩子。昨晚他能感觉到她最开始的僵硬，慢慢地好像也就那么睡着了。

沈适静静地看着，感觉很舒服。

这姑娘发梢有点翘，眼睫毛很长，一张脸白皙素净，睡着的时候跟个小猫似的乖，一点刺头都没有，两年前压根儿没有想到她耍起性子来这张嘴还挺厉害。

吵醒她的是一通陌生电话。

沈适当时也愣了一下，看着她好像颤了一下，接着睁开眼。他皱了皱眉头，平日里睡个觉都是这么不安稳吗。

陈迦南将手心朝上搭着额，像是在缓一下的样子。

他抬手拿过手机递给她，陈迦南反应了一两秒才适应身边有沈适，还有他这个动作。她接过手机，慢慢从床上坐了起来，按了接听。

是老年艺术团的活儿，沈适听到一些。

陈迦南挂断之后，听他淡淡道："推了。"

她安静了一下，默不作声也不动。

沈适偏眸看了一眼她的脸色，从床上坐了起来。她的背看着很单薄，睡裙裹着她年轻的身体，沈适自后靠了上去。

他伸手环上她的腰："生气了？"

陈迦南垂下眼看他的手，又挪到身后他的衬衫上，他睡相很好，没什么褶皱。领口解开了几颗纽扣，加上又是昏暗的清晨，他的气息有些不稳。

于是，她说："那是我的事。"

沈适似是而非地"嗯"了一声，下巴擦过她的后颈，目光落在她的胸前。他抬手将她因为睡觉而拉低的衣领一把扯了上去。

"来例假了就别随便撩拨我。"他道。

陈迦南又愣了一会儿,以前和他在一起的时候,总有那么几天不舒服的时候,不知道他是不是记住了日子,总是很准确地在那几天放过她。

她"嗯"了一声:"就这两天。"

沈适忽地笑了一下。

"你这是在暗示我什么吗?"他的指腹还停在她睡衣的领子上,声音有些遗憾,"浪费了一个晚上。"

明白过来他的意思,陈迦南脸颊有些烫。

沈适的眸子倏地深刻起来,他很认真地低下头去,一点一点地亲上她的脖子。

陈迦南身体僵了一下。

沈适看着她一副如临大敌的样子,只是笑了笑并没有再做什么。

"你去那老年团一般都做什么?"沈适轻轻将她搂进怀里,"吹长号?"

陈迦南将头埋进他的胸膛里,声音有点闷闷的。

"有时候会弹琴。"她说。

沈适笑:"你那个老师好像对你寄予厚望。"

提到柏知远,陈迦南吸了一口气。

"什么时候弹给我听听?"他道。

问这话的时候,他将脸绕过她的颈亲在她的下颚上,气息有些许重,手忽然绕到她的胸前,陈迦南忍不住仰起头轻轻呓语出声。

沈适低低笑起来,手指又从善如流地溜走了。

"比起那时候……"他说着顿了一下,淡笑道,"大了。"

陈迦南以为他接下来还会做什么,有些意外他忽然松开手。

"收拾一下,带你去个地方。"他说。

陈迦南一手扶在胸口,问:"去哪儿?"

沈适没有立刻回答,下了床一边系口的扣子一边朝着她的桌子扫了一眼。昨晚房间里太暗没有仔细看,女孩子的房间都没什么化妆品。

他回过头看她:"不想起?"

"不说不去。"

这一声答得倒是干脆,沈适微仰起下巴,看着她眯了眯眼。床上的女孩凌乱着短发,眼睛里像萃了星光。

"那算了。"他说。

陈迦南说不出来有一种失落,肩膀还没耷拉下去就感觉到头顶有阴影落下来。她抬头去看,沈适探过身来,她下意识地缩了缩脖子向后靠去。

"做吗?"他问。

陈迦南呼吸都不稳了。

"不去就做。"他笑得漫不经心,"我让你选。"

陈迦南靠着冰凉的墙,手掌撑在床上看他,半响,确定他不是在开玩笑,面无表情地翻了他一眼,错过他从床上下来。

沈适笑笑,站直将袖口往上卷了几下。

他是个很讲究的人,经常穿西装,领带打得一丝不苟,笑起来给人的感觉很清淡,没什么排场,可要真是从一个个细节揪出来看,很处女座。

陈迦南看了他一眼,故意道:"你穿这个?"

"怎么。"他抬起胳膊闻了闻,"有味儿?"

陈迦南说:"有点皱。"

他像无所谓的样子,说:"无妨。"

没有硌硬到人,陈迦南不免有些泄气,打开衣柜拿了毛衣牛仔裤扔到床上,没想到沈适却俯身拾起又给她塞回柜子里。

"穿那件。"他下巴抬了抬,"这么好看的裙子藏着发霉?"

陈迦南倒吸一口气,扭头看他。

"麻烦您出去。"她说,"我要换衣服。"

沈适挑眉,看着她似笑非笑。

"妆别太浓。"他最后说。

说完,他弯腰捞起西装外套,拉开门走了出去。

换上裙子出去的时候,沈适等在车边。

校园路上没什么人,他将车子停在树荫下,点了根烟在抽,黑色衬衫的下摆没有塞进西装裤，有些不修边幅的样子。

那会儿大概是八九点，太阳刚冒出头。

见她走过来，沈适目光聚焦起来落在她身上，淡粉色的单肩裙很适合她，样式简单，衬得她青春活泼了一些。他眯起眼看着，吸了最后一口把烟扔进垃圾箱。

待坐上车，他问："想吃什么？"

陈迦南想了想说："豆浆油条。"

意料之中，他皱了下眉头。

"这儿有卖？"

"有。"她说，"学校门口的步行街。"

沈适自己都没有想到他会心情好到将车停在街道路边，跑下车去给她买豆浆油条，那天阳光很好，他很轻松。

陈迦南坐在车里等，看着他进了一家店。

她想起刚才在车里，他说喜欢哪家下去坐坐，她假意皱着眉头说："好像昨晚没睡好，小腿有点抽筋了。"然后她看到他抬眼看她，明知是假还得无可奈何的样子，有点好笑。

后来再回忆起，那个清晨真的太干净。

沈适没有如她所愿买油条，倒是带回来一盒养胃的粥搁她怀里。陈迦南正要开口说不想吃，就看见他把已经拆开的小笼包纸袋递过来。

"油腻的东西少吃。"他一只手把着方向盘一只手打开引擎，看着前面的路道，"伤胃。"

陈迦南慢吞吞接过纸袋，静静看了他一眼。

那目光似乎疑惑着，一个从小养尊处优，活跃在那样的圈子里的人怎么会熟悉这样的生活气。沈适开着车，遇见红绿灯时停下来。

"别用这种眼光看我，南南。"他轻声道，"我读大学那几年和你一样，早上八点爬不起来，逃课是常有的事，熬夜打游戏，满世界跑。"

大概十年前的事，陈迦南想。

"追女生什么样子？"她问。

沈适淡笑："大概比你能想到的还俗。"

那个早上，一切都温和得不得了，他难得这样谈起他的少年时代。陈迦南也少了一些锋芒，或许是来自于手里小笼包的温度。

"有多俗？"她真敢问。

沈适抬了抬眼角，想了想笑笑说："那年头流行情诗，追女孩子都蹲在寝室楼下弹吉他给她听，不像你们现在。"

陈迦南抓住重点："你会弹吉他？"

"年轻时家里不管闹着玩玩。"沈适的神色温柔，"都忘差不多了。"

那个十字路口的红绿灯那天过得有点漫长，足够他三言两语谈笑少年时，她似乎都可以想象到他那时有多意气风发。

车子重新开动，陈迦南也平静了。

她问："我们去哪儿？"

沈适说："到了就知道了。"

他开车左拐右拐进了一条比较古旧的街道，在一个胡同口停下车。那条胡同很长，每家的屋檐都伸出来，吊着两个红灯笼。

陈迦南跟在他后面走，他们停在第七家门口。

沈适走上去扣了两下门。过来开门的是一个穿着朴素整齐的老太太，看见他，意料中地笑了下，又看了眼他身后的女孩子，对沈适道："快进来。"

他和老妇人一同进门，陈迦南跟了进去。

听见他问："华叔又在逗鸟？"

"你去年送的那几只下了一窝蛋，不知道有多宝贝。"老妇人笑着说，"一大早起来不吃饭就遛鸟，这不刚回来。"

沈适笑了一声，步子放缓。

这屋子年代看起来很久远，两边都是木桩搭起的菜园子，瓜蔓缠绕着柱子爬上了屋顶，顺着房檐走了一圈，墙上挂着二胡和小提琴，很清静的一个小院子。

再看到房檐下那老人，陈迦南愣住。

老人自然注意到他们走了过来，给鸟的食盒里添了水，这才转过身来,目光越过沈适瞥了眼他身后的陈迦南,随口问道:"女朋友?"

沈适笑笑,说:"拜师来了。"

陈迦南看着他那个笑,忽然有些难过。他没有承认也没有否认,巧妙地绕过那个问题,漫不经心的温和外表下有着商人天生的城府。

院子里溜过一阵风,吹得柱子上的藤蔓摇晃了下。

外界都说钢琴艺术家李熠华常年生活在国外,陈迦南没有想到这个老人竟然就住在距离市区最近的胡同,更没有想到他和沈适的关系。

老太太端来茶水招呼,看着大师,陈迦南有点紧张。

李熠华坐在屋檐下的藤椅上,抿了口茶,问了她几个钢琴方面的问题,说了一些自己在工作室的事情,陈迦南很诚恳地回答完,又听见他道:"当年怎么不直接读这方面的研究生?"

余光里沈适和老太太在逗鸟。

陈迦南沉吟片刻说:"那时候没有想过太多自己的未来。"

"那现在又是为什么?"

"是我老师。"陈迦南想起柏知远,眸子渐渐放得深远了,"他一直在帮助我从错误的路上往回绕,也是他告诉我要去考您的工作室。"

"什么是错误的路?"老人忽然问。

陈迦南一时不知怎么回答,愣了一下。

"大概是做没有意义的事情。"她想了想道,"或者不擅长不喜欢的事情。"

老人蓦地笑了一下,说:"没有意义不代表就错了,不擅长不喜欢也不见得就不对,真正的错是你一边做着这些事一边还在伤人伤己,你说对吗?"

陈迦南抿了抿唇,目光变得深邃起来。

"这么看来倒没有那小子什么事儿。"李熠华道,"明天去工作室报道吧。"

陈迦南怔住,下意识地"啊"了一声。

她尾音刚落下,老太太就走了过来拉她去厨房拿水果,嘴里念叨着

"说几句就行，别把娃闷在这儿"，她不好意思地笑了笑，跟着走了，留下沈适和李熠华在院子里。

"我看你是有点自作多情，人家女孩子半句没提过你。"老头喝着茶说，"把那盘棋拿过来。"

沈适短促地笑了一声，去拿棋。

"你父亲近来可好？"

"整天在国外逍遥有什么不好。"沈适一边摆棋子一边说，"我要黑子儿。"

李熠华叹口气道："出息。"

"谢了您嘞。"沈适说笑。

空气莫名地安静下来，半晌，李熠华问："下个月你母亲忌日，你父亲肯定会回来，他和你奶奶关系还僵着呢吧？"

沈适淡淡道："谁爱闹闹去。"

"胡说。"李熠华道，"三十好几的人了，怎么还跟个孩子一样由着性子来。"

听罢，沈适笑了一下。

"沈家的子孙什么时候由着性子来过。"他这话有些凄凉，"父亲、姑姑，再到我这儿，不都是这个样子。"

李熠华慢慢皱起眉："那女孩子……"

沈适的目光盯着棋盘，舌顶着腮。

"总会有点意外。"他走了一步棋，凉凉笑道，"您又输了。"

李熠华低头看棋盘，摇了摇头。

那天，他们在胡同里待了近两个小时才离开。刚坐上车，陈迦南便接到老年人艺术团的电话，问她几点能到，要抓紧排练赶场子。

沈适看了她一眼，拐了个弯上四环。

"那地方谁给你介绍的？"他问。

"学校一个老师。"陈迦南说，"你有事的话，放我在路边下吧。"说完犹豫了一下，"今天……"

沈适挑眉:"想谢我?"

她偏头看了他一下,想着有身份有地位的人果然是好办事。沈适不知道她这会儿在想这个,腾出一只手握住她的,笑着又道:"以后有的是机会,不急。"

他的手掌粗糙温暖,陈迦南有些恍惚。

"那个艺术团怎么走?"他问。

陈迦南顿了一下:"你公司很闲吗?"

"放心。"沈适笑,"倒不了。"

她不吭声了,冷静地和他说了个地址,也不过半个小时的路程就到了。陈迦南下车的时候被他拉住手腕,她回过头去看。

"多久能完?"他问。

"不知道。"她这句是真话,"排练一般不看时间。"

沈适松开手,很轻地点了下头。陈迦南没再说什么,下了车走了,很快没入了大门后面。沈适半开车窗,点了根烟抽起来。

他抬腕看了眼时间,咬着烟发动引擎。

金厦六楼一家高级品牌店内室,女人一边喝着红酒,一边看向刚坐在沙发上的男人,眸子里微光流转,一副看好戏的样子,笑道:"什么风把你给吹来了?"

沈适抿了口酒道:"坐坐也不行?"

"沈老板的面子这么大我哪敢呀。"女人笑得熟稔,"真闲的?"

沈适:"嗯。"

"这么大好的日子不去林少爷那里,跑来我这儿不会是单纯只想换件衣服吧?"女人拉长音"哦"了一声,"昨晚……"

沈适抬了抬眼皮。

女人正要说话,门被敲了一下,进来一个员工说需要她出去一下。女人放下酒杯,熟练地撩了一下头发走了出去。

店里,周瑾指了指一件裙子,说:"这件我试一下。"

偏过头看见走过来的女人,她微微笑了笑。

"周小姐一个人来的吗？"女人走近客气地问了一下，看了眼她挑的衣服，"您眼光还是这么好。"

周瑾偏眸笑，看了眼女人出来的方向："你有客人？"

"没关系。"女人瞥了一眼内室那扇门，无所谓地笑笑，"不是什么重要客人。"

两个女人之间的话题总是存在着一些涌动的暗流，这一点旁人轻易就能感觉出来。周瑾扫了一眼店里，不紧不慢道："一个人逛没什么意思，他最近太忙了。"

"是吗？"女人意味深长。

周瑾笑："我先去试衣服。"

回去内室，沈适靠在沙发上闭着眼睛，桌子上的红酒已经空了。

女人靠在墙上叹了一口气，说："知道谁来了吗？"

沈适眼皮都没抬，像没听到似的。

"你那个高贵优雅的准未婚妻。"女人自顾自道，"似乎是一个人逛街。"

沈适还闭着眼睛，真像睡着了。

"真不了解你们这些人，什么都有还整天愁眉苦脸，跟全世界欠了你们一样。"女人说，"哪那么多烦心的事儿。"

沈适哼笑，睁开眼。

他扯了一下领带，拿过沙发边上的西装外套站了起来。

女人提醒道："周大小姐可还在外头试衣间哦。"

沈适满不在乎地抬脚往外走，笑笑说："走了。"

沈适在一楼首饰店买了条项链，开车离开大厦。

那个下午过得很漫长，阳光也好得不得了。陈迦南吹了一下午的长号，嘴巴都有点疼，坐在艺术团栽满参天大树的院子里看夕阳。

她摸着嘴唇，给外婆打了个电话。

陈秀芹女士这会儿也坐在院子里一边择菜一边看夕阳，笑眯眯地问她那边的天气。陈迦南舒服地伸了个懒腰,说什么都好。

"我妈最近怎么样?"她慢慢道。

"比前段日子有精神了。"外婆说,"昨天还说想去看你。"

陈迦南轻松地笑了下:"等我稳定下来,在学校外头租好房子,你们俩一起过来。"

"找到实习单位了?"外婆问。

她想起李熠华的工作室,"嗯"了一声。

"待遇应该还不错。"陈迦南说,"研三没什么课,我可以放开手脚赚钱了。"

外婆嗔道:"真是个小财迷。"

"小财迷不好吗。"陈迦南仰头看着树枝,斑驳的树影照在脸上晃来晃去,"可以给你买烟啊。"

外婆笑:"这还差不多。"

她和外婆又嬉笑了几句才挂了电话,又回去练习室排练了一会儿,等到离开艺术团时天已经黑了下来。

陈迦南抱着长号站在路边,抬眼便看见沈适的车。

她很意外他居然还等在这儿,站了一会儿,长长地舒了一口气,忽然有些犹豫,不知道要不要走过去。他们现在的关系不言而喻,又回到了那种奇怪却又实在正常不过的相处里。

陈迦南还在想,沈适开了双闪。

她看着那一明一灭的光,蓦地恍惚起来。有时候,他明明是那么温和体贴的一个人,记得她很多喜好和习惯。

见她还愣着,沈适开车过来。

他俯身打开她这边的车门,陈迦南看过去,他换了件白色衬衫,像是在车里睡过一觉刚醒来的样子,目光淡淡的。

"上车。"他说。

陈迦南打开后座车门,将长号放了进去,这才坐回副驾驶。沈适偏头看了一眼后座,一边开车一边问:"又吹这个?"

她不太满意他的态度,问:"怎么了?"

"你们老师真是慧眼识英雄。"

满嘴的嘲笑,陈迦南给了个白眼。

"沈先生厉害。"她反驳,"你来个试试。"

他笑了声,递了个盒子过去。陈迦南没有接,皱眉看他。沈适无奈,将盒子直接放在她腿上,那冰凉的温度让她颤了一下。

"打开看看。"他说。

是一条项链,像是在时尚杂志上见过。

陈迦南放到一边:"不要。"

沈适连眼睛都没有眨一下:"那就扔了。"说完伸手拿过盒子就递向窗外。陈迦南下意识地"哎"了一声,听见他低声笑了。

她自知被骗,扭头不管了。

他的电话忽然打破了这场平静,沈适将车子停在路边。

陈迦南听到他的声音有一点细微的变化,似乎是有什么事情,他却依然淡定从容,没几句便挂了。

陈迦南看着窗外,感觉他俯身过来。

"戴着。"他将盒子放在她手里,"衬你。"

陈迦南抬眼。

"一会儿有个局,怕是不能陪你吃饭了。"他重新坐好,平淡道,"先送你回学校。"

第十章 暴雨将至

最近好像憋着一场雨，不知道何时落下。

自那夜分开，她已经好几天没有沈适的消息了，新闻上也没有他的只言片语。陈迦南平日里除了去李熠华的工作室，就是待在学校图书馆。

昨夜柏知远发邮件问她面试情况如何，她避重就轻回了句顺利。

他那边该是清晨，太阳刚冒出头。

柏知远是在两天之后的下午回到学校的，像是下了飞机直接过来的样子，还穿着藏蓝色的风衣，拎着一个行李箱下了车。

陈迦南当时站在距离他五米外的地方，愣了。

直到他走近笑问："不认识了？"

"您怎么回来都不吱声，我好去机场接您。"她平复下内心的惊讶道。

"又不是抗美援朝回来了，有什么好接的。"他说。

"好歹我也是您唯一的直系弟子，这样多不好啊。"总觉得那天萍阳一别，她现在和柏知远之间似乎比起师生更亲近了些，所以说这些下意识地就没了遮拦和顾忌，"您说对吧？"

柏知远笑道："不知道你钢琴怎么样，嘴皮子倒是长进不少。"

陈迦南："……"

"走吧。"柏知远说，"去办公室。"

陈迦南弯腰就去接行李箱，被他抬手一拦。

"我堂堂一个大学教授有手有脚还是男性，让人看见女学生帮我拎不是闹笑话？"柏知远扬了扬下巴道，"走前面。"

陈迦南想，这人还真是……古板啰唆。

办公室有一段时间没人进来，桌子、地面都蒙上了一层灰。陈迦南刚进去就打开窗户透气，去洗手间拿了湿抹布和拖把进来开始打扫卫生。

大概明白柏知远叫她来的缘由了。

柏知远也不客气，将行李箱扔到一边打开电脑好像接了一个邮件，一直坐在办公桌前敲着键盘。他手指的动作很快，认真专注。

有树叶从窗外掉下，一点一点在风里晃落。

陈迦南收拾完卫生，走近柏知远身边探头看了下，电脑屏幕都是英文。她忍不住看了一眼柏知远的侧脸，又将目光落向窗外。

"想什么呢？"他忽地出声。

陈迦南收回视线，叹息般道："我记得您的教授履历上修的是双学位，除了生物学还修了心理学，您在各大杂志期刊上发表了近百篇心理方面的论文，生物科学方面只有不到十篇，其他老师的研究生十几二十个，到您这儿几年都不见得收一个。"

柏知远从电脑上移开眼，看她。

"你想说什么？"他问。

陈迦南郑重道："当初您劝我放弃生物是因为这个吗？"

就像父母的愿望，自己悔恨走过的路所以想让儿女有极大的限度去追求自由，或许是这样子想的吧。

柏知远看着她笑了下。

"对老师了解挺清楚的。"他慢条斯理道。

陈迦南清了清嗓子，不太好意思直视他。

"我也就是没事瞎猜。"她说，"您别往心里去。"

柏知远道："晚了。"

"您不会想公报私仇让我毕不了业吧?"陈迦南故意做出一副惊恐的样子,"老师……"

柏知远被她逗笑,嗓子里溢出声来。

他从座位上站起来,走向窗边,平淡地说着今天天气不错。接着将窗户开到最大,看着远处的湖和树,肩膀渐渐放松下来。

"有些事情不是自己能掌控的,明白吗?"柏知远的目光还在窗外,"这个世界除了理想和欲望,还有很多更重要的东西。"

陈迦南问:"什么?"

柏知远慢慢回过头,目光温柔。

"健康和家人。"他说,"没有什么比健康和家人更重要。"

他说这话的时候语气很淡,很轻,却又好像是下足了力量,让听的人一震,久久都不能缓过劲来。

"好了,不说这个。"他话题一拐,"我们走吧。"

陈迦南愣了:"干吗?"

柏知远朝着办公室看了一圈说:"作为你打扫的酬谢吃个饭,顺便有关研三这学期的一些事情还要和你说。"

就知道这人说不了两三句好话。

他们并没有走多远,去了学校附近的餐厅,很简单的一个餐厅。或许是暑假的缘故,见不到多少学生,店里也没有多少人。

柏知远问她:"工作室那边怎么样?"

"挺好的。"陈迦南说,"时间上很自由。"

"不管是什么演出机会都要珍惜。"柏知远喝了一口茶,道,"半路出家的钢琴家也不少,不要有心理压力。"

陈迦南笑了笑。

"要我说您真的适合去做心理医生。"她道,"太浪费了。"

"你这是在劝老师改行吗?"他问。

"您不也劝我改了行。"她说。

柏知远笑笑,不说话。

后来的半个小时，她一边吃饭，一边听他讲毕业设计要注意的问题，他讲得极为详细，还有一些做了一半的课题也都交给了其他老师的学生。他说了很多，好像要出远门。

陈迦南用备忘录记了有一千来字。

"有什么疑问给我打电话。"柏知远最后道。

陈迦南在餐厅门口目送柏知远开车离开后，一个人返回寝室。暑期的学校真是冷清，走廊更是静得一点声音都没有。

那时已是傍晚，陈迦南蒙头睡了一觉。

醒来时，已经晚上九点半，她爬起来玩了会儿手机又丢开，不自觉地有些烦躁。那两天例假来得很多，整个人都没什么精神。

翌日，她去工作室上班，低血糖差点晕倒。

下楼去买药的时候，她被一辆车子拦住了路，等她看清下来的那人时，愣了一下。林枫对她摇了摇手，说："陈姐姐，好久不见。"

陈迦南皱了皱眉，想掉头就走。

林枫几步跨上前拦到她跟前，道："我这还没说一句，着什么急呢你，再怎么说咱都算熟人了不是，给点面子。"

"有话就说。"

"当然是要事。"林枫说，"很重要。"

陈迦南吸气，抬眼。

"三哥这几天太忙了，公司遇到了点麻烦，他不是在飞机上就是在去坐飞机的路上。"林枫说，"晚上也是在公司睡。"

陈迦南问："你和我说这些干什么？"

"没你这么铁石心肠的吧。"林枫道，"他都一只脚往医院踩了。"

"是吗？"陈迦南说。

她没什么心情在这儿耗，转身就想走。林枫眼疾手快扯住她的胳膊，她连甩开的力气都没有，忽然有些好笑。

"第一，我和他没什么关系；第二，我也和你不熟。"陈迦南斩钉截铁地道，"麻烦松开。"

林枫看着面前这女人，咬了咬牙。

"三哥的死活你也不管？"

陈迦南有一瞬间的迟疑。

"他今儿一天都混在饭局上，刚差点酒精中毒了。"林枫偏头看了眼女人蹙起的眉，"我今天是特意来找你的。"

陈迦南终于抬眼正视。

"去看看他。"林枫说，"如果你不愿意，那我再想其他法子。当然，我想你并不希望那种不太好的事情出现。"

这种目光叫势在必得，陈迦南在衡量。

她脑海跟过电影似的想了很多种意外，不管是不是她都得去，哪怕为了那个万分之一的机会，于是她妥协似的对林枫说："我跟你去。"就像当年她义无反顾地来，赌上了她的后半生一样。

车子开得飞快，在一家偏僻的酒店停下。

陈迦南捂着胃跟在林枫后边，听见前面的人道："三哥不喜欢去医院，一会儿你见到他可别这么冷淡，他不喜欢。"

她暗自腹诽，心里冷笑一声。

沈适是什么样的人，她怎么会不知道，忙成这个样子哪里还记得她，平日里他也不喜欢人打扰。这个时候不管林枫葫芦里卖的是什么药，陈迦南觉得都得碰一碰那葫芦。

只是那夜，空气静得让人恐惧。

她被林枫带到一个包厢，推开门进去，还没走几步，只听得"吧嗒"一声，她再回头门已被反锁，由她怎么敲喊都没有声音。她下意识去摸手机，早已没了踪影。

这地方隔音太好，她这样无济于事。

门外的林枫邪邪笑了一下，进了旁边的一个包厢。沙发上的男人正在吞云吐雾，林枫露出一个笑意凑到他跟前坐下。

"送个客去那么久？"沈适问。

"吹吹风。"林枫道,"顺便验证一件事。"

沈适没什么兴趣,吸了一口烟。

"听说周达要回来了,你和周瑾的婚事应该是板上钉钉了。"林枫说,"现在公司发展正处于风险期,哥,你可别意气用事。"

沈适捏了捏眉心,想起陈迦南。

他不给她打电话,她也不主动,这女人好像知道什么样儿最挠人。

沈适不由得笑了笑,掸了下烟灰沉在酒杯。

"要我说赶紧定下得了。"林枫道,"周家可不是什么省油的灯。"

"这事你少掺和。"

林枫沉默了一下,问:"你不会真对那个女人有什么想法吧?"

沈适抬眼。

"别是真的。"林枫犹豫道,"哥……"

"有话就说。"

"听说那天饭局上百泰集团副董事长挺喜欢她的。"林枫说,"那老顽固平日咱是不放在眼里,可谁知道他坐上正的,现在公司出了事没他点头可不行。"

沈适的眸子危险地眯了起来。

"所以我拿你的名义……"林枫慢慢道,"把她送了去。"

沈适冷吸一口气,黑眸霎时变了。

"送哪儿去了?"沈适问得缓慢淡定,见林枫半天不语,狂躁道,"我问你送哪儿去了?"

林枫没想到沈适反应会这么大。

几天前,那个副董事长和他旁敲侧击过,原话是这样问的:"林老弟,沈老板身边那个女人是他女朋友?"

林枫什么人,一下子就明白了。

记得第一次见陈迦南是半年前在萍阳,她来朋友的酒局带走了一个喝醉的女人。如果当时不是沈适点头,她们恐怕没那么容易走。

林枫从小就跟着沈适混,没见过他这样。

倒也试探过几次,沈适似乎也没太在乎。林枫想起前几天去公司找他谈单子,老张说他这两天都不在,林枫皱了皱眉头,觉得这女人有点好玩了。

包厢的气氛霎时变得凝重,林枫愣了一下。

"来真的啊,三哥。"林枫半天吐出了这么一句,"周瑾你不要了?"

沈适没工夫听这些,手搭在胯上压着怒气。

"她在哪儿?"沈适沉声道。

林枫吸了口气,手指了个方向道:"隔壁。"

沈适抬脚就往门口走,听见林枫在身后说:"哥,你想好了,这一步跨出去就没回头路了,我们跟百泰的关系会闹得很僵。"

空气静了一下,沈适拉开门走了。

沈适在门口刚好遇见一个侍应生,开了隔壁的房门,却不见陈迦南的人影。沈适在屋里找了一圈,最后在洗手间的地上发现了她。

洗手间开着暖灯,她抱膝靠在墙角。

沈适站在门口松了一口气,又不知道该不该进去。他很少有这种犹豫的时候,在听到林枫那话时,他第一反应竟然是舍不得,他忍受不了她属于别的男人。

陈迦南察觉到那股视线,从双臂里抬起头。

她的双眸很平静,似乎真的都在意料之中。沈适有些诧异她的镇静,看了她一会儿,才慢慢淡声道:"不怕?"

陈迦南想了想,摇头。

"你跟林枫很熟吗?跟我吃个饭也不见得这么情愿,他让你跟着走你就乖乖听话?"沈适一开口,就发现掩饰不了心底的怒气,对她冷声道,"你今年多大了,南南?"

陈迦南看着他发火,也不吭气。

"是不是除了我谁喊一声都跟着走?"沈适气道,"还是找到下家要蹬了我?"

陈迦南看了他一眼,从地上起来往外走。

还没走出去便被沈适拉过手腕甩了一下,他的力气实在很大,陈迦南差点在光滑的地板上滑倒,听见他低声怒道:"说话。"

陈迦南很少惹他这样生气,她心里乐了,面上仍然平静道:"你在气什么?"

沈适被这话问得怔了一下。

"你以为我做了什么背叛你的事?"陈迦南轻笑,"就算有又怎么样,说白了我们之间不也是这种关系。"

沈适瞬间抿紧唇,眯起眼。

"再说你又不是我什么人。"陈迦南故意激怒道,"我凭什么要乖乖听你的话?"

沈适的唇抿成一条线,这是他真的生气的表现。

"沈先生身边不是还有一个貌美如花温柔贤惠的周大小姐吗?"陈迦南的语气颇为平稳淡定,"那么好的女人你不珍惜留恋我做什么?"

空气静得可怕,陈迦南无半分退让。

半晌,听他低声道:"说完了?"

陈迦南说了该说的,头又疼起来。

"要不趁着今天这个机会多说两句。"沈适松开她的手腕,一手塞进裤兜,不温不火道,"还有什么话来我听听。"

他忽然淡漠下来,陈迦南犹豫了。

"怎么不说了?"他哼笑一声。

陈迦南将手背到身后,轻轻地揉了揉被他扯过的手腕。

"刚不是说得挺利索吗?"沈适冷笑出声,"都可以参加辩论赛了,是吗?南南。"

他的话虽温和,眼神却清冷得厉害。

明明不该这样发脾气,沈适觉得自己有些好笑。他看着她一直沉默不言,忽然泄了气,摸了摸鼻子别开目光不看她,无奈地低喃了句"算了"。

"林枫那小子回头我再收拾他。"沈适的声音低了低,"以后离他远点。"

他的态度转变太快,陈迦南差点没反应过来。

陈迦南低语："你们不都一样。"

沈适吸了吸脸颊，被她气笑道："你说什么？"

陈迦南抬头看了他一眼，飞快地说了句没什么就要往外走，被他一把捞进怀里，重重地砸在他的胸口上。

她抬头瞪他，沈适已经低头落下吻来。

他力气大得像是要把她吸干似的，淡淡的酒味被她吸进鼻腔，她忍不住蹙起细眉。

沈适将她逼到墙上，一手去扯她的裙子。陈迦南忍不住呜咽了一声，伸手去拦，被他反握住。沈适是情场高手，她欲罢不能。

嘴被他堵着说不出话，她只能在他的身下挣扎嘤咛。

沈适好像就喜欢听她这样子叫，怒气慢慢没了，转而温柔起来。她扭着腰不让他得逞，嘴里逮着时机咬了他一下，他疼得松开了口。

他"嘶"了一声道："属狗的？"

陈迦南胸前起伏："知道就好。"

沈适情不自禁笑了，压着她又亲下去。

忽然，他眉头紧皱，察觉到她还在生理期。

"不是早完了？"他问。

陈迦南趁他松口的工夫，和他拉开了一些距离。她眼神里有少女得意睥睨的样子，沈适舔了舔唇，鼻子闻了闻她的味道。

他的声音危险："玩我？"

陈迦南推开他，拉下衣服站好，才慢慢开口道："真是对不起了沈先生，您要是实在忍不了的话还是去找你未婚妻吧。"

沈适冷笑："我要是吃定你呢。"

"同归于尽。"她说。

"怎么个同归于尽？"

陈迦南眸子淡下来，下意识地握紧手掌。

"不结婚的话……"她说了句风马牛不相及的话，"你会让我给你生小孩吗？"

沈适被她这话弄得没了一点欲望。

"吓到了吗？放心，就算有我也不会要。"陈迦南说，"如果这个也算同归于尽的话。"

沈适被陈迦南气到了，声音低缓："你说什么？"

刚才还好好的，怎么突然就这样了。

陈迦南自己也很纳闷，刚才的谈话推着她到了这一步，她下意识地就问了出来，纯粹只是想探探他的态度，不知道他是在气哪一句话。

于是，她又试探了一次他的底线："我也不想小孩生出来被人骂野种。"

沈适吸了一口凉气，冷着脸看了眼面前的女人，像是憋了一股气没处使。他别开眼，一脚踢向洗手间的柜子，上面的东西掉落一地。

他甩手转身离去，摔门声很响。

陈迦南像被人抽了筋一样，耷拉下肩膀。她刚刚打了一次擦边球，不知道之前所有的工于心计是否会付之东流。两年前离开时，她就知道，沈适或许早上了心。

为什么是或许，她也在赌。

她摸了摸滚烫的额头，撑着僵硬的身体走出了酒店。等了很久才打到车，一回到学校，她就躺下睡了，这一睡便是很长很长。

醒来是在医院，入眼的是吊瓶。

她总觉得这是一场梦，怕醒来又闭上眼睛。视觉一消失，嗅觉便灵敏起来，慢慢地闻到了一股消毒水的味道。听力也清晰起来，门外走廊有医生说查房，还有走来走去的脚步声。

接着，听到一阵低沉的声音："醒了又睡？"

那声音太过熟悉，陈迦南蓦地睁开眼。

柏知远俯身探向她的额头，点了点头说退烧了，又给她掖了掖被子，抬头看向吊瓶，再看了眼时间，拿起桌上的苹果削起来。

"知道为什么在这儿吗？"他边削边问。

陈迦南想了想昏睡前的事情，没有说话。

"低血糖又遇上高烧例假,你没感觉到不舒服吗?"柏知远这话像是责备,可语气却很轻,"不去医院直接回去睡觉像话吗?"

陈迦南鼻子忽然酸了,为这外婆式的啰唆。

她抽了抽鼻子:"谢谢你啊老师。"

柏知远叹了口气,抬眼看她。

"还记得我跟你说过的话吗?"柏知远问。

陈迦南眼睛颤了颤。

"你要永远记住。"柏知远说得郑重极了,"没有什么比健康和家人更重要。"

陈迦南抿了抿唇,目光淡下去。

"一个二十三岁的女孩子把自己弄得这么辛苦,我不知道是不是我想的那样。"柏知远轻责,罢了又叹了口气,"可是陈迦南,你还前途无量。"

那一刻,陈迦南的初衷久违地动摇了。

大概是那个傍晚夕阳很美,溜进病房来,有一束光落在床脚和柏知远的肩上,还有鸟儿站在树上叫,被子里很温暖。

女孩子傻傻地问:"我前途无量吗?"

男人半哄的语气笑道:"我从不虚言。"

沈适那两天在外地出差,晚上下了饭局都凌晨了。他很少想起陈迦南,但是稍微一碰烟就容易想起她那张倔强固执的脸。

回来时,老张来机场接他。

"沈先生,现在是回老宅吗?"

后座的男人穿着黑色衬衫,袖口杂乱无章地向上挽起,西装外套扔在一边,眉尖的皱起昭示着他的烦躁。

他看了眼时间,问:"老宅这两天什么动静?"

"周小姐每天下午两点都会过来陪老太太喝茶,坐到五六点才离开。"老张知道沈适要问什么,直接回道,"昨天林少爷也过来了一趟,陪着说了说话。"

沈适面无表情地听着，黑眸微缩。

"去江坤那儿。"沈适道，"看他最近在搞什么。"

"那老太太……"

"再说。"他淡淡道。

那是灯红酒绿刚开始的时候，江坤的酒吧早就已经热闹起来。沈适从偏门进，去了常待的私人包厢。

江坤过了一会儿才来，一副情场浪子的模样，衣服松松垮垮，脸上还有不知道哪里蹭来的口红，整个人神清气爽。

沈适道："衣服穿好。"

江坤嘿嘿笑起来。

"几天都不见你了啊三哥。"江坤一边整理衣服，一边道，"公司的事儿解决得怎么样了？"

沈适说："凑活。"

"老太太那边没说什么？"江坤意有所指。沈适抬头看了他一眼，这货便道，"周大小姐没少给祖奶奶吹耳边风吧？"

沈适不语，眸子沉了半分。

"不是我说啊三哥，有些事你就得快刀斩乱麻。"江坤道，"那个周瑾真不是个省油的灯，要不然你就得跟我一样。"

沈适："跟你一样？"

"不过梁雨秋现在管不着我，她家还一堆事儿呢。"江坤笑完，表情忽地正经起来，"哥。"

沈适抬眼。

"你不会真想跟她结婚吧？"江坤问。

沈适沉默。

从五年前去B城开始，老太太就已经在为沈家寻找后路，除了沈家人没人知道沈氏即将要面临的危机，作为独孙他要考虑的太多。

当年沈父做了几个错误的决策，炸弹随时会引爆。

老太太在商政两界地位显赫,受人尊重,足够他在几年之内力挽狂澜,周瑾是他最好的选择,也是沈氏最好的合作伙伴。

江坤见他不说话,骂道:"我去。"

"你说什么?"他淡淡道。

江坤叹了一口气,道:"算了,不说这个,林枫那小子一直想给你赔罪,又不敢见你,松个口吧三哥,别气了。"

沈适说:"再晾几天。"

"要我说这小子活该,就是没事干闲得慌吃饱撑的。"江坤道,"不过私心也是想让周瑾跟你,他那股票好水涨船高,也是为你好。"

沈适嗤笑,无奈摇头。

"香水的事怎么样了?"他问。

"已经在走流程了,放心吧哥。"江坤说,"有人有资金,咱就投个资,阻力不是很大。"

沈适"嗯"了一声,点了一根烟靠在沙发上抽,狠狠地吸了一口气,又缓缓吐出来。

桌上的手机响起,江坤先他一步拿起。

"奶奶。"江坤道,"接不接?"

沈适皱了皱眉头。

江坤把手机递过去,沈适按了通话。

也不知道那边说了什么,他的眉头皱得比之前更厉害了,像夜晚的黑云,好像有一场大雨即将来临。

二环路上此刻堵死,开车的人却也不急躁。

陈迦南还穿着病号服坐在副驾驶,将脑袋探出车窗外看。车载广播在放音乐,是最近新上映的电影的插曲。

柏知远笑问:"看什么呢?"

陈迦南收回视线坐好。

"车真多。"她说,"都不见个自行车。"

柏知远笑笑。

陈迦南舒了一口气，想起一个小时前她说闷死了想出院，被柏知远拦了，他也是这样笑笑说想出去的话，我开车带你透透气。

然后就真的这样出来了。

陈迦南看着柏知远道："老师。"

男人偏头。

"你没想过给我一个师母吗？"

柏知远愣道："你要给我介绍？"

"你喜欢什么样儿的女孩子，活泼可爱的还是温柔优雅的那种？"陈迦南歪头问，"我有资源。"

听罢，柏知远笑了。

"我记得你有一个相亲对象。"他问，"怎么样了？"

陈迦南："……"

有多久没有和周然联系了，很突然的就没了关系。成年人之间好像就是这样，上一秒还对你掏心掏肺说永不离弃，下一秒就悄无声息地断了个干净。

看见她的表情，柏知远心里大概猜到几分。

"你也不小了该谈了。"他说，"遇见合适的就去试试。"

陈迦南扯了扯嘴角。

她瞥了一眼挡风玻璃前的车流，无意间看到车上有一个很 Hello Kitty 的笔记本。柏知远注意到她的视线，说："侄女的日记。"

"她很放心你吗？"陈迦南惊讶

车流慢慢动起来，柏知远把着方向盘看她。

"我让人不放心？"

陈迦南："……"

"她每天都会把心情写成日记，大都是这个年纪的痛苦。"柏知远说，"其实我不太赞成把不开心的事情记下来。"

"为什么？"

"悲伤一次就够了。"他说完又道，"你应该没写日记的习惯吧。"

陈迦南摇摇头。

"有时间写写。"柏知远又补充道,"只记录好的事情。"

车子渐渐走得快了,风从窗户溜进来,夹杂了一丝丝小雨。脸颊上有些许凉意,陈迦南摸了摸,只感觉湿湿的。

"把窗户关上。"他说,"最近流感严重。"

陈迦南听话地将玻璃窗升上去。

柏知远带她在大马路上溜了一圈,没多久就回了医院。她那时睡意已经染上眉头,和柏知远道别后,回了病房刚倒下就睡过去了。

夜晚的医院慢慢平静下来,走路声也很轻。

九楼的VIP病房刚有人推开门进去,又反手关上。病床上的老人靠着床头在看报纸,瞧见来人笑了笑,蹙眉道:"这么晚了瞎跑。"

"您回来也不说一声。"沈适道,"我好派人去接。"

"一个糟老头子要那些排场干什么。"老人道,"飞机上不太舒服而已,事儿不大。"

沈适:"那就好。"

"小瑾今天还跟我念叨你忙。"老人笑说,"这段时间她没少给你添麻烦吧?"

"您这什么话。"沈适道,"应该的。"

老人点头。

"过两天出了院和你奶奶一起吃个饭吧,商量下你们的婚事,不能再拖了。"老人直接道,"本来明天就可以出院,小瑾这孩子就是不让,这医院待得人真是不舒服得很。"

沈适坐在沙发上,不动声色地笑了笑。

说了几句话,又聊了些生意上的事情,老人笑了笑:"这么晚赶紧回去吧,别回头折腾病了小瑾跟我闹脾气说我不心疼你。"

这话刚落,门口插进一道女声。

"爸,您跟沈适说什么呢?"

沈适抬头看去,周瑾穿着白色的束腰低胸裙走了进来,手里还拎着保温盒,笑起来看不出一点大小姐的架子。

他站起来客气道："那您早些休息,我明天再过来。"

老人笑着点头,让周瑾送他出去。

两个人走在医院的长廊上,周围静悄悄的。周瑾刻意走得近了点,闻到他身上淡淡的酒味。

"刚从饭局过来吗?"周瑾问。

沈适不咸不淡地"嗯"了一声。

"送这儿就行。"他在电梯口站定,"回去吧。"

周瑾还想说什么,终究没开口。

外头的雨这会儿已经下大了,沈适直接下到地库开车出了医院。刚开到门口便看到一个熟人,柏知远将车停在路边打电话。

他当时没多想,顺势开了过去。

柏知远看到有车子靠近,说了几句便挂了电话,对已经降下车窗看过来的沈适客气地打了声招呼。沈适颔首笑了笑。

"柏教授怎么在这儿?"他问。

"看个人。"柏知远说,"沈先生也是吗?"

两个男人没什么话题,简单寒暄了一下便道别。沈适开着车走在空旷的大马路上,疲惫突如其来。

厮混的朋友喊他去新开的场子,发来定位。

他打开汽车导航,听着林志玲的声音一时有些烦躁。好像有那么一次,陈迦南问他:"男人是不是都喜欢她的声音?"

沈适当时笑了笑。

他那会儿心情还不错地握了握她的手,很给她面子地说没你的好听,她似乎不信,还很不屑地转过头去,不再看他。

这么个夜里,沈适有点想那只小白眼狼了。

这偌大的京阳城,深夜里四处都是纸醉金迷的样子,好像到了清晨才能渐渐安静下来。接着又回到一天最开始的时候,买早餐,上班,挤地铁或公交车,一直到深夜加班结束。

陈迦南天微亮就醒了,一个人在医院瞎转。

她并不喜欢医院,换句话说很讨厌这儿。母亲在这样的地方经历过几场生死,她闻不惯这里的味道,不喜欢穿白大褂的人。

陈迦南一层一层地逛,碰见了抢救。

这不是她第一次见这样的场面,抢救室的门有医生护士出来进去,似乎血液库存不够,她看到献血的地方这会儿已经排了有十几个人的队伍。

陈迦南没事干,也跟在后面。

等轮到她,医生问了几个问题。得知她有低血糖后,医生让她别添乱。

她没献过血,不知道这些讲究,赶紧道了歉离开。那会儿太阳已经出来了,她直接下到一楼,去了楼下的小花园溜达晒太阳。

刚好看见柏知远拎着早餐过来了。

"您怎么来了?"她吃惊。

"去学校路过这儿就进来看看你有没有安分点。"柏知远将早餐递给她,"果不其然。"

陈迦南嘻嘻笑:"昨晚睡早了。"

闻到她身上一股消毒水的味道,柏知远皱了皱眉头,点了点下巴问:"刚去哪儿了?"

"急症室。"她无所谓道。

柏知远一怔:"去那儿做什么?"

"本来想去献个血。"陈迦南如实回答他。

柏知远不由得好气道:"亏你还是学生物的,以后出去别跟人说你是我带出来的。"

陈迦南低头摸了个包子慢慢往嘴里喂。

柏知远看着她一脸无可奈何的样子,还是没忍住轻责道:"你例假完了吗,你什么原因住院的心里头没点数还学人去献血?"

陈迦南咬着包子说:"已经干净几天了,没事。"

这话一说,两个人都愣了一下,柏知远倏地别开眼。陈迦南也有些不太好意思地低了低头,便听他道:"时间不早,我先去学校了,明天这个时候我再过来。"

"明天？"她问。

"给你办出院。"

柏知远说完就转身走了，留下她一个人站在那里，一边咬着包子一边叹气，叹气还要在这儿待上无聊的一天。

脚下有东西挠她，陈迦南回过神低头看。

一只肥胖的折耳猫仰头瞄着她手里的包子，陈迦南起了玩的心思，将包子举高，然后对猫说："想吃啊，叫一声。"

猫还真的"喵"了一声，陈迦南忍不住笑。

"怎么这么乖。"她慢慢蹲下身子，揪了小小的一块给它喂，"你是公的还是母的，家在哪儿呢？"

猫吃完又抬眼看她，陈迦南边喂边说。

"做猫是不是挺自在的，除了吃就是睡，还这么白白胖胖。"她的声音不高，在这八点半的清晨听起来很干净，"要不咱俩换换，一天也行。"

猫叫了一声，转过身跑远了。

陈迦南在地上蹲了一会儿没着急站起来，过了几分钟便有些头晕了。护士九点查房打针，她坐在长椅上缓过来后便回了病房。

等她离开，身后的男人敛了敛眉。

几天不见好像真是瘦了，病号服穿在身上宽松得厉害，一张脸好像也小了一圈，蹲下身子跟一只猫说话的时候像个小姑娘。

她还有哪一种样子他不知道？

沈适抿了抿唇，看着她走远，不时地用手捏了捏胳膊。想起刚才她和柏知远说话的样子，沈适不由得蹙紧了眉头。

半晌，他迈开步子进了医院大楼。

周达早已经醒来，在病房里看电视新闻。沈适进去的时候病房里没

第十章／暴雨将至

其他人,新闻上说的是近几日的一些经济要闻。

"来这么早?"周达说,"今天不忙吗?"

沈适淡笑道:"再忙也得来。"

周达很满意地点了点头说:"当年和你父亲定下你们俩的婚约,我就知道我的眼光不会差。再等一下,我已经让秘书办出院了。"

"不多住几天?"沈适问。

"老毛病我自己清楚。"周达说,"不碍事。"

一行人离开医院时已是中午,沈适已经让老张订好了酒店。周达执意要亲自去老宅请老太太,周瑾一道陪着。

老张开着车,沈适和周瑾坐在后座。

对于今晚这么大的"家宴",周瑾自然好生打扮了一下。看着身边似乎有些疲乏的男人,她将自己的披肩盖在他身上。

想起少年时代,周瑾莞尔。

那时候,她被父亲扔到国外求学,好像就是这样一个夏天的下午。她看见校园路上走过两个中国人,其中一个穿着黑色衬衫,一边走一边抽烟。

身边人问他:"你什么时候回中国?"

他当时漫不经心地说:"有这儿好吗?不回。"

那样一个连抽着烟都一副云淡风轻的男人,周瑾见过第一面之后就没忘记过。再见是在家族的一个慈善晚会上,他跷着二郎腿坐在中间的位置,眼神淡漠却温和从容,是当夜捐款最多的慈善家。

那一晚宾客散尽后,周瑾问父亲:"他是谁?"

父亲说:"沈家老太太的独孙,沈适。"

大概从那时开始,她的心便已经无所适从了。

车里一时有些安静,周瑾从回忆里跳脱出来,今夜过后她可能就算是沈家名正言顺的未婚妻了,就算是联姻得来的关系,也无所谓。

她看了眼沈适,对老张说:"空调开小一些。"

半个钟头过后,车子一前一后停在酒店门口。沈适还在睡着,周瑾对老张做了个嘘声的手势。老张将车开到停车位先下了车。

周瑾观察着身边的男人，也不叫他。

她很少见他真正睡着的样子，虽然脸上还是淡淡的表情，但比起醒来面对她时自然多了。周瑾正要再低下一分去看，沈适睁开了眼。

周瑾已经端正坐好："你醒了？"

沈适"嗯"了声，看了眼时间。

"都这个点了。"他说着扯了扯领带，一边打开车门一边下车道，"怎么也不叫醒我。"

这话听着颇有些亲密的意思，周瑾笑了。

"见你睡得太熟。"她自然而然地挽上他的胳膊，"哪舍得。"

他们一进包厢，老太太和周达对视一眼笑了。

"你看看小瑾多心疼你。"老太太说，"还没嫁你就已经做到这分上，都不管我们两个老的了。"

周瑾松开沈适的胳膊，走到老太太身边嗔道："奶奶。"

沈适对周达颔首，坐了过去。

今晚的重点不是接待周达回国病愈出院，而是商量沈家和周家的婚事。沈老太太席间一直笑眯眯的，被周瑾哄得笑了又笑。

"咱上一次坐在一起吃饭是四五年前了吧？"周达问。

"都这么久了。"老太太感慨道，"真是快。"

饭桌上的话题渐渐谈到了婚事上，作为女人的周瑾脸颊微微泛上粉红色，眼睛时不时地看着沈适，给他夹菜倒茶。

这是长辈拿话语权的地方，沈适不言。

他只是沉默地喝着茶，偶尔迎上两句。直到两个老人谈起订婚日期，周达表示越快越好，当即说了个两周后的日子。

老太太还没开口，沈适道："那天不行。"

饭桌蓦地安静下来，几个人都有些愣住。

"抱歉周叔。"沈适淡淡道，"那两天是我母亲的忌日。"

他话音刚落，老太太的脸色就变了。

周达不知道沈家内部的事情，表示理解将订婚又往后推迟，最后选定在一个月后。老太太后面没再多说，借口身体不舒服便回去了。

周达随后离开，让沈适送周瑾回去。

车里，周瑾却道："时间还早，我们一起逛逛？"

沈适开着车，看她一眼。

"我还有事。"他说，"以后再说吧。"

周瑾吸了口气，笑了笑说好。

送周瑾到家之后，沈适直接上高速，在车上点了根烟，他开得有些烦躁，也不知道想起什么掉了个头，到医院楼下已经是晚上十点半。他没着急下车，又抽了根烟。

他抬眼看向那扇窗户，重重地吸了口烟。

这个季节的深夜依旧高温，没多少凉风。沈适扯下领带扔到一边，解开了衬衫上的两颗纽扣，将袖子向上挽了两圈，然后仰躺在座椅上。

半晌过后，沈适拿过手机。

他眯起眼睛咬着烟翻着通讯录，看到那串电话号码的时候顿了一下，咬了咬烟嘴，犹豫了片刻按了下去。

"嘟"一声响后，通了。

他打开车窗，拿过烟搭在车窗上掸了掸烟灰，又将烟递进嘴里。电话没响几声便被挂断了，沈适忍不住皱眉。

"长本事了南南。"他低声。

沈适抬眼看了下远处那栋大楼，拿过外套走了下来，车门被甩得"砰"的一声。他在车外站了几分钟，将嘴里的烟摁灭，抬脚朝那扇窗户的方向走了过去。

忽地一声惊雷，好像有场暴雨要来。

第十一章 适与迦南

陈迦南在给一个小孩讲故事。

她们盘着腿坐在医院的走廊里,穿着一样的病号服,一大一小靠在病房外的墙上。她的短发有些蓬乱,一边乱七八糟地别在左耳。

"后来呢?"小女孩问。

陈迦南歪头说:"后来公主复仇成功啦。"

"可是公主喜欢王子为什么还要杀他?"

陈迦南右胳膊抵在腿上,手掌撑着下巴,很认真地想了想说:"可能王子不是好人,喜欢不代表会放了他,对吧。"

"我觉得不对。"小女孩说。

"为什么?"

"我爸爸就不是好人,可是我妈妈还是很爱他,家里有很多他的照片,妈妈说爸爸出远门了,可是我知道啊,他跟别的女人跑了。"

陈迦南怔了一下。

她忽然问小女孩:"你得的什么病?"

"这个哦,你给我买根棒棒糖就告诉你。"

"先欠着行不行?"她说,"明天给你买根大的。"

"有多大?"小女孩眨巴着眼睛很欣喜的样子,用手画了一个大圈,"有这么大吗?"

陈迦南点头:"比这还大。"

小女孩犹豫了一下,皱着小脸看她。

"那你不要告诉别人哦。"小女孩悄悄道,"我听护士姐姐说是一种会……"

话音忽然停了,陈迦南问:"干吗停了?"

小女孩看着她身后,皱着眉头说:"那个叔叔好像会听去,明天我找你吧。"

说完就爬起身跑开了。

陈迦南看着她的背影叹了口气,以为是医生查房,转身一看,愣在地上。沈适不知道什么时候站在她身后,一脸要笑不笑的样子。

她还没来得及起来,他已经坐了下来,好像完全不顾及身份和他那身昂贵的西装,一只手搭在曲起的膝上,看了她一眼,脸色蓦地深沉了起来。

"刚刚那女孩白血病,昨天早晨抢救的就是她。"沈适说完又道,"你不是还给她献血了?"

陈迦南好半天没回过神来。

她很快平静下来,皱眉道:"你监视我?"

沈适笑了一下。

"我是那种人吗?"他问。

"看不出来。"她这样说。

沈适又淡淡笑了一下,没有说话。想起刚才看见她和小女孩毫无形象地坐在地上说话的样子,他的心立马就咯噔了一下,好像有什么东西沉了下来。

"喜欢小孩子?"他缓缓问。

陈迦南不答反问:"你不喜欢?"

沈适笑笑没回答。

"反正你有的是钱,生几个都养得起。"陈迦南说,"这地方是你们这样的人的。"

沈适挑眉看她。

"什么叫你们这样的人?"他问。

陈迦南看他一眼,说:"不是好人。"

沈适听罢,笑了出来。

这姑娘说得一本正经,他还煞有介事地"嗯"了一声,表示同意她这话。他从地上站起来,看着她的目光意味深长。

"我本来就不算什么好人,是不是?"他笑道。

陈迦南不理会他的话,下一秒,沈适已经伸出手握住她的手腕将她拉了起来。

陈迦南没他劲大,站稳了才甩开他的手。

沈适气笑:"故意的?"

陈迦南懒得看他。

"别让人看笑话。"沈适说,"给个面子。"

她摆明了要气他,便道:"您不是有未婚妻吗,找她要面子不是更好?"

沈适的眉头蹙了蹙,咬了咬牙。

"能不能别提这个?"

陈迦南:"不能。"

沈适看了她一会儿,笑了。

"还生我气?"他问。

"没有。"

"真没有?"

陈迦南白了他一眼。

"我还以为说了那么难听的话你该不会再想起我了。"她慢慢道,"沈先生很缺女人?"

沈适舔了舔牙,照单全收。

"我道歉行不行?"他眼里含笑,"这种带刺的话说出来很伤人的,知道吗。"

陈迦南冷漠道:"你不也冲我发火了。"

沈适拿她一副无可奈何的样子,似笑非笑着说:"我的错,你说吧,怎么才能舒服点。"

陈迦南看了他一眼,吸了口气朝他伸出手掌。

"什么?"他问。

"棒棒糖。"

沈适笑了一声:"多大了?"

"比你小。"

啧,这牙尖嘴利的样子。

沈适两手搭在胯上,好笑地看着面前的女孩子。她的脸色有一点点苍白,明明是这样炎热的夏夜,刚握着她手时都感觉到一丝冰凉。

"我不要医院这边的。"她还加了条件,"五道口我们学校那边有一家卖甜甜圈的很有名,有一个专柜只卖棒棒糖,每个颜色都要一个。"

沈适不可思议道:"五道口?"

"不去就算了。"

啧,这张口是心非的脸。

沈适叹息:"我去还不行吗,祖宗。"

第一次被他这样叫,陈迦南:"……"

沈适说罢脱掉身上的西装外套给她披在身上,又抬手覆在她的额头上,确认没什么事儿才说:"回病房吧,别溜达了。"

说完,他看了眼时间,转身下了楼。

陈迦南怎么都想不到沈适真会去买,她在病房门口站了很久,说不出是该难过还是开心,左手轻轻拂过他的西装,似乎还有他的味道在。

回了病房睡不着,她打开电视看。

没一会儿,外面就下起了暴雨,砸得窗户噼里啪啦响。陈迦南下床去关窗,只看见那雨跟往下倒似的,十几分钟过去了丝毫没有停的样子。

这时,外婆的电话打了过来。

第一句就是:"下暴雨了?"

"还挺大的。"陈迦南乖乖说,"您怎么知道?"

"新闻说的。"外婆说,"电视台直播暴雨,好像说什么地方工程坍塌出了车祸,离你们学校挺近的,叫什么来着我忘了,你没事就好。"

"我能有什么事儿。"

"呸呸呸。"外婆嗔道,"这会儿干吗还没睡?"

陈迦南淡定道:"刚洗了澡,就睡。"

又和外婆说了两句,外头划过一道闪电,暴雨倾盆。她忽然想起什么,问外婆新闻上说的地方是五道口吗,外婆想了下,说:"就是那儿。"

挂了电话,陈迦南换到新闻频道。

她看着电视上记者穿着白色透明雨衣在现场直播,后面一大堆坍塌的水泥块,混着雨水,地面已经浑浊不堪。

握着手机沉默片刻,她终究没拨出去。

陈迦南躺在床上盖上被子想好好睡一觉,翻来覆去却怎么都睡不着。从医院到她学校其实用不了多久,按理来说这个点他早该回来了。

她从床上坐起来,还是忍住没碰手机。

暴雨拍打着窗户,隔绝了其他声音。陈迦南将头埋进被子里闭上眼睛,好像过去了有那么一会儿,听见有人推门进来。

电视上的新闻还在播着,有脚步声渐近。

陈迦南睡不着从床上坐起来,看见床边的男人愣住。沈适的衬衫已经湿透了,紧贴着胸膛,下摆从西装裤里掏了出来。

他看她一眼,将手里的纸袋放在一旁。

他好像是看不透她似的又看了很久。陈迦南有些心虚正要说话,他的唇压了下来,身体贴着她的病号服,像要把她揉碎。

"干什么你。"陈迦南反抗,"沈适。"

他跟没听见一样,掠夺着她的唇。

是该生气的。这么大雨,这么大新闻,她不该一个电话都没有,却又对她生不来气,一看见她满肚子的脾气似乎都没了。

他亲够了,埋进她的颈间。

"这么大雨你睡得着?"他问。

陈迦南被他弄得气喘吁吁,想推开他最终摊开手有气无力地搭在他的肩上,这一瞪颇有些欲说还休的意味。

"起来。"她说,"被人看见了。"

沈适哼笑:"门我锁了,进不来。"

陈迦南一时无语。

"那也不行。"她话虽这么说,手上却没用力推他,"你起开。"

沈适无奈地看着她,亲上她的脖子。

"不想我?"他低喃。

"不想。"

她那两个字说得真是干脆,沈适皱了皱眉。

"长大了。"他苦笑,"是吧,南南。"

陈迦南看见他嘴角那淡淡的笑意有些不舒服,撇开了眼不看他,又被沈适握着下巴拧回来。他的语气有些低沉。

"不敢看我?"他说。

他身上的湿衣服弄得她难受,她拧着眉故意说:"你干吗?快起来,难受死了。"

沈适看了她两秒,吸了口气从她身上离开。

沈适没再说话,去了洗手间。

半晌,听见里头有洗澡水的声音,陈迦南坐在床上舒了一口气。她想沈适大概是气她吧,可又拿她没有办法。

几分钟后,沈适的声音从里面传出来。

"毛巾在哪儿?"他问。

陈迦南没想那么多,从床上下来走到门边,说:"就在上面的杆子上挂着呢,和浴巾在一块,没看见吗?"

洗手间的门唰地打开了,里面凉意瘆人。

"在哪儿?"他光着身子,坦荡地看着她,"你进来找。"

陈迦南感觉呼吸都停了,倏地移开眼想跑,被沈适扯着胳膊拉了进来。她下意识地"啊"了一声,被他吻住嘴。

"疯了你。"她呲出声。

"嗯。"他吻得很虔诚，腾出手拧开热水，由着热气慢慢冒出来，然后又低头吻上她的脖子笑说，"我大概真是疯了。"

陈迦南有些受不住他这个样子。

沈适裹上浴巾，站在窗边打了个电话。

过了一会儿，老张送了一套衣服过来，有些偏休闲的样子。那个时候已经是夜里十一二点，暴雨还在继续下。

沈适透过玻璃窗看向黑夜，忍住了抽烟的冲动。

床上的女孩子睡得很沉，好像真的被他弄得没了力气。

那晚他待到半夜，才离开医院。

陈迦南醒来的时候并没有看见沈适，她身上穿着干净的病号服。护士进来查房，打开了她房间的灯。

"54床。"那个女护士用一种漫不经心的口吻道，"可以出院了啊。"

陈迦南愣了一下。

她很快换好了衣服，收拾了床铺和行李，刚弄完就有人敲了敲门。她走过去开，一个小哥抱着一大束五颜六色的满天星让她签收。

小哥刚走，柏知远就到了。

陈迦南当时正打算将花丢到走廊的垃圾箱内，被刚下电梯的柏知远给拦住了，看着她说："扔什么，花很漂亮。"

她顺势将花塞给他："那送您。"

柏知远笑了笑，抱着花跟着她进了病房。

在医院住两三天还是单间注定不便宜，陈迦南想了想自己的存款，正踌躇着怎么问这话，柏知远好像猜到似的，笑着看她。

"有人给你付了。"柏知远说。

她下意识想问是谁，电光石火间想到沈适，便没问出口。好在柏知远也没再多说，他又让她检查了一下有没有遗漏的东西，这才下楼出了院。

车里,柏知远很沉默,有两次差点闯了红灯。

陈迦南担心地问:"您没事吧?"

"可能昨晚没睡好。"柏知远道,"没事。"

陈迦南"哦"了一声,说:"难得下那么大的雨,之前也没个征兆什么的,挺突然的。"

柏知远没说话,车速放慢。

事实上,他们很少有这样冷场的时候,柏知远今天心情似乎不是很好,脸色一直沉着,陈迦南有好几次想问,又怕被怼回去。

她欲言又止,柏知远道:"想说什么?"

"没什么。"她最后说。

到了学校,陈迦南回寝室,柏知远开着车去了办公室。她有些奇怪明明是暑假,这个人好像有什么事情着急做,假期还正常上班。

柏知远那时候在想什么呢?

他去办出院手续时,和沈适的秘书擦肩而过,一时有些错愕。回病房的路上,他想起了几年前在B大第一次遇见陈迦南,不是在阶梯教室的课堂上,而是在一个深秋的夜晚。

那时他还未去B大报道,朋友开车送他回家。

B城的马路又宽又长,朋友开得肆无忌惮,渐渐地后面追上一辆车来。柏知远并没有看清开车的男人是谁,却看见了副驾驶的女孩子。

她化着浓妆,低胸短裙,长发挡着眼睛。

朋友看见那车牌号当即评价:"那女孩厉害了。"

他瞥了一眼过去,京A打头的好数字。

至于为什么对她印象深刻,大概还是后来课堂的点名。那天,他上课去晚了,从小路走,刚好看见她站在一堆灌木丛外抽烟,抽了半根就进了教室。

当时他差点没认出来,女孩和那天完全不一样的风格。

她穿着毛衣牛仔裤,踩着干净的白色帆布鞋,长头发整齐地束在脑后，可一进教室就趴在桌子上睡觉，一学期上选修课的次数不到五次，有三次中途跑了。

后来研究生复试，看见她，他很惊讶。

柏知远问过很多次自己为什么要留下她，看中的不只是她孤注一掷的勇气，或许也有一点私心在，他说不清楚。

现在想起来，柏知远无奈地叹着气。

他回到办公室打开电脑做下学期的计划，想起了什么似的，给陈迦南打了一个电话，她还没有走太远，又赶了回来。

她推门进来，柏知远抬头看了她一眼。

"这是你上学期做的课题，可以做参考。"柏知远递给她一堆资料，"毕业论文你抓紧时间给我。"

陈迦南愣住："这么快？"

"不算快了。"柏知远平常语气道，"你的工作会耗费掉你很多精力，到时候再找你要怕是得千年等一回了。"

陈迦南："……"

她不好意思地笑了笑，内心哀叹。

柏知远从她脸上收回视线，大概意思是你可以走了。

陈迦南像是没有接收到讯号似的，想了想还是问了句："怎么暑假就您来学校上班？"

被问的男人顿了下，"嗯"了一声。

陈迦南不解："'嗯'是什么意思？"

柏知远抬眼。

"我是不是最近对你太宽松了。"柏知远扬眉，"这么没大没小。"

陈迦南："……"

她以为柏知远不会再说，俏皮地吐了吐舌头，抱过办公桌上那一堆资料就要走，却又听见他淡淡开口。

"有些事要安排好。"他说，"不如趁早。"

陈迦南听得正云里雾里，手机响起。

那串熟悉的号码她早就熟记于心，感觉到身边有一股视线看过来，她抬起头。柏知远已经低下头继续忙起来。

"走吧。"他这话像是逐客令,"月底交报告。"

陈迦南原本不太明白柏知远突如其来的疏离来自哪里,但在看到沈适的来电后有一些明白。她不再嬉笑回嘴,静静地退了出去。

电话接通,沈适问她在哪儿。

"学校。"她说。

"我晚上过去。"沈适道,"陪我吃个饭。"

陈迦南回寝室简单洗了个澡,睡了一觉,醒来也不过才下午四点半。她将窗帘拉得严严实实,坐在床上打开电脑找电影看。

毛毛推荐看《与神同行》,她掉了几滴眼泪。

恍惚间听见有人敲门,她以为是宿管阿姨,跑去开,不想沈适站在门口,西装外套搭在手臂上,看着她眉头蹙紧。

陈迦南问:"你怎么进来的?"

"有钱能使鬼推磨没听过?"沈适一边回答她,一边走了进去,"白活这么多年。"

她白了他一眼,跟着进来关上门。

这是沈适第二次来她寝室,比起第一次轻车熟路多了。他往床上一坐,扫了一眼乱七八糟的被窝,看了她一眼,问:"看电影?"

陈迦南懒得回答:"嗯。"

"哭了?"

"没有。"她嘴硬。

"那是沙子进了眼睛?"

陈迦南一口气憋在嗓子眼。

沈适笑了声:"你手机呢?"

她不明白他那话是何意,弯腰在床上翻了一阵才找到,发现早已经没电自动关机了,忽然明白过来,看向沈适。

后者却没看她,目光落在电脑上。

"什么电影?"他问。

"上头有名字。"

"好看吗?哭成这样。"

"没哭。"

沈适好笑地抬眼看她。

"你什么时候能好好跟我说话。"他说这句的时候声音很低,颇有些无奈,"我今天没惹着你吧。"

陈迦南躲开他的视线:"不能。"

她的语气挺僵硬,沈适好像并没有生气。

"糖给了吗?"他问起这个。

陈迦南怔住,早上出院太赶忘光了,现在或许早就已经被收拾病房的阿姨扔掉了。看见她这个表情,沈适笑笑。

"换衣服。"他说。

"干吗?"

"买糖。"沈适慢条斯理道,"现在还来得及。"

陈迦南愣了一瞬。

那时候,她无论如何都想不到沈适会为她做这些无聊至极的事情,可他却说得那么认真坦荡。

陈迦南呆住片刻,听他缓缓道:"要不我给你换?"

她立马回神:"不要。"

沈适拿眼瞧她。

"你身上哪个地方我没摸过。"他难得逗她,"不要?"

陈迦南瞪他。

这次他似乎没这么好说话了,看着她的眼神有些危险,等陈迦南发现过来已经晚了。沈适将她整个人压在衣柜上,吊着眼梢睨她一眼。

她以为他会做什么,紧紧闭着眼。

却半天不见动静,陈迦南睁开眼,发现他正静静地看着她,手下倒真的很正经地给她换衣服。她扭了一下身子,宽大的短袖已经半挂在腰上,胸罩的肩带被他钩在指尖。

她想推开他,反被压紧,他的脸凑近。

第十一章 适与迦南

"这几天吃什么了。"他目光下移,笑着低声道,"这又大了。"

他给她挑了一件裙子,她不要。

印象里,沈适好像很喜欢她穿裙子,不是她以前故意硌硬他穿的那种低腰短裙,而是有些淑女气质的及膝单肩裙。

"去医院又不是逛街。"她皱眉,"不要裙子。"

说着,她从衣柜里翻出白T恤牛仔裤,故意从他身边经过,也不扭捏,光明正大地换了下来,由着沈适靠在衣柜上好整以暇地看她。

她很瘦,穿着26码的裤子还挺宽松。

一身休闲的打扮跟他的西装比起来实在不怎么搭调,沈适也不再说,由着她去。出门的时候已经是傍晚,夜幕慢慢降临。

沈适开着车,陈迦南在摆弄车载广播。

或许是她穿的实在过于青春了,沈适突然觉得大她八岁是个不小的差距。他笑着腾出手帮她调了调音量,低声问:"想听什么?"

陈迦南想了想:"有个音乐频道挺有趣的,主持人说话也很有意思,不知道是不是不在这个时间,好像没有。"

说完,她觉得自己说话太温和,又闭了嘴。

"你什么时候喜欢这些东西了?"他问。

"从小就喜欢。"她语气偏硬,"你不知道而已。"

沈适偏头瞧她,又收回目光。

"最近在工作室怎么样?"他毫无痕迹地移开话题,"顺利吗?"

"嗯。"

"惜字如金。"

"有吗。"她随意道,"你以前不也这样。"

"这是在怪罪我吗?南南。"

"没。"

沈适不再开口,安静地开着车。他平时不太喜欢说这些话的,陈迦南也有些不识抬举,可她就是故意想倒他胃口。

他们在路口买了糖,到医院刚晚上八点。

沈适将车停在医院门口，倒车的时候和别的车出了点小摩擦。对方身材魁梧来势汹汹，再看沈适，好像什么事儿都没有一样的淡定。
　　"你先上去。"沈适下车前对她道，"我等会儿过来。"

　　陈迦南下了车走进医院大门，再回头看去，沈适和那个男人面对面站着，他低头点了根烟，夜晚的路灯照得他那张脸一派的漫不经心。
　　她转过身拎着糖朝大厅的护士咨询台走去。
　　那个小女孩的病房在七楼，她推门进去的时候看见病床空着，同病房还住了两个老太太，有一个醒着，一直在看她。
　　她问："奶奶，您看见这个女孩了吗？"
　　老太太歪着脸，叹息道："走了。"
　　"走了？"陈迦南没反应过来，"去哪儿了？"
　　老太太皱巴着苍白憔悴的老脸，稀少的白发杂乱地耷拉在头顶，大热天盖着的被子看着有些脏，却依然扯在脖子下。
　　"早上没的，她妈抱着半天不撒手。"老太太"唉"了一声，"可惜了。"
　　陈迦南听得有些蒙，走出病房还是蒙的。
　　她不知道为什么很难过，一闭上眼就想起昨天小女孩仰着脸问她："后来呢？"其实也不过是萍水相逢的一个小女孩，但是忽然觉得生命的脆弱，明明昨天还笑如繁花。

　　陈迦南走到楼梯口坐下，给外婆打了个电话。
　　"囡囡呀。"外婆一口的方言道，"吃了没？"
　　陈迦南说："吃了，你和我妈在干吗？"
　　"看电视嘞。"外婆讲，"要不要和你妈说说话？"
　　陈迦南说："好啊。"
　　事实上，她很少和陈母在电话里说，母亲不喜欢讲电话，不爱用手机，现在用的还是老年机，都没外婆赶时髦，活在没什么信息数据的岁月里，比时光还从容。

"忙什么呢？"陈母接过电话，"这个点还没睡。"

"才八点好吗。"她说。

"八点还早？"母亲嗔道，"你小时候七点多就睡下了。"

"现在都多大了。"

陈母笑了笑："二十三了。"

"呀。"陈迦南故意皱眉，"别说出来行吗。"

"这有什么好丢人的。"陈母道，"你在妈这儿永远八岁。"

陈迦南沉默了片刻，扯了扯嘴角。

"是不是出什么事了？"陈母忽地问。

"好着呢。"她说，"就是有点想你和外婆了。"

陈母笑，"嗯"了一声。

"你外婆那天还跟我说微信有一个功能来着。"陈母的声音温柔缓慢，"好像说'想你'这俩字发出去会有星星雨。"

"你也玩微信了？"

"我玩那个干什么，你外婆天天看。"陈母道，"你也少玩手机，没事多做做功课看看书，出去旅行也好，网络上那些东西少接触，听到没有？"

陈迦南道："知道了。"

"你现在算是上班了，要把心思多放在工作上。"陈母说，"和同事好好相处，别委屈自己。"

陈迦南"嗯"了一声。

"现在社会压力这么大，每个人多少都有点问题。"陈母这话说得俏皮了点，"凡事要自信，咱内心得先强大起来，知道吗？"

"我很脆弱？"

"我还不了解你。"陈母哼了一声，"外强中干。"

陈迦南嘿嘿笑了，好像回到年少的时候。

母亲坐在家门口给她织毛衣，她背着外婆做的布书包放学回家，跑进门槛找外公练琴，外婆在后头喊："先吃饭，囡囡。"

静了一会儿，陈迦南问："你把自己照顾好。"

"我有你外婆呢担心什么,倒是你。"陈母说,"要好好生活。"

"你不盼我回萍阳吗?"

"我女儿这么大本事,干吗回这儿。"陈母颇有些骄傲道,"对吧?"

陈迦南鼻子一酸。

"要记住你的身体永远是第一位。"陈母语重心长道,"不要太拼命。"

陈迦南抹了抹脸颊上干涩的泪。

"拼命不好吗?"她问。

"身体坏了就不好了。"陈母说,"要珍惜你现在的生活。"

陈迦南低头看着昏暗的楼梯。

"别想太多。"陈母最后说,"早些睡吧。"

挂电话的前一秒,陈母重重地咳嗽起来。

陈迦南不知道和她说这么长时间母亲忍了多久,她又在那儿坐了一会儿。

后来,她慢慢从楼梯上走下来,看见医院大厅沈适正拿着手机低头在拨电话。

她的手机响了,他看了过来。

他好像很着急的样子,收了手机沉着脸朝她走过来。

陈迦南就那么站在原地一动不动,歪着头看他走近。

"知不知道我快把这儿翻过来了。"他一脸怒气,"陈迦南?!"

陈迦南看着他,眼神有些恍惚。身边的声音好像都听不到了,她只是渴望一个拥抱,于是真的踮起脚尖,微张开双手搂过他的脖子,将脸偏向他的右胸,手里还拎着大阪屋的糖袋子。

沈适被她这一抱弄得不知所措。

"怎么了?"他低下声来。

陈迦南不说话。

"生死无常人各有命。"沈适缓缓道,"明白吗?"

大厅的人不是很多,似乎对这场面习以为常,只是默默走过,有的低着头,有的在和身边的人说话,神色大多都不好。

她的白T恤贴着他的西装，怎么看都不搭。

可那却是后来能想起的再温馨不过的场面，他竟然也毫不在意在这样的场合下和她搂搂抱抱，多少还有些纵容在。

"好了。"沈适轻声道，"带你去个地方。"

陈迦南问："去哪儿？"

她问这话的时候还枕着他的胸膛，声音闷闷的。

沈适抬手揉了揉她的头头，笑笑说："到那儿就知道了，还怕我卖了你不成？"

"说不准。"她道，"女孩子可值钱了。"

沈适笑了一声。

"嗯。"他说，"你最值钱。"

陈迦南吸了口气，叫他："欸。"

"谁是欸？"

陈迦南闭口不答，沈适轻拍了下她的背，说："昨晚叫我名儿不是挺溜的？今天怎么又成了'欸'了，陈迦南？"

他这话说得轻巧，看她怎么答了。

"你管我。"她这样说。

沈适轻轻笑了。

"好了，再抱下去身上都要出痱子了，你要实在喜欢，咱换个地方行不行？"他微微偏过头在耳边轻声道，"有人看着呢。"

陈迦南噌地松开他，沈适笑了。

他拿过她手里的糖袋子，给了身边跑过去的小男孩，然后俯身看了看她的脸，拉过她的手笑说："走吧。"

一上车，陈迦南就想睡觉，沈适拿过一条毯子给她。

"盖上。"他说，"容易感冒。"

看着她忽然软下来，乖得跟只猫似的样子，沈适无奈地笑笑，放慢了开车的速度，给她找了首催眠效果不错的纯音乐听。

中途，手机响了，沈适迟疑片刻接起。

周瑾问:"还没睡吗?"

"嗯。"他看了一眼睡熟的陈迦南,淡漠道,"有事?"

"没什么事,就问问你。"

沈适"嗯"了一声。

"今天爸爸还和我说了一下订婚的事情,我知道你不喜欢排场,所以两家人聚在一起吃个饭也行,你说呢?"

沈适沉默。

"我知道媒体是躲不过的,你放心,我会尽量……"

沈适打断道:"你看着办吧。"

周瑾愣了一下,说了声好,话题好像莫名地终止,电话也由此挂断了。沈适有些烦躁地眯了眯眼,偏头看向陈迦南,眉目松了松。

陈迦南醒来还是在车里,沈适不在。

她披着毯子下了车,看见沈适靠着车在抽烟。身后是一座小阁楼,好像已经建了有很长时间了,白色的围墙铺了一层爬山虎,外头又被树木花草围绕着,坐落在半山腰,有些离群索居的意味。

看见她下来,沈适偏头:"醒了?"

"嗯。"陈迦南看了一眼身后的老屋,问他,"这是哪儿?"

沈适垂眸,吸了口烟。

"她生前喜欢住这儿。"他说,"种了很多梨花,所以叫梨园。"

那一刻,陈迦南意识到,沈适说的是他母亲。

陈迦南很少见到有人把阁楼建在半山腰,这里看似不常有人来,白色的围墙外除了汽车压过,没有什么其他痕迹。

从外边看是一座很朴素的房子,两层。

沈适带她进了屋里,大概是有人定期打扫,客厅小小的,摆的物件整齐又干净,地面上没有灰尘。灯光也是温暖的黄色,很居家的屋子。

陈迦南看到墙上挂着一幅女人的肖像。

那一定是个很温柔的女人,眉眼轻弯,嘴角有淡淡的笑意,头发柔顺地梳着，从一边肩膀轻轻捋过来落在胸前。

"这是她去世前两天我父亲画的。"沈适在她身后站定。

陈迦南愣了一下："你父亲会画画？"

沈适轻笑了一下。

"他年轻的时候就是个画家。"沈适说，"不过后来从商了。"

大概又是一段反抗家族失败史。

"你父亲应该很爱你母亲吧？"陈迦南看着那幅画。

"谁知道。"

陈迦南有些意外沈适会这样回答，她回过头去看身后的男人，他目不转睛地盯着那幅画，脸上没有什么表情。

她又转过头去，慢慢问道："她是病逝的吗？"

沈适沉默了一会儿。

"自杀。"他说。

陈迦南有些震惊，她不知道画像上这个女人有什么非要去死的缘由，明明有一个衣食无忧的家，还有爱人和儿子。

沈适凉薄地笑了一声。

"很意外是不是。"沈适缓缓道。

陈迦南没有说话。

"她三十五岁要的我。"沈适说，"走的那年好像也就四十来岁。"

他说得很平淡，似乎看不到一点悲伤的样子。陈迦南不知道为什么心里揪了一下，她攥了攥拳头。

沈适已经坐到沙发上，径自开了瓶酒。

"她大概是我见过最傻的女人。"沈适抿了口酒道，"一辈子除了这座阁楼什么都没有。"

陈迦南吃惊道："怎么会？"

"有些事情没你想的那么理所当然，南南。"沈适抬起头隔着暖黄色的光看向她，黑眸里有一些意味深长的意思，"就像我遇见你。"

陈迦南抿紧唇，看他。

"这世上很多道理都没道理。"沈适下巴点了点那幅画,说,"就像她一样,抱着爱情一辈子,给别人生儿子作嫁衣,到死连个名分都得不到。"

陈迦南彻底愣在那儿。

"一辈子没结婚吗?"她问,"那你……"

沈适无所谓地笑笑。

"这个圈子里多的是这样见不得人的事情,尤其是像她这样的普通人。"沈适说,"你算算。"

陈迦南站直了。

"我也算一件吗。"她轻轻道,"见不得人?"

沈适顿了一下,抬眼看她。

"当初是我先离开的,现在是你使手段让我回来。"陈迦南平静道,"我不知道还能走到哪一步。"

沈适眯了眯眼睛。

"听说你要订婚了。"

沈适问:"然后呢。"

"这话应该我问你。"陈迦南说,"然后呢,你想怎么办,或许像你父亲一样,将你母亲囚禁在这里,给他生个儿子,然后抱走?"

他话音一重:"南南。"

陈迦南不以为意,哼笑了一声。

"我戳到你痛处了,是吗?"

沈适闭了闭眼睛,烦躁地揉了揉眉心。

"你知道我不是这个意思。"他语气低沉。

"那是什么意思,和我结婚吗?"

沈适吸了口气,脸色变了。

陈迦南不再问,将脸偏向一边。她表现出一副有些难过的样子,在沈适看来又像是在下某种决定。

"有些事我现在不能说。"沈适放下酒,走到她身边,拨了拨她脸颊边的碎发,轻声道,"好了,不要闹脾气。"

陈迦南抬起脸:"我这是闹脾气?"

她这话音有些娇嗔,沈适笑了笑。

"是我,我闹。"他宠溺道。

后来忘记是谁主动,好像是她,鬼使神差地仰起脸将嘴凑到他嘴边去,又被他反客为主,打横抱起她直接上了二楼。

那个夜晚沈适的眼睛里有火焰,有低潮,还有一些意味不明的东西。

再醒来是清晨,沈适还在睡。

陈迦南赤身裸体从床上下来,随手拎过一件外衣披在身上。她站在窗台处向外看,鲜花开满了后院。

那个时候太阳刚出来,花瓣上落满露珠。

陈迦南感觉到一些凉意,裹紧了外衣。想起昨夜,他看着自己的时候,低沉压抑的样子,很轻地说了一句话,她没有听清。

半晌,发觉他醒了,她并没有转身。

沈适道:"站那儿做什么?"

"看花。"她说,"只可惜没有梨花。"

沈适同样赤身裸体坐起来,从床头柜上摸了烟和打火机,将烟叼在嘴里点上,抽了一口又缓缓吐出来,这才抬眼看向她。

"喜欢梨花?"他问。

陈迦南还在想怎么回答的时候,他已经从身后环抱住了她。

"明年春天带你来看。"他说。

陈迦南扭头看了他一眼,一脸不太相信的样子,又转过头去,脸上的表情瞬间淡了,嘴角轻轻地抿着。

明年春天?她心里笑了笑。

沈适抽着烟,一只手虚扶着她的腰。他的目光越过她落在后院的花丛和大树上,轻吸了口气。

"喜欢这儿吗?"他问。

陈迦南摇了摇头。

"太安静了。"她说,"没有生活气。"

沈适"嗯"了一声："这么看的话有个小孩也不错。"

陈迦南嗤笑一声。

"笑什么？"他垂眸。

"没什么。"她皱着眉头道，"只不过在想谁会给你生小孩，你未婚妻吗？"

她的嘴一张一合，说出的话让人生气。

沈适冷笑："我看你就是欠收拾。"

那一天，几乎整天都在被他折磨。也不知道他哪里来的闷气，全数撒在她身上。

他不说，她也不会问。

傍晚的时候，沈适接了一个电话，他直接下了楼去接。陈迦南掀开被子从床上坐起来，将薄被裹在胸前。

她拉开门站在楼梯口，看着楼下的男人。

沈适倒了杯热水，一边喝一边在讲电话，好像还是挺棘手的事情，他的眉头皱了又皱，语气也有些重。

"办不好明天就别来了。"他最后说。

挂了电话，察觉到楼上的视线，沈适抬起头看过去，陈迦南面目坦荡地回看，听见他说："饿不饿？"

陈迦南捂着肚子："有一点。"

"一点？"他好笑道，"早该饿了。"

陈迦南撇了撇嘴角。

"把睡衣穿上。"他说。

陈迦南重新下楼的时候，看见客厅没有人，厨房的灯亮着。她掩着心底的诧异走过去，看见他竟然在做菜。

忽略掉她脸上的惊奇，他道："去洗个土豆。"

陈迦南愣愣地"哦"了一声，拿过土豆去水池那边，听见他在身后淡淡问道："会去皮吗？"

"怎么去？"她认真地问。

沈适笑着看她一眼。

"算了。"他说，"去饭桌上等。"

陈迦南勉强露出一个不好意思辛苦你的表情，从厨房溜了出去，嘴里扯着笑意在房子里乱转。

古旧的木板宣示着年代感，有些温馨。

后院的灯亮着，她坐在风口的长椅上揽着毛毯，抬头找星星看，运气好的话还能寻见一两颗。

沈适的声音自身后传来："怎么坐在这儿？"

她没有回头，将毯子拉紧。

沈适穿着灰色的条纹睡衣在她身边坐下，抬头看着眼前这温柔静谧的夜，又瞥了一眼身边的女孩子。

"那首诗说得不错。"他笑道。

陈迦南偏头看他。

"芙蓉帐暖。"他挑了字眼道，"王不早朝。"

陈迦南"喊"了一声。

"走吧，吃饭。"他说。

那大概是她这辈子都没有想过的事情，沈适会给她做饭吃。她不知道沈适竟然还会做饭，甚至味道上嘉。

"这是什么菜？"饭桌上，她问。

"鸳鸯戏水。"他逗她。

陈迦南白眼，干脆只埋头吃。

"慢点吃，没人跟你抢。"他说。

"你不是人？"

沈适挑眉。

"如果来生可以选择的话，我不做人。"她低头道。

"做什么？"

陈迦南舒了一口气。

"风啊云啊太阳星星大海什么的。"她说,"反正不做人。"

沈适笑:"胡说。"

"就当我胡说好了。"陈迦南一边喝着粥,一边轻声说道,"你又不懂。"

"那谁懂?"他问,"柏教授?"

陈迦南从粥里抬起头。

"我觉得吧。"她故意道,"比你懂。"

沈适的眼神蓦地危险起来,他从饭桌上站起来。

在陈迦南还没有意识到时,他已经走了过来,直接把她抱到饭桌上,碗碟掉在地上直响。

"你干什么,沈适?!"她吓得抓住他胳膊。

沈适勾了个笑。

"南南。"他声音低而沉,"男人是激不得的。"

说着,他就将她按在桌子上用力地亲。

此时的沈适跟平时不太一样,陈迦南想不明白。

或许是梨园这个地方的缘故,他遵循本性,说的话也多,温情也多,不像在外面,连笑一笑都带着棱角。

陈迦南迷蒙着眼神看他,问了个有些煞风景又不得不问的话:"你不怕我怀孕吗?"

沈适顿了一下:"有了就生下来。"

他这话给得太快,那一瞬间陈迦南有些愣,她在揣摩他话里的真意。沈适被她那一脸迷茫的样子弄笑了,将她从桌子上拉着坐起来。

陈迦南靠在他怀里,闻着他的味道。

"毕竟是我的孩子。"他戏谑道,"你怕?"

陈迦南顺着话茬"嗯"了一声。

"我才不要做单身妈妈让人戳脊梁骨。"她轻道,"有了就打掉。"

沈适忽然静下来。

上次被林枫骗到酒店说到这个就惹他生了气，陈迦南拿捏不准他现在想什么，主动出击道："你要生气就生气好了。"

　　沈适听罢，愣了一下。

　　他抱着怀里的女孩子，抬手轻轻拂过她额上的薄汗，俯首凑上去亲了她一下，随后低低地笑起来。

　　"南南。"沈适低声道，"给我点时间。"

第十二章 人间值得

陈迦南醒来又是一个清晨。

她昨晚到后来实在撑不住，便昏睡了过去，蒙蒙眬眬中他在后半夜接了一个紧急电话，就离开了。

陈迦南起床洗了个澡，换了衣服出门。

老张等在门外，看见她出来后笑了笑，说："沈先生说您一定不打招呼就走，特意吩咐我在这儿等您出来。"

陈迦南低眉淡笑，俯身坐上了车。

"回学校吗？"老张一边开车一边问。

"去工作室吧。"她因为生病请了几天假，早该过去了，"南锣鼓巷。"

"好嘞。"老张说，"路程还长，您休息一下。"

陈迦南毫无睡意，摇了摇头。

"老张，叫我迦南就行了。"陈迦南说完，看到老张有些拘谨地笑了下，便岔开话题道，"您跟着他有十几年了吧？"

"今年正好十年。"

"都十年了。"陈迦南说，"他一直这么忙吗？"

老张从后视镜看了眼后座的女孩子，眉眼温顺，没有一丝拧巴，二十三岁的好年纪，可眼底似乎总有一些忧伤。

"沈先生很少有闲下来的时候。"老张说。

陈迦南偏头看向窗外，盘山路视野辽阔。再回过头的时候，老张刚好看了她一眼，陈迦南觉得那一眼有点意思。

她笑问："您刚想说什么？"

"我还记得五年前第一次见你的时候，十八岁的小姑娘打扮也很潮，看着就赏心悦目，像我女儿。"老张笑说，"没想到这一晃都五年过去了。"

陈迦南歪头："我变化很大吗？"

"不只是大。"老张想了想说，"像另一个人。"

陈迦南扯了扯嘴角。

"可能小姑娘都要长大吧，我女儿现在参加工作一年了，回到家也很少跟我和她妈说话，就躲自己房间里不知道干什么。"老张叹了一口气，"孩子大了都是这样。"

陈迦南笑笑。

"我能看出来沈先生很喜欢你。"老张说。

"您也信这个？"

"这些年沈先生有很多迫不得已。"老张叹息道，"我是老太太安排跟着沈先生的，当时他刚回国也就你这般大，硬是扛起了整个沈家。"

陈迦南抿唇不语。

"他那个位置上每天都是我们看不见的腥风血雨。"老张说，"您也得理解他的难处。"

陈迦南岔开话题，不动声色地问："老太太有八十七岁了吧？"

"虚岁八十八。"老张说，"老太太这几年身体也是大不如前了。"

陈迦南没再问下去，慢慢闭上眼。

她让老张送到积水潭站便下了车，徒步走去了工作室，将这几天攒的活儿差不多干完才回学校，那时已是深夜。

想起柏知远布置的论文，她又打开电脑开始写。

好几次在查看一些文献资料的时候遇见难理解的地方，她都想询问柏知远，又怕打扰到他，便试探性地发了条微信。

几分钟后，他的电话打了过来。

陈迦南："您这么晚还没睡？"

"嗯。"柏知远的声音听着很疲倦，"你不也没睡。"

"我没打扰您吧？"

"瞎客套。"他毫不留情道，"说吧，具体什么问题。"

说了有十几分钟的样子，陈迦南还是有一些混沌的地方需要解答，她翻开文献，一边找盲点一边问。

柏知远总是耐心解答。

"这样会不会很麻烦。"她后来抱怨。

"干脆我给你写行不行？"

陈迦南干笑了几声："我写我写。"

"这个点还是睡吧。"柏知远说着打了个喷嚏，又闷声咳嗽了几下，"难得见你勤奋一次，我有些不习惯。"

"老师……"

柏知远今晚头一次笑了一声。

"快别这么叫。"柏知远道，"我头皮疼。"

"要不我给您买点药送过去？"

"也行。"柏知远听罢道，"学校对面有一家药店二十四小时营业，你现在过去买再送过来，估计也就十二点，不算太晚。"

陈迦南："……"

"不方便？"

陈迦南头疼了。

"所以说陈迦南，不要轻易许诺。"柏知远道，"玩笑话也是容易让人当真的。"

陈迦南："……"

"我有药不用挂念，好了，睡吧。"柏知远说，"明天我会去学校，有什么问题你来办公室找我。"

挂了电话，陈迦南看着论文头昏眼花。

第二天一大早,她先跑了一趟工作室,好在没什么要紧的事情,便早早回了学校,咬了块面包喝着酸奶就奔着柏知远的办公室去了。

这人果然在。

柏知远从笔记本里抬头看了她一眼,又默不作声地低下头继续敲打着键盘。陈迦南还吸着酸奶,就这么走了进去。

几分钟过去了,他终于抬头看她。

陈迦南跟变戏法似的从背后拿出一盒同款酸奶,放在桌上,笑道:"请您喝的,乳酸菌有助于消化,对身体很有好处。"

柏知远差点被她弄笑了。

"有的气消化不了。"他也没给她多好的脸色,"懂吗?"

"我惹您生气了?"

"知道就好。"

陈迦南手背在身后,不吭声了。

柏知远忽然有些烦躁,屏幕上的数据压根儿不能让他静下心来,于是瞥了一眼身边站得笔直的女孩子,无奈叹了口气。

"最近在工作室怎么样?"

"挺好的。"陈迦南说,"就是摸琴的时间不多。"

"那就自己创造时间,等待是最愚蠢的。"柏知远很快接话,又顿了一下道,"跟着李熠华老师好好学,不只是技艺,明白我意思吗?"

陈迦南:"嗯。"

有一段时间没听他说教,陈迦南有点不习惯。

"也快收假了。"柏知远道,"这几天没什么事儿回趟家转转。"

"还有两周多。"

柏知远"嗯"了一声,忽然问她:"有没有想过换一个学习环境?"

陈迦南愣了一下。

"算了。"他轻声道,"先不说这个。"

后来,柏知远又给她说了一些论文上存在的问题,大部分都是书上没有出现过的内容,很细节性,简直可以编写教科书了。

再后来离开时,太阳已经要落山,沈适打了电话过来。

当时她刚经过图书馆,看见迎面开来一辆黑色汽车,缓缓在她身边停下,陈迦南打开车门坐了进去。

"怎么从那边过来?"沈适问。

陈迦南实话实说。

说完,陈迦南就发现沈适脸色不太对,沉默着开车的样子还有点吓人。

陈迦南索性也不多说,直接打开音乐频道听起歌来。

"你这歌真老。"她还评价起来。

刚说完,车子猛地一个急刹,陈迦南只觉得眼前一黑,沈适已经压了过来,有些报复性地撕扯着她的短袖。

陈迦南难受地扭了扭。

她完全没有想到沈适会突然这样,看着路边来往的车辆,她皱着眉头,双手扯着他的衬衫想拉开他。

"疯了你。"她仰起头闷声道,"沈适。"

他哪里肯放过她,双手紧紧将她禁锢在自己怀里,狠狠地吻她。

良久,他才终于放过她,趴在她身上喘着粗气,吻着她的颈窝。

陈迦南扭过头不理,沈适也不生气,看了她一会儿才放开她。

"好了,去吃饭。"他淡淡道。

陈迦南哪有心情,餐桌上也不怎么动筷子,或许是他刚刚的行径让她受到了惊吓,有些不舒服,她整个人脸色有点苍白。

沈适给她夹菜,她也懒得理会。

"多少吃点。"沈适说。

陈迦南听罢,愣是气得说不出话来。

她拿过手里的包就朝他砸过去,他侧了下身子接过,一脸的孟浪,要笑不笑地说:"脾气什么时候这么大了,真生气了?"

陈迦南瞪他一眼,站起身就走。

还没走几步,就被沈适拦腰一抱进了电梯。他平日里很喜欢带她来这个酒店吃饭,吃完了正好方便去他的特定房间休息。

可这会儿她很不配合，沈适脸色淡下来。

一路纠缠到他常住的房间，陈迦南拼了最后一丝气力推开他。气氛一时有些僵，他烦躁地扯下领带往地上一扔，抬起脸看她。

"闹脾气？"沈适低沉道。

陈迦南别开眼就是不看他。

这张巴掌大的小脸倔强地拧着，沈适闷着一肚子的火竟发不出来，此刻才发现她的脸色不太好。他微俯下身轻声道："不舒服？"

陈迦南咬唇不说。

沈适缓缓叹了一口气，伸出手去碰她的额头，却被她的胳膊挡了一下，他停下动作。

"你干吗？"她的声音很低。

沈适抬眼。

"紧张什么。"他轻笑道，"我看看有没有发烧。"

陈迦南避开他："不用。"

说完，她忙侧过身子从他身边溜过去。

沈适也不强求，跟在后头解开了表带，放在桌子上，抬头看她。

"去洗个澡能舒服点。"他说。

陈迦南一语不发，直接进了浴室。

她将自己泡在花洒下，只觉得满身疲惫，像一条窒息的鱼。过了一会儿，他敲了敲门。陈迦南连嘴巴都不想张开，背过身去。

她裹着浴巾出来的时候，沈适靠在门外。

"还难受吗？"他问。

陈迦南没想到他第一句问的会是这个，愣在原地。

沈适撩开她耳边的湿发，握上她的手腕，说："走吧，去吹头发。"

他力气很轻，用手指挑开短发。

陈迦南坐在床脚，感受着他指间的温度穿过头发。

那个晚上沈适是温柔的，由着她闹，好像差一点就惹他发火，却又无端气消。

"头发怎么长这么慢？"他说。

陈迦南乖乖地"嗯"了一声。

"留长。"他说，"你长发好看。"

"那我就剪掉。"

沈适轻笑："短发也漂亮。"

陈迦南："……"

沈适看了眼她那张别扭的脸，开怀地笑了笑。

吹风机的声音响彻在整个房间，他的声音轻轻的、低低的，这气氛竟温暖得不像话。

吹干头发后，他问："困不困？"

陈迦南眼睛确实有些迷糊了。

沈适没再说话，直接抱起她上了床，脱掉她的浴巾，将被子给她盖上，好像没打算碰她，一副很坦荡的要睡觉的样子。

陈迦南闭上眼睡，总觉得有道目光在。

她那时候心情是有些复杂的，想了想还是睁开眼，看见沈适坐在一边正低头解扣子，那个扣子似乎在和他作对。他皱了皱眉，朝陈迦南看去。

"手有点麻。"他说，"要不你帮我解。"

那话说得有些可怜，陈迦南想笑。

她扯过被子捂着胸坐了起来，抬手摸向他的衬衫，那个扣子好像在哪儿被扯了一下，有一条很细的线绕了一圈卡在那儿，她歪过头很认真地端详起来。

沈适低头看她。

他不得不承认，见过她那么多不同的样子，这个样子的陈迦南最是戳人，脸颊白皙，发梢擦过耳垂，有少女的俏皮。

半天没解开，陈迦南抬头。

沈适的目光有些灼热，她对这种眼神实在太熟悉。即使做过那么多次，可这样近距离面对着他，陈迦南还是会脸红。

她随即低下头，从他衬衫上抽回手。

"解不开。"她很快说。

沈适淡淡"嗯"了一声。

"要不……"

她话还没说完,沈适已经俯身亲了下来。

陈迦南想,他一定是故意的。

那个清晨,陈迦南醒得很早,没有惊动他,悄悄离开了。

清晨五点钟挺安静,还没有到上班的时间,也不堵车。陈迦南坐在出租车上,吹着凉风朝外看,街上的路灯还没有灭掉。

司机开着广播,放着很老的歌。

"师傅。"她听着熟悉,便问,"这什么歌?"

男人似乎也不知道,但还是很热心地说我给你查。陈迦南捋了捋耳边的短发,当时却在想开车看手机会不会出车祸。

"《情非得已》。"师傅说。

那几天,沈适去了香山出差,偶尔会给她打电话。

陈迦南平日里也就待在工作室,倒也没什么很重要的事情,大多都是做一些没什么技术含量的活儿,偶尔也会和几个师兄师姐切磋琴艺。

李熠华下周在南方有几场演奏,他们都要过去。

那地方距离香江自驾还有大概半天的路程,她想在去之前回去一趟。傍晚离开工作室的时候,她和老师告了两天假,便回了学校收拾行李。

柏知远给她打了一个电话。

"今晚有没有时间?"他开门见山。

她愣了一下:"有。"

半个小时后,柏知远开车停在她寝室楼下,他一点都不着急的样子,甚至还点了一根烟抽,抽到一大半陈迦南出来了。

女孩子穿着简单的及膝裙,短发向外翘起。

柏知远愣了一会儿，被手里夹着的烟烫到才回神，看见这个姑娘笑得一脸灿烂地朝他跑过来，高跟鞋吧嗒吧嗒很清脆地响着。

"您什么时候还抽起烟来了？"她很吃惊。

柏知远笑笑。

"男人抽烟很奇怪吗？"他说。

"我还以为您这样温文尔雅谦和有礼的教授都不碰这个。"陈迦南说，"原来都是装的。"

柏知远差点被烟呛到。

"好好说话。"他佯装怒意。

陈迦南笑。

坐上车，她才仔细瞧了身边的人一眼，穿着西装打着领带，格外正式，黑色衬衫穿在他身上有些禁欲，和平时不大一样。

"是什么宴会？"她忍不住问。

"一群人而已。"他说，"不必紧张。"

"都是些你们这种专业性很强的教授吗？"

"可能……"他顿了一下，"还会有一些商界人士。"

陈迦南若有所思地点了点头，想起沈适，不知道会不会去，有好几天没有见面，好几次电话里那人的声音听着也挺疲惫的。

"想什么呢？"柏知远问。

"没什么。"她说，"远吗？"

"市中心那边。"柏知远说，"要是困睡一会儿，到了我叫你。"

"这才几点哪睡得着。"

"你平时几点睡？"他问。

"十一二点吧。"

"以后少熬夜，这个点你的肝也得休息了。"柏知远说，"身体很重要。"

"您不也睡得很晚？"陈迦南反驳，"前两天打电话都是十一二点了。"

柏知远皱了下眉："我那是没办法，赶时间。"

"开学事情很多吗,非要暑假做?"

柏知远沉默了片刻,微微侧头看了陈迦南一眼,好像要说什么,最后还是没有开口,不咸不淡地"嗯"了一声。

"老师,我有个建议。"

"说。"

"您真该谈个女朋友了。"陈迦南诚恳道,"还能管管你。"

柏知远笑了一下。

"你倒是热心,都操心起这个了。"

"男人三十一朵花,您行情好着呢。"陈迦南越说越来劲,"都没人给您介绍吗?"

柏知远深吸一口气。

"不想挨骂的话,把嘴闭上。"他说。

陈迦南其实是想笑的,那一刻还真的是笑了出来。柏知远一个眼神过来,她立刻抿紧嘴巴,眼睛朝外转去。

他们上的高速,车流走得很快。

车里慢慢地安静下来,再偏过头看的时候,陈迦南半眯着眼似乎要睡着了,柏知远觉得有些好笑,将外套脱了搭在她身上。

他又下意识地看了一眼后视镜,有辆车跟了上来。

柏知远看了一眼那辆车牌号,皱了下眉头,将车窗升上去,加快车速,看着像是故意作对似的。后面的车里有人骂了一句。

"我靠。"林枫道。

沈适瞥了前头一眼。

"这么个烂铁还跟我抢道?!"林枫边开边骂,"三哥你坐稳了。"

说着,他加速朝前开去。

沈适没有说话,抽了一根烟,一副看好戏的样子。可是开了几分钟,林枫还是冲不到前头去,总被那辆车挡着。

"杠上了啊。"林枫气道。

沈适将烟摁灭。

"你这技术当初怎么想起做赛车手?"沈适淡淡道,目光却冷冽地看着前面的车子,"真给我丢人。"

"你别顾着训我啊哥。"林枫说,"咱现在怎么办?"

沈适的唇抿成了一条线。

"先跟着。"他说。

林枫已经开到最高速,却仍是被前面的车压着距离,不禁有些烦躁起来。沈适盯着那辆车,目光缩了缩。

车子在拐弯的当口,沈适让停车。

"下车。"他气定神闲道,"我来。"

沈适坐上驾驶座直接飙起高速,从几个汽车中间绕了过去,直接跟上。那一瞬,沈适觉得刺激,他有多久没赛车了。

柏知远也不落后,耍起太极来。

林枫见识过沈适玩车的样子,紧张得心脏病都快出来了,一边喊着超了他,一边又惊恐着说:"哥,你慢点。"

两辆车在高速上一前一后,追得很紧。

眼看着就要下高速,沈适的眸子暗了暗,正要加速撞上去,老宅的电话打了过来。他有过一刻的分神,那辆车早已没入了车流里。

林枫恨恨道:"谁啊?这是。"

沈适轻笑了声。

到酒店是二十分钟后了,他们前脚刚到,周瑾便到了。沈适在酒店门口燃了根烟,隔着朦胧的夜看着周瑾走过来。

"从香山赶回来很累吧?"周瑾问,"一会儿应付一下就去补个觉,我在九楼订了房间。"

林枫在后头吹了个口哨,笑着给他们腾地方。

"再说。"沈适道。

周瑾莞尔,挽上他的胳膊。

这次宴会主要是学术界的一次交流指导,至于他们这些铜臭商人也大都是看着科研前景来搞投资罢了。

四周名人不少,几个一堆。

陈迦南跟在柏知远身后,谨小慎微,生怕出点错给柏知远丢人。倒是后者,没有半分交代和嫌弃,只说怎么舒服怎么来。

"老师。"陈迦南耿直道,"我终于知道我当初为什么会选你当导师了。"

柏知远瞥她一眼。

"你看看你们这做学术的,都是那种面孔。"陈迦南说,"一板一眼,个个都端着副道貌岸然的架子,就你看上去顺眼点。"

柏知远笑了出来。

"这话被人听了去什么后果知道吗?"

陈迦南抬手搁到脖子那儿:"这样?"

"没那么严重。"柏知远说,"不过要想在学术界混口饭就难了。"

他们穿过人群,被一位老教授拦住了,拉着柏知远说了会儿话,又看了眼陈迦南,意有所指地笑了笑,问:"女朋友?"

陈迦南差点没晕过去。

正要开口,柏知远说:"一个学生。"

陈迦南松了口气,再去看柏知远,淡淡的表情也没什么其他波动,转而和老学者谈起学术。陈迦南在一旁听得无聊,退开到一旁自行瞎逛去了。

陈迦南没有看见沈适。

忽然有一种失落的感觉从心底升起,她垂下眼转过身想原路返回去找柏知远,却和身后的女人不小心碰上。女人手里的酒洒在了她裙子上。

双方同时开口:"对不起。"

陈迦南抬眼看去,周瑾正望着她,又看了一眼她的裙子,说:"都湿成这样了,真不好意思,要不我赔你一件吧。"

陈迦南愣在当场,却不是因为那句话。

周瑾身边的男人也怔了一下，动了动唇还是没有开口。陈迦南看了沈适一眼，他那双淡漠的眼睛太过于刺目。

陈迦南侧身走过，周瑾都来不及说话。

"不知道是谁的女伴。"周瑾说，"我们要不要问问？"

沈适扯了扯领带："不用。"

走了几步，沈适好像想起什么，向四周看了一眼，不远处柏知远正在和人说话，似乎并没有注意到这儿。

"怎么了？"周瑾问。

"我去趟洗手间。"

酒店的洗手间在走廊深处，这个时间大家都忙着推杯换盏，没什么人来这儿。沈适靠在墙外，听见里面的龙头下细细的水流声。

他向两边看了一眼，走了进去。

陈迦南一抬头便被镜子里的男人吓了一跳，回过头去看。

沈适微俯下身，皱着眉抬手拨了拨她的裙摆。

"不好好走路瞎看什么？"他语气不太好。

"撞了你的未婚妻，心疼了吗？"

沈适眉头蹙紧，倏地揽过她的腰，低下头吻上她的唇。陈迦南吓了一跳，脸色唰地变了，又无奈推不开他。

"被人看见了。"她挣扎。

"我都不怕你怕什么？"

"你不怕她看见退婚吗？"她抬头。

"正好。"沈适笑了一下，这一笑有些玩世不恭，"你嫁给我。"

陈迦南趁他分神，用力推开。

"做梦。"她说。

沈适听着只是笑笑，看了眼时间，下巴点了点她的裙子说："你这还怎么穿，在这儿等一会儿，我让老张送一件过来。"

陈迦南别扭地拧开脸。

沈适偏头看她："听到没有？"

陈迦南不说话。

"我还有个局,晚上再给你打电话。"沈适说,"这地方有点乱,跟着你老师别走丢了。"

说完,他就离开了。

陈迦南靠在洗手间的墙上,脑子里乱七八糟。过了一会儿,听见有人敲了一下门,她探头看了一眼,门把上挂着一个白色纸袋子。

她换了衣服出去,柏知远差点没认出来。

"不小心碰倒了酒杯。"她这样说,"人家赔的衣服好看吧?"

柏知远笑道:"出息。"

酒会结束已是深夜,陈迦南早困了。

她一坐上车就迷迷糊糊睡了过去,醒来的时候在一个陌生的湖边。柏知远刚熄了火,看见她睡醒,笑了笑。

"这地方不错。"柏知远说,"不介意看会儿景吧?"

陈迦南木讷地摇了摇头。

下了车,她站在湖边遥望。湖那边大厦林立,车水马龙。

"我什么时候才能在这儿买套房啊。"她感叹。

柏知远走到她身边。

"喜欢?"他问。

"不喜欢。"陈迦南笑,"随便说说。"

柏知远勾了勾嘴角。

"有些事情不能执念太深。"他缓缓道,"伤人伤己。"

这话有些别的意味,陈迦南没吭声。

远处的夜景真是漂亮,霓虹灯闪烁在马路上,照耀着整座城,细看的话,还可以瞧见很多交错复杂的胡同,还有骑着电动车经过的男女。

"陈迦南。"

柏知远突然出声,她愣了一下。

"李熠华老师最近有演奏会,你也得跟着去是吗?"柏知远说,"那个地方叫什么来着?"

陈迦南说:"西城。"

柏知远没听过。

她解释道:"以前叫羊城,现在叫西城。"

"有个事情我觉得要和你提前交代一下。"柏知远说,"你要有个心理准备。"

这话无疑让她呆住,她紧张地看向柏知远。

"我要回英国了。"他说。

陈迦南缓了足足有十几秒。

"回英国?"她难掩眼里的不舍,"不在H大教书了吗?"

柏知远慢慢摇了摇头。

"这次因公赴俄,我看到了一些新鲜的东西。"他望向远方的黑夜,说,"很多时候旅途不只是旅途,它会让你在某个时刻重新认识自己。"

陈迦南忽地很难过。

"那我论文怎么办?"她说,"你不指导我了吗?"

柏知远笑了。

"这世界有两样东西,叫手机和邮件。"柏知远说,"又不是见不到了。"

陈迦南耷拉下肩膀来。

"有什么问题你还是可以随时问我。"柏知远道。

今晚的柏知远不像老师,倒像是一个老朋友。陈迦南一时间很难想象他突然离开之后,没有人会再对她说这些话。

像失去了什么,心里空落落的。

"以后还回吗?"她问。

柏知远说:"不知道。"

看见她低下头沮丧的样子,柏知远笑道:"本来不想这么快跟你说,可你这几天就要离开,再不说我怕没机会道别。"

"怪不得你催我交论文。"她低下声来。

"这两年你没少头疼我。"或许是气氛太过低迷,柏知远开玩笑道,

"研一刚开学那会儿天天被我骂没忘吧?"

陈迦南扑哧一声笑出来,鼻子一酸。

"你也别让我失望。"柏知远说,"钢琴这一行要坚持下去没那么容易,你需要随时准备好被扒筋剔骨。"

空气静下来,只有远方的车鸣。

"也要承认失败。"柏知远说,"别太执着。"

陈迦南歪头问:"这么说不矛盾吗?"

"看来你是没用心记我说过的话。"柏知远用手背拍了一下她的脑门,轻道,"不长记性。"

陈迦南问:"什么?"

柏知远并没有说原来给她讲的那句,他偏头看了眼湖面和远方的灯火,平静地吸了口气,然后缓缓呼出来,换了个说法道:

"天大地大你最大。"

后来夜深,柏知远送她回了学校。

陈迦南想,这会不会是最后一次见到他,以至于分别的时候她不争气地掉了一滴泪。她不擅长离别,转身就走。

那个夜晚,多少是有些悲伤的,她关了机睡了一个好觉。第二天醒来直接打车去机场,坐上了回萍阳的飞机。

毛毛早就等候在机场外,看见她出来直挥手。

"看见我这么开心?"陈迦南说,"不会是做了什么对不起我的事儿吧。"

毛毛嘿嘿笑:"是有个事要和你说一下。"

陈迦南站定,眼神示意快讲。

"咱边走边说。"毛毛接过她的行李,"他在外头还等着呢。"

陈迦南瞬间睁大眼:"他?"

"你们认识。"

直到看见马路上靠在车外等候的周然,陈迦南惊讶得都"啊"不出声,她指指毛毛,又指指面前这个笑得不太好意思的男人。

"你不要怪我啊。"毛毛说,"是他去你家看外婆和我刚好碰上,随手凑了一桌麻将玩熟的,后面工作上又打了几回交道……"

陈迦南忍不住笑了起来。

"你不是在京阳吗?"她问道,"什么时候回来发展了?"

"毕竟都要三十了,想着还是离家近一点好。"周然道,"就辞职回了香江。"

今儿这一出够陈迦南消化一天了。

一路上,陈迦南瞪了毛毛几十眼,没想到这姑娘竟然瞒着她,虽说这谈了也不过一个月,可看这发展趋势,年底怕是要结婚的样子,两个都想尽快安定,正好凑一对。

车上他们俩聊得很嗨,陈迦南昏昏欲睡。

到了家里,外婆在院子里点熏香,看见她回来还愣了一下,手里的东西掉在了地上,一直看着陈迦南都忘记捡起来。

"有没有很惊喜?"陈迦南伸出双手托在下巴两边,摆了朵花的样子,"陈秀芹同志?"

外婆拍了一下她的手。

"怎么回来也不打声招呼。"外婆说。

"打招呼还有什么惊喜。"陈迦南揉着手腕,"我妈呢?"

外婆"啊"了一声说:"这两天和几个老朋友出去走走。"

"她身体允许吗?"

"好多了。"外婆弯下腰去捡香,"总待在屋里会闷坏的。"

那个中午是周然下厨,做了一桌子好菜。外婆调侃陈迦南不知道珍惜,这下好了,周然成了毛毛的了,惹得一桌人都笑了。

"你什么时候开学?"毛毛问。

"大概还有十天。"陈迦南说,"这次是跟老师出差,离家近先回来转转。"

"工作还好吧?"外婆问。

"还行。"她说,"有钱给您买烟了。"

外婆嗤笑。

院子里的花开得正鲜艳,有小鸟落在花丛里。墙上跑过一只花白的猫,像在偷听他们讲话,一溜烟直接窜进了邻居家里。

这时,陈迦南手机响了。

那通电话后来被她按了拒听。

饭桌上,毛毛想着法儿逗外婆开心,陈迦南关了机低头吃起菜来。那顿饭吃得挺久,完了周然和毛毛去洗碗,外婆坐在院子里瞪了她一眼。

"后不后悔?"外婆问。

"不喜欢哪来的后悔。"

外婆叹了口气。

"我现在反正也说不动你了。"外婆慢慢道,"别太挑拣。"

"知道了。"

"外面阳光还不错,陪我出去走走。"

"去哪儿?"

她们婆孙俩沿着巷子走到头,溜达到了大街上。下午两三点的阳光落在身后,有微风拂过,陈迦南扶着外婆走得很慢。

"我刚说要干什么来着,怎么忘了。"外婆轻道。

"散步哇。"陈迦南挽着外婆的胳膊笑,"还是萍阳美。"

"你说跟老师出差,什么时候走?"

"明早吧。"

"有没有特别想吃的?"

"好像没……喝芹菜粥吧。"陈迦南说,"降压。"

外婆很轻地笑了一声。

那个晚上,陈迦南是和外婆睡的,到了半夜听到外面有猫叫,外婆披了外套起身。陈迦南迷迷糊糊地问几点了,外婆说睡你的,早着呢。

再醒来天亮了，厨房升起袅袅炊烟。

陈迦南站在厨房门口看着外婆忙来忙去，老人拿着饭勺回头喊她刷牙去。陈迦南伸了个长长的懒腰，走向院子里，开了龙头给牙杯接水。

早晨的阳光照在花上、脸上，有熟悉的温柔。

陈迦南是吃过早饭后走的，在巷口拦了一辆出租车。车子开出很远后，陈迦南再回头，外婆还站在原地看向这边。

陈迦南别开眼，鼻子发酸。

她低头去摸手机，看到了几个未接来电，面无表情地又关了机。到西城已经是傍晚，没有直达的路线，她懒得换乘，坐了很久的长途汽车，一下车立刻吐了。

到酒店时，李熠华老师已经到了。

事实上，这次演出并不需要他们做什么，主办方包揽一切，她只需要跟着熟悉场面，帮老师做一些简单的事情。

第一次演奏在次日傍晚，市区文化中心。

陈迦南一直在后台，偶尔也会走到舞台侧面，悄悄掀开幕布朝外头看一眼，观众默默落座，全场安静无声，座无虚席。

她想起郁郁不得志的外公。

大概也就是个五六十岁的年纪，郁郁不得志，埋藏了一身的才华去了萍阳最普通的一所小学教书，只有在下班回了家，才会给外婆弹一首。

没她这么好运，遇见柏知远那样的人。

一曲结束，全场掌声不断。老师很深情地对所有人鞠了一躬，才慢慢走下场，他的妻子早已经等在场外，就是那个喜欢在院子里种花的老太太。

"好好跟着学。"老太太还给陈迦南鼓劲道，"你以后肯定超过他。"

"我还远着呢。"她笑道。

"成名要趁早。"老太太说完想起什么，又道，"你来这儿那小子知道吗？"

陈迦南笑了笑，没有说话。

"女孩子有时候就得粘着点。"老太太说,"别不好意思。"

话音刚落,李熠华已经走近,问她们说什么呢,老太太睨了一眼说女人之间的话有什么好听的,也不嫌烦。

陈迦南忍不住笑了。

他们一行人去了附近的酒店吃饭。吃到一半,李熠华接了个电话,让陈迦南回文化中心一趟,说是忘了钥匙在那儿。

她在后台找了半天,又跑去台前。

她弯着腰在钢琴下面找,只觉得余光里不远处坐着一个人。她后背僵了一下,回过头去看,沈适穿着西装坐在最后一排。

他的衣领并不整齐,目光也充满倦意。

陈迦南恍然发觉来这儿哪里是要找钥匙,明显是这人耍的手段。她慢慢站直了身子,撩了一下头发,坦坦荡荡地直视他。

他看着她,离开座位走了下来。

"坐了一天的车有些饿了。"他像平常说话一样淡淡道,"哪里有吃饭的地方?"

陈迦南以为他会发火。

"你都不生气吗?"她好奇道。

他抬眉,一脸的无辜:"生什么气?"

陈迦南有些怔,下一瞬手已经被他握住。

"走吧,吃饭。"他说。

西城是一个很偏远的小城,没有高楼,没有太多的汽车,一个街道和一个街道之间距离很近,路也弯弯曲曲,总是上坡下坡,像北方很安逸的小镇。

那条街除了一个商场,都是些小馆子。

"就那家吧。"沈适目光示意道,"怎么样?"

陈迦南只"嗯"了一声。

馆子里有两三个本地人,说着方言她听不太懂。沈适点了几样小菜,要了瓶酒,大概是觉得西装和这儿格外不搭,当即脱了下来。

"喜欢这儿吗?"他问。

陈迦南觉得他哪里不太一样了,又说不上来,不动声色地皱了下眉头看了他一眼,轻轻"嗯"了一声。

沈适却笑了:"只会'嗯'?"

她其实有很多话想问他。

沈适似乎并没有想过让她回一句,径自倒了杯酒,小酌了一口,然后看向她道:"知道华叔为什么要在这个小地方开演奏会吗?"

陈迦南摇了摇头。

"看来没好好做过功课。"沈适垂下眸子,又看了她一眼,"这里是老太太的故乡。"

陈迦南倒是有些意外。

"吃点这个。"他给她夹菜。

她却有些想知道老人的故事,便问:"他们在这儿认识的吗?"

"倒杯酒。"他将自己的杯子往前推了一下,"我慢慢跟你讲。"

果然是无奸不商,陈迦南撇嘴。

他说得很慢,有时候故意停下来等她问一句才肯往下讲。大致就是著名钢琴家遭遇低谷来此散心和一个乡野小姑娘相爱的故事,很普通的遇见。

看她半天不语,沈适问:"想什么呢?"

陈迦南抬眼。

"你为什么要来这儿?"她问。

沈适抿了口酒。

"问得好。"他淡笑了一下,"能不说吗?"

陈迦南"嗤"了一声。

沈适低低笑起来,又喝起了酒。酒过三巡,他揉了揉鼻梁,好像有些喝多了。

"你在哪儿住?"她问。

"住你那儿不行？"

陈迦南几乎是立刻否定，沈适不说话，只是摇摇晃晃地站起来。陈迦南叹了口气走过去扶着，他的手握上她的。

"也不知道拦着我点。"他说。

"我能拦得住吗。"她当即反驳，"站好了。"

陈迦南从包里掏钱结了账，扶着他走向马路边拦车。上了车，司机问去哪儿，陈迦南还没有说话，便听他道："麻烦找个安静点的客栈。"

这话像是预谋已久。

她偏过头去看身边的人，沈适已经闭上眼睛。她刚侧过脸，他的头便挨了过来，轻轻砸在她的肩上，她的心脏跳了一下。

想推开他，手被他握住。

"别动。"他低声说，"我睡会儿。"

陈迦南没再动弹，目光一直盯着前方。车里很安静，西城的夜晚早已经全城黑下来，路灯昏昏沉沉，鲜有几辆汽车经过。

后来车子停下来，四周都是巷道。

"这里边好些客栈。"师傅说，"再往里走有个古城，这地方偏没怎么开发，有些烂，但绝对安静，甭管他白天还是晚上。"

明摆着故意绕远，陈迦南还是道谢付钱。

这会儿已经晚上十点多了，很多客栈都关了门。巷道里有光芒很微弱的路灯，照在脚下，小路两边的流水哗啦淌过，静谧极了。

"欸。"她戳了戳他的胳膊，"醒醒。"

沈适闷闷地"嗯"了一声，就是不睁眼。

陈迦南无奈，扶着他走了一段路终于看见有家门口亮着灯笼，一推开门是个两层楼的老屋子，二楼阳台上还挂着一个红灯笼。

店家是一个老奶奶，带他们上了二楼。

沈适几乎整个人的重量都压在陈迦南身上，陈迦南好几次想摔了他。一进门，她就将他扔到了床上，这才歇了口气。

房子刷的米白的漆,小小的,灯光也暖。

不像那些旅店,永远都是白色调,看着都冷清。阳台也是露天的,红灯笼的光都落了进来,有树枝伸进了阳台上。

陈迦南看了眼床上的人,还是帮他脱了衣裳。

后来走的时候,陈迦南关了房里的灯,去巷口等了很久才拦到车回了酒店。或许是整晚上都在出力气,陈迦南躺上床没来得及多想便睡了过去。

翌日下午四点,演奏会第二场。

结束的时候,陈迦南帮着工作人员干了些活,拒绝了几个师兄师姐的饭局,就想走出去吸口新鲜空气。文化中心坐落在市区,对面是个大商场。

沈适就站在马路边,抄兜看她。

他朝她走过来,脸色不太好看。

"昨晚就那么走了?"他质问。

"不然呢。"她无辜道,"看着你睡觉吗?"

沈适皱了下眉,也不等她说话,直接拉过她的手。陈迦南"欸"了一声,问他干吗,沈适黑着脸说饿了,吃饭。

"我不饿。"她拧着手腕。

沈适用力拉紧。

陈迦南仰头看他,心底有什么东西浮起来。沈适似乎并没有觉察到她的目光,视线落在一家服装店的橱窗里。

他拉着她走了进去,指了指一件裙子。

"去试试。"他说。

"不去。"陈迦南挣开他的手,"你又不是我的谁,干吗听你的。"

"你说什么?"

"我说。"她一字一句道,"你又不是我的谁,干吗听你的。"

沈适脸色一沉。

"信不信我在这儿帮你换了?"他声音极低。

陈迦南一口气憋在胸口，拿过导购的衣服愤恨地往试衣间走，临了不忘翻了他一眼，嘴里咬牙说着流氓。

沈适轻笑起来。

试衣间很小，有一面长长的镜子。陈迦南一进去没着急换，只是坐在了板凳上，半天想不明白沈适要做什么。

她看了一眼他挑的裙子，胸前一圈蕾丝。

陈迦南背过身去换下身上的小西装和短裙，刚褪到脚踝，便感觉到身后有人进来。她一回头，沈适拎着一双高跟鞋走了进来。

他看了一眼她细白笔直的腿，挑了挑眉。

"你干吗？"陈迦南忙拉起短裙，"出去。"

沈适手背在身后将门反锁。

"喊。"他淡定道。

陈迦南脸颊都烫了，看着他深吸了口气。

"我给你换？"他接过裙子。

陈迦南一把扯过："你出去。"

沈适一脸坦荡："我还有事要做。"

陈迦南狠狠瞪着他。

陈迦南不知道后来是怎么走出那家店的，一直没给沈适好脸色看。

他现在难得的好脾气，不是"嗯"就是笑。

"想吃什么？"他问。

陈迦南扭头不理。

"还气？"他探头过来，"你不想要？"

陈迦南："沈适？！"

这两个字刚说出口，他的唇就压了下来，陈迦南彻底怔在那儿。青天白日的大街上，他就这样吻了她，温柔的，缱绻的。

片刻，他离开了她的唇。

"要不买点菜回去做。"他亲完跟没事人一样，"可以借用下客栈的厨房。"

陈迦南看着此刻的沈适,心底涌起一股浪潮。

"你不着急回吗?"她问。

"你不在这儿吗。"他笑笑说,"急什么。"

陈迦南承认有那么一瞬间她沦陷过,哪怕是以前,也曾为他的温柔沦陷过。他看似什么都不放在心上,却又在转身时对她说那地方乱,跟紧点儿。

于是那一刻,她傻傻地问:"你还会做什么?"

沈适揉了揉她的头发。

"你最爱吃的。"他说,"腊排骨怎么样?"

你看,这就是沈适。

沈适叫车回了古城方向,傍晚的夕阳洒遍一整条街。他在巷口的菜摊上割了肉,又捞了一条鱼,回去客栈借了老太太的厨房去做菜。

陈迦南端着茶,靠在厨房门口。

"你没事吧?"她还是问了出来。

沈适停下手里的刀。

"问这个做什么?"他道。

"如果老张看到你这样子,肯定会吓一跳。"她说,"你说是吧沈先生。"

这话听着总觉得别扭,沈适回过头看她。

"怎么感觉你在骂我?"他紧锁她的眸子。

"啊。"陈迦南喝了口茶,"有吗?"

沈适笑了一声,回过头又剁起肉来。

看样子以前是真的学过,而且技术还不错。那会儿夕阳从厨房的窗户落进来,洒在他肩上,陈迦南感觉到前所未有的平和。

忽地想起什么,陈迦南道:"今天……"

空气静了好长时间,巷子里有小孩摇着风铃跑,还有一些游客在古城里溜达,脚步声时而重时而轻,小桥流水从窗外经过。

很久以后，沈适低声道："今天是她忌日。"

陈迦南大概是知道这个日子的。

那几年里，总有那么几天他会很低落，默默喝酒也不怎么说话，她静静地陪在身边，夜深人静时会说我让老张送你回去。

她摇了摇茶杯，没有说话。

房东老太太抱着一只猫走了过来，问他们需要帮忙吗。那只猫很肥，有些像外婆家的流浪猫，陈迦南忍不住低头逗了两下。

"她可真懒。"陈迦南说，"都不看我一下。"

老太太笑："可爱吧？"

陈迦南点头笑着"嗯"了一声。

"你丈夫喜欢猫吗？"老太太忽然看了眼沈适，问她，"养一只。"

陈迦南愣住了，她正要开口却被身后的人截了话。

"有机会试试。"沈适缓缓道，"您有推荐的猫种吗？"

"折耳猫。"老太太笑，"我这只就是。"

"您养得很好。"他说。

听见他说这句，陈迦南忍不住笑了一下。

"或者留个联系方式，等她有了小猫我给你们寄过去。"老太太越说越开心，"绝对又乖又懒。"

沈适说："行啊。"

陈迦南透过房梁的窗户下落成的光柱看他，没有一点敷衍的样子，倒是难得的认真，她凝视了一会儿，默默别开眼。

那顿饭吃得很轻松，腊排骨有外婆的味道。

吃完，陈迦南端着盘子去洗碗，沈适收拾了下餐桌，站在身后问她要不要出去走走。陈迦南洗碗的动作顿了下，仍低着头，淡淡地说好啊。

八点钟的古城蛮亮堂，游客不多。

陈迦南穿着他下午买的裙子，换了双比较舒服的平底凉鞋，正适合在每一家五颜六色的店里溜达，把沈适甩在后头。

古城里有很多巷道，弯弯绕绕。

各种各样让人眼花缭乱的铺子，陈迦南转得有些收不住心，或许是那一晚的微风很好，月亮很圆，她似乎都忘记了沈适的存在，看到摆满了耳坠的亮晶晶的铺子就停下脚。

"这个多少钱？"她拿起一对耳环问老板娘。

"两对十五。"

陈迦南挑了三对，犹豫不决。

"喜欢就都拿着。"沈适在身后说，"纠结什么？"

"不好给钱啊。"

沈适："……"

那大概是他买过最便宜的东西了，沈适不禁有些好笑，从钱包里拿出了一张卡，老板娘有些无奈地摇了摇头，说本店不刷卡。

陈迦南咧开嘴笑，拿出手机说："微信。"

沈适抬手挠了挠额头，尴尬地收回了卡。再看陈迦南，她正对着镜子戴耳环。耳环是蛋黄色，和她的短发很搭。

看她戴了半天没戴上，沈适走了过去。

他从她手里拿过耳环，说："我来。"

陈迦南微微偏着头，从镜子里看他。沈适低下头很认真的样子，轻轻皱了皱眉头。她不小心被戳到了，"嘶"了一声。

"弄疼了？"他问。

"嗯。"陈迦南说，"你慢点。"

沈适动作放轻，终于给她戴上了。

走出店铺，陈迦南满身轻松地伸了个懒腰，又走进了对面卖陶笛的铺子。那一路上，她在前面蹦蹦跳跳，沈适跟在后头，偶尔会提上两句意见。

"这个围巾怎么样？"她会问。

"还行。"

"哪个铃铛更好看？"

"这个吧。"

"你喜欢什么味道的水果茶?"

"别太甜。"

"你说这些香烟的样子哪个更好看?"

沈适随手一指。

路边的流水静静淌过,明亮又昏暗的巷道上女孩子少有的阳光明媚,沈适闲淡地跟在后面走,似乎这是他最悠闲的时光。

从南门走到北门,他们走了一个小时。

古城里的人渐渐少了,一些店铺慢慢关了门。陈迦南晃荡了很久,终于在一家灯笼铺子前停下脚,她看中了一个很简单的莲花河灯,又要了一根短蜡烛。

沈适跟进来问:"买这个做什么?"

陈迦南没搭理,径自付了钱。

出了店,她朝他伸手:"打火机。"

沈适掏出给她。

陈迦南拎着河灯,走了一会儿找到了一座桥,从桥上往下走到河边。沈适不知道她要做什么,只是沉默地跟着走过去。

她转身将河灯递给他:"你点吧。"

沈适抬眼。

"我外公走的那年萍阳下了很多天暴雨,外婆每天晚上都去放河灯。"陈迦南轻轻道,"她说死去的人已经死去,活着的人要好好活着。"

沈适垂眸看着她递过来的河灯。

那个晚上,陈迦南也不知道是怎么了,看着他心里有一种疼痛感,放下了所有伪装的样子,想好好地和他在这儿走一走。

沈适咬着烟点上蜡烛,让河灯随风而去。

"走吧。"他站起身。

"不多看一会儿吗?"

"这有什么好看的。"沈适轻笑,"还记得回去怎么走吗?"

不说还好,这一说陈迦南有点晕。

"你记得吗?"

他大方道:"忘了。"

月亮慢慢钻进云里,有星星冒了出来。他们沿着原路返回,可是巷道太多,陈迦南完全没有印象回去的路是哪一条,再看沈适,一副压根儿就没往心上放的样子。

"那怎么办?"她问。

"你问我?"

"难道问鬼吗?"

沈适点了下头,指了她旁边一个方向:"我以为你问她。"

陈迦南嗤笑:"你以为我吓大的吗?"

沈适的表情忽然正经起来。

那一片的巷道比较黑,刚好有一处老宅子,白色的矮墙,有枝叶从墙里伸出来。四下都没有人,那些店早已经打烊。

"欸。"她皱眉看他,"你怎么了?"

沈适一直不说话。

陈迦南被他看得后背有些发凉,慢慢转身看向后面,脑袋刚转一半只感觉眼前有一个石头砸了过来,她吓得"啊"了一声。

耳边传来沈适低低的笑声。

她回头怒瞪,抬脚就走。沈适笑够了慢慢跟上去,她明显是故意的,走得很快,拐个弯就没影了。沈适站在路边四下张望,双手搭在胯上蹙起眉来。

"陈迦南?"他喊。

没有人回应。

沈适没走太远,找了一条街又回到原地等待,走几步喊一声她的名字,那是一种低沉又浑厚的声音,慢慢地,变得急促和焦急。

她从来没觉得自己的名字这样好听。

陈迦南躲在他身边的一面墙后,有些奇怪自己竟然会和他玩起这样的游戏,在这样一个地方,这样一个夜晚。

"陈迦南？！"他又喊了声。

"这儿呢。"

她略带轻盈的声音自身后传来，沈适倏地回头。

"别这么看我。"她还理直气壮起来，"是你先玩我的。"

沈适嗤的一声笑了出来。

"万一跑丢了想过后果吗？"他问。

"先奸后杀再分尸荒野什么的，明天的头条肯定是西城古镇一个陌生女人半夜三更被残忍杀害。"陈迦南讲的津津有味，"说不准你还会是第一嫌疑人。"

沈适饶有兴味地看着她。

"我会在天上保佑你的。"

沈适："闭嘴吧你。"

说着，他拉过她的手朝着一处走去，那太过自然的动作让她心揪了一下，陈迦南还是歪着头笑问他知道路吗就往这儿走？他不咸不淡地看了她一眼，说你安静点。

陈迦南冷哼一声。

他七拐八拐，没一会儿就走到了。

老太太还留着门，灯笼高高挂着很温暖。陈迦南走得有些乏，胃也不太舒服，一进房子还没躺下就有点反胃，去洗手间吐了两下。

出来的时候，沈适倚着墙看她。

那目光陈迦南太过熟悉，淡漠的，不留情面的。他做这事不爱戴套，陈迦南一直在吃药，那时候他还算有点良心，尽量不弄在里头。

陈迦南正要开口，听见他道："多久了？"

明知道他误会了，她故意不解释。

"有了就生下来。"他说。

陈迦南一愣。

"你说什么？"

"药停了吧。"沈适看着她又重复道，"有了就生下来。"

"你未婚妻不要了？"

她总是突然就锋利起来，沈适叹息。

"你这张嘴什么时候能温柔点。"他靠近她，慢慢低下头去，"嗯？"

"温柔不了。"

沈适笑了一声。

"今晚放河灯那会儿不挺温柔的。"他说，"这么快转性？"

陈迦南："你管我。"

说着，她就要推开他走，被沈适一把按在墙上。他吸了口气，看了她一会儿，在她唇上很轻地印了一下，将脸埋在她脖子里。

"还没人能做得了我的主。"他低声道，"懂吗？南南。"

这话像是一句承诺。

陈迦南的眼睛闪了闪，她目视前方不太敢去看他，只是静静地呼吸，垂在两边的手有些轻微的颤意，因为他那句话。

"欸。"她轻声。

"叫谁欸？"

陈迦南慢慢平静下来，抬手轻轻扯住他的衬衫下摆，微微侧头看他。沈适似有察觉，从她颈间抬头和她对视。

一瞬间的迟疑，陈迦南将嘴凑了上去。

第十三章 落叶归根

那天深夜，西城下起了小雨，陈迦南被冻醒。

她裹着毯子从床上爬起来去阳台边看雨。红灯笼在雨雾中飘摇，小雨淅淅沥沥地打在栏杆上，然后落向地面。她很久没有这样轻松又复杂过。

身后的男人翻了个身，闷声坐起来。

陈迦南听到动静回过头，沈适裹着浴巾下了床，他睡眼蒙眬的，拿过烟和打火机趿拉着拖鞋朝她走了过来。

"什么时候醒的？"他问。

"刚才。"陈迦南看了一眼他手里的烟，"你不睡了？"

沈适将烟咬在嘴里，低头点上，打火机点燃的瞬间光亮盈满黑夜，他吸了两口烟，才慢慢地"嗯"了一声。

"打火机给我。"她对他道。

沈适看她一眼，丢了过去。

陈迦南把玩着他的打火机，摁亮又吹灭，来回好几次，火光的温度充斥着她的视线。

"在看什么？"他问。

"光。"

沈适轻笑："好看吗？"

"嗯。"

沈适又抽了口烟。

"现在才三点,不再睡会儿?"他问。

"睡不着。"

"睡不着想什么?"

陈迦南将毯子裹紧说:"不知道,想起我一个很好的朋友,她有两年都活在低谷,今年二十四了,订了婚终于找到了生活的意义。"

沈适看向她。

"我也快二十四了。"陈迦南说,"活得烂多了。"

沈适掸了掸烟灰。

"我在想我是不是做错了,从一开始就错了。"陈迦南忽然道,说着偏头去看沈适,目光散漫起来,"当初怎么能学生物呢,现在钢琴又是半吊子。"

沈适笑了一声。

"华叔的学生差不到哪儿去。"他这句像是安慰,"好好跟着学。"

陈迦南又将目光落向雨幕里。

"真累。"她轻道。

"别想了。"沈适磕灭烟,"睡觉。"

说罢,他拉她回了房里,将窗帘扯上,屋子里只有一盏昏黄的床头灯亮着。陈迦南拿下毯子将自己裹在被子里,还有一些冷。

沈适掀了浴巾坐上床,给她披了掖被子。

"睡不着。"她将半张脸藏在被子里,"你说点什么吧。"

沈适躺下,将她搂在怀里。

他说起他少年时候调皮的一些事儿,偶尔提起她母亲,说小时候太贪玩被追着打,钻进酒窖一晚上没出来,吓得整个大院都在找他。

"后来呢?"

"后来被我爸关了好几天。"他笑了一下,"再没跑过。"

他说起这些的时候声音很低很温和,有时候会轻轻地笑笑,说你看我以前是不是也挺混的,不算是什么好人。

"你那时候都在做什么？"她问。

"玩股票。"

陈迦南"唉"了一声。

"人和人真是不能比。"她说，"我十几岁天天晚上守在电视机面前，《至尊红颜》看过吧，就贾静雯演的那个剧，李君羡死的时候我难过了好多天。"

沈适听得一脸迷茫。

"《旗舰》知道吗，我那时候每天晚上都想做梦，梦见我做了海军。"陈迦南说，"一觉醒来还在外婆家，睁眼就是郑远海的脸。"

"郑远海是谁？"

"那个男主演啊。"陈迦南说，"那时候做梦都想嫁给他。"

沈适"嗤"了一声。

陈迦南不以为然，蹭了蹭他的胸口，柔软的短发擦过他的下巴，目光有些落空。

"那时候小啊，就想快点长大。"陈迦南叹息道，"谁知道。"

她这话说了一半。

"谁知道长大也不好。"沈适接着她的话道，"是不是？"

陈迦南闷闷道："嗯。"

沈适揉了揉她的头发。

"忽然觉得我一事无成。"陈迦南说，"好悲惨。"

沈适沉吟片刻。

"很多事情急不得，知道吗，南南。"他垂眸看她，"有些人一辈子都不见得能做得了自己喜欢的事情，明不明白？"

陈迦南垂着眼，叹了口气。

"当年不喜欢生物为什么还要考研究生？"他忽然问。

陈迦南的心突突跳了一下。

她顿了一会儿说："无聊。"

"无聊？"

陈迦南皱眉："能不能别说这个，够伤感了。"

沈适低笑起来。

"幸亏遇见你那个教授，迷途知返。"沈适说，"我真得谢谢他。"

提起柏知远，陈迦南沉默了。

"他是个好人。"她说。

"嗯。"沈适说，"我不是。"

陈迦南笑了一下。

"你这辈子就算了。"她说，"基本不太可能。"

沈适轻"啧"了一声。

"无商不奸啊，我有说错吗？"

沈适笑笑，说："对极了。"

陈迦南又朝他靠了靠，找了个舒服的地方枕着。这个时刻，她很平静，只想靠着他什么都不用想，好好地睡一觉。

半晌不见她说话，沈适低头。

"南南？"他轻声叫她。

陈迦南迷迷糊糊地"嗯"了一声。

"困了？"他问。

陈迦南已经睡了过去。

沈适轻轻叹了口气，将被子往上拉了拉。她睡着的样子乖得很，沈适看了一会儿，抬起胳膊关了床头灯。

黑夜重新降临。

陈迦南醒来的时候沈适不在身边，她简单洗漱画了个淡妆的时间，他就拎着豆浆油条回来了，身上还穿着格子睡衣。

"你就这样出去买的早餐？"她惊讶道。

沈适低头看了一眼。

"怎么了？"他问。

陈迦南摇了摇头。

沈适忽地定定看着她，腾出一只手撩了下她的刘海，又轻轻摸了摸她的眼角。

"这没画好。"他说。

陈迦南"嗯?"了一声。

她偏头看向墙上的镜子,用手擦了擦,然后转过脸问他:"现在好了吗?"

沈适抬手又给她轻轻蹭了一下。

"好了。"他说,"吃饭吧。"

那个清晨过得像每个平常家的日子一样,陈迦南喝着豆浆说味道有点淡,沈适皱了下眉头说不是不喜欢吃甜的吗?她歪歪头笑说现在喜欢。

吃完饭,她拎着包下楼,沈适拦了车送她。

那是他留给她最后一个印象,温柔的,像一个很居家的男人。沈适和司机说了地址,陈迦南上了车,摇下车窗看他。

"要不要我送你过去?"他问。

"我又不是小孩。"陈迦南说,"你赶紧回去吧。"

沈适笑笑:"嗯。"

巷道的早晨,阳光洒下来,他的样子还是那么英俊。三十几岁的男人,脸上有一些岁月在里头,有那么一瞬间像年少时的父亲。

"到了给我打个电话。"他说。

送陈迦南离开后,沈适没着急回客栈,他沿着巷子慢慢抽烟散步。古城里的清晨安静闲适,偶尔会有两三游客经过。

沈适走到了昨晚的桥下,站了一会儿。

河里的水静静地往前流着,清澈得可以看见河底的石头。他偏头远望,朝阳初上,长河缓缓流下,河边的柳树弯着腰跨过了整条河。

他拨了个电话给江坤。

"三哥?"后者很是惊恐。

"你手里现在有多少股份?"沈适直接道。

"三十九个点。"江坤想也没想就说,"还有二十我爸说结了婚才给。"说完问沈适,"怎么了,三哥?"

沈适咬着烟看向河面。

"这几天都没人敢联系你。"江坤知道是他母亲忌日，不好说太多，"没事儿吧？"

"没事。"他说。

"前两天周瑾还问我了，我说你一年这几天都这样子，她没给你打电话吧？"江坤说，"听说这几天她搬进老宅了。"

沈适眯了眯眼，没有吭声。

他算了算自己在江氏的股份，如果有朝一日沈氏真出了事情，没有周家的话凑活着还是可以赌一下，最难的就是填补银行空缺，周家在这一方面只手遮天，他必须要有翻脸的资本。

"三哥？"

"嗯。"

"半天不说话吓死我了。"江坤道，"你在哪儿呢，什么时候回来？"

沈适说："过两天。"

"别是不想订婚吧，过两天祖奶奶可就气大了。"

沈适笑了一下。

"沈叔昨天回来了一趟，不过没回老宅。"江坤说，"一天都没待够就走了。"

沈适不咸不淡地"嗯"了一声。

"行了，挂了。"他说。

沈适站在河边又抽了根烟，远处有炊烟袅袅升起。几个老年妇女背着小背篓从窄窄的巷道走过，说说笑笑。还有一个年轻女人抱着婴儿，坐在自己铺子门口轻轻哄，转过头对里头喊："奶粉和好没？"有男人应着跑了出来。

他看得竟有些羡慕起来。

想起昨夜陈迦南躺在他怀里的样子，不由得嘴角一软，笑了笑。他将烟咬在嘴里给她拨了个电话，慢慢将手机搁在耳边等待接听，目光还看着那一家三口。

十几秒后，电话通了。

沈适问:"到了吗?"

陈迦南刚给司机付完钱下了车,一边和他说话,一边往文化中心走。演奏会一般都在下午,这会儿馆里没什么人,说话都有回音。

她将声音放小:"你在干吗?"

"抽烟散步。"他笑笑,"别羡慕。"

陈迦南白眼。

"今天几点结束,我去接你。"

"应该下午五六点了。"陈迦南说,"这是最后一场。"

"到时候给我打电话。"他最后说。

那一天大概是她最忙的一天了,跟着工作人员跑前跑后,演奏会结束后,她就瘫坐在后台的椅子上。沈适像是算好了时间一样,打电话过来说他在门口。

陈迦南抬着酸重的脚就往外走。

"我租了辆车。"他在电话里说,"停在你们文化中心对面。"

"知道了。"

她的脚跟疼,只好踮着脚走。

沈适笑笑:"我打着双闪,可别上错了。"

陈迦南不免嘴角一弯,挂了电话。

还没过一分钟,手机又响了起来。

她以为是沈适,没有看来电显示直接接通,开口就说不会上错的。尾音刚落,那边就沉默起来,陈迦南正要说话,听见毛毛的抽泣。

"快回来吧。"毛毛轻轻说,"阿姨不行了。"

陈迦南当时已经走到门口,她只觉得后背发凉,整个人都僵在那儿,眼泪唰地就往下流。她看见对面的那辆打着双闪的黑色汽车,视线已经模糊起来。

她的嘴唇打着哆嗦,泪水涌满眼眶。

"别哭。"毛毛说。

陈迦南的眼泪汹涌而落，她来不及用手背去擦，拦了辆过路的出租车直接就坐了上去。整个人都昏昏沉沉，听见毛毛在电话里喊她才回过神来，肩膀抖动着，忽地一声哭了出来。

她给了司机一千块钱，出租车一路疾驰。

到医院是三个小时之后了，一路上，她的手机响过几次，她知道是沈适，直接拒接。医院的深夜从来都静得厉害，上一次经历这样的时刻也是深夜。陈迦南还记得她上次站在重症监护室外面的样子，像被一寸一寸地凌迟。

毛毛拎了稀粥过来，让她先填点肚子。

"吃不下。"陈迦南一动不动地盯着监护室的窗户，脸颊泪痕已干，"我妈怎么样了？"

"医生说，今晚怕是撑不过去了。"毛毛哽咽道。

陈迦南的眼泪在眼眶里打转。

"外婆呢？"

"在病房睡着呢。"毛毛说，"熬了好几天，没撑住晕了过去。"

"我那天回来不是说去旅行了吗。"陈迦南轻轻说，"怎么就这样了。"

毛毛沉默地叹了一口气，抹了抹眼角。

半晌，陈迦南侧过头道："你们都在骗我是不是？"

监护室外面的走廊除了她们俩再无他人，陈迦南看着里面插满管子的女人，一想到明天就再也见不到了，就难受得活不下去。

"南南。"毛毛说，"还记得去年新年的那天晚上你开车来接我吗？林枫不放人，你的眼神我至今都忘不掉，天不怕地不怕的。"

不知道毛毛怎么会说起这个，陈迦南皱眉。

"你一向不爱管闲事。"毛毛说，"除了大多时候我能应付之外，其实你知道那天那个事儿是个小儿科，可你还是掺和进来了。"

陈迦南面无表情。

"因为你知道他在那儿。"毛毛直视着玻璃窗，"后来我想过很多次为什么林枫那么容易就让我们走,还有后来他截了你去喝酒,你这么聪明有一万个理由可以躲开的。"

陈迦南毫无波澜。

"你好几次拐弯抹角打探他我都清楚。"毛毛说,"还有姚姚。"

陈迦南脸色慢慢变了。

"我记得你去报道的时候,那天晚上我们俩请她去酒吧玩。"毛毛说,"她本来没有机会认识江坤的,对吧?"

陈迦南挺直背,站直了。

"是你让她去吧台拿酒。"毛毛说,"江坤就在那儿。"

陈迦南吸了口气。

"你想方设法地接近他是为了什么呢?"毛毛说,"你想过为什么年后你前脚刚走外婆就跟去了吗?"

陈迦南倏地抬眼。

"阿姨什么都知道。"毛毛说。

空气骤然安静下来。

陈迦南慢慢道:"你是说我妈那时候就……"

"年前有一天夜里阿姨忽然病重,但不让告诉你。"毛毛说,"每次跟你说她去旅行其实都是住院。"

陈迦南整个人差点要倒下去。

"后来看你学起琴,好像很平静的样子,我们都没多想。"毛毛说,"原来这两年你一直都在做准备,是这样吗?"

陈迦南眼睛酸涩。

"你什么时候知道的?"她问。

"阿姨上次住院的时候。"毛毛说,"她问我你最近身边有没有出现什么男人?"

陈迦南眼泪掉下来。

"南南。"毛毛说,"咱放下吧。"

陈迦南红着眼眶。

"放下？我妈为什么变成这个样子你知道吗。"陈迦南说，"她本来有大好的年华，可以活到九十九，还可以嫁一个喜欢的人。"

陈迦南呜咽道："她才五十来岁。"

毛毛握着陈迦南的手，用了力气。

"你知道那天晚上暴雨有多大吗，萍阳的很多屋子都被冲塌了。"陈迦南轻道，"她当时趾高气扬地坐在我家，拿我的前途和我妈谈。"

"沈家那个老太太？"

"林意风都算计不过，我妈一介女流怎么可能。"陈迦南说，"我妈追着她的车子跑了半条街，出车祸的时候她连一个急救电话都没打，就那么走了。"

陈迦南说的时候嘴都在哆嗦。

"你知道我妈当时躺在那儿什么样子吗。"陈迦南的泪水已经染满了脸颊，"她肯定特别害怕。"

"南南。"

"医生说我妈活不过三年。"陈迦南说。

监护室的女人面容安详，没有痛苦。

陈迦南抬手擦掉眼泪，说："沈家就一根独苗，她最宝贝的不就是她孙子吗。她让我妈痛苦，我也不会让她好过。"

毛毛"唉"了一声。

"他已经爱上我了。"陈迦南说，"这是最好的报复。"

毛毛忍不住道："那你呢。"

"我一直都很绝情，你知道的毛毛。"陈迦南语气冰冷，"我等这一天已经很久了。"

她知道沈适是个不容易对女人上心的男人，和他在一起那几年他对她也是真的好。她选择那时候离开，无非是为了赌一场，赌他惦记她。

成也好败也罢，她都认。

这大半年来她虚与委蛇，做了那么多拐弯抹角的事，重新出现在他眼前的时候，那人还是那样一副漫不经心的样子。

"你想做什么？"毛毛着急道，"可别乱来。"

陈迦南苦笑。

"我还能做什么。"她说。

"阿姨不希望你这样子。"毛毛说,"你知道她……"

陈迦南打断她:"毛毛,别说了。"

外婆醒来是在半个小时之后,陈迦南当时坐在外婆床边。老人醒来的第一句话就问她妈妈怎么样了,陈迦南酸着鼻子说:"还睡着呢。"

"别怪她。"外婆说,"她不想你难过。"

不知道为什么,几乎是瞬间,她的眼眶就湿了。外婆的声音柔软、温和,有着坚强的力量,让她不再害怕孤独。

陈迦南趴在外婆床前,眼泪流进了床单里。

"囡囡呀,别哭。"外婆轻轻揉着她的头发,"她这几年一直都很苦,心里苦,走了也好。"

陈迦南咬着牙不让自己哭出声来。

"你们娘俩都太固执,也不知道随了谁。"外婆叹了口气说。

陈迦南轻轻抽泣。

"扶我起来。"外婆说。

医院里的哭声是很常见的,那种号啕大哭,默默无声地哭,撕心裂肺地哭,都像揪着你的心一样,听得让人难受。

陈母是在沉睡中走的,悄无声息。

陈迦南在病床前跪着哭了一夜,哭得嗓子都哑了,像个六七岁的小孩一样,摇着母亲的手,嘴里一直轻轻重复着那句:"妈,你跟我说句话吧。我是南南。"

陈母的身体已经冷下来,面容发白。

陈迦南哭得太压抑。毛毛实在不忍心看她这么难受,想要进去扶她出来,被外婆拦住了。外婆整了整有些褶皱的衣衫,慢慢走了进去。

陈迦南跪坐在病床边,脸上的泪已经不成样子。

外婆轻轻走近将她抱在怀里，陈迦南"哇"的一声大哭起来，老人颤抖着嘴唇，眼角默默地流下了两行泪，很轻、很慢地拍着她的背。

陈迦南最后哭着睡着了。

好像又回到以前的时候，她和妈妈、外婆坐在屋子里看电视，外头还下着雨。外婆偷偷让她去买烟，母亲听着戏曲正抹眼泪。

外婆笑话："这有啥哭的。"

"多可怜呀。"母亲会说，"您那心石头做的不懂。"

外婆向陈迦南告状："你看看，没大没小。"

陈迦南拿着零花钱笑。

外婆哪里是不懂，她七十来岁了，送走了外公，又送走了女儿，白发人送黑发人，可平生没见过外婆流一滴泪。

陈迦南睡醒又哭，外婆用袖子给她擦眼泪。

"囡囡呀。"外婆抱着她一直在说，"不哭，不哭。"

陈迦南趴在外婆怀里，不想抬头。

朝阳慢慢从云层里跑出来，落在了病房的窗户上，外婆的头发上，苍老的面容上，手上，腿上。树摇着叶子，斑斓的树影落在外婆脸上。

"太阳出来了。"外婆说。

外婆的声音永远那样平静，陈迦南眼泪都哭干了，听见外婆说："你妈不喜欢医院，咱带她回家吧。太阳这么好，她喜欢晒太阳。"

"给你妈换身干净衣服。"外婆哽咽起来，"我女儿要干干净净地走。"

葬礼办得很简单，不过是把老屋门口的红灯笼换下来，挂上了白灯笼，没有通知任何人。所有事情都是毛毛和周然在打理，陈迦南一直陪着外婆。

外婆比她坚强得多，还撑着熬粥。

陈迦南这两天一直在整理母亲的遗物，翻出了一个桃木色的小箱子，里头有几十封泛黄的信，都是父亲写给母亲的，最上面那一封很崭新，像是最近写的。

她拿出那个信封,抽出信纸。

那上面写着:

给我的女儿:

对不起,要瞒着你走。妈不是故意这样子,只是不希望这场离别让你太难过。妈希望你永远开心,每天都能睡到自然醒。妈希望你永远活泼乐观,不要把自己弄得那么辛苦。你年纪还小,以后还会经历很多,要学会放下,得失心不能太重,别再这么固执。

至于那个男人,想爱就去爱吧。

妈为什么一直不愿意阻止你,从你的眼里妈能看出来那可不是一点喜欢。一辈子遇见个喜欢的人不容易,管他呢,爱谁谁。

至于外婆,妈妈就交给你了。

她看着坚强得很,其实和你一样,外柔内刚的样子。你外公走后她一直瞒着我偷偷抽烟,我都知道。让她少抽点,想我们了就看电视、养花、打麻将也行。对了,她这段日子记性不太好,别忘了带她去医院查查。

还有我的女儿,南南。

你永远是妈最骄傲的女儿,要自信、勇敢,不要害怕未来。这一生不需要太努力,太难熬了就回来,没个体面的工作也罢,重要的是生活的意义,简简单单的,开心就好。

要永远记得,你的健康最重要。

我还记得你外婆喜欢吴君如,那个《祖宗十九代》她都看了十几遍了,你不在的时候天天在我跟前唠叨那句话,妈今天说给你听。

我的宝贝女儿,好好活一场。

看到最后,陈迦南已经泪流满面。她握着那封信,眼泪吧嗒吧嗒掉在纸上。院子里外婆喊她吃饭,声音苍老了许多。

"囡囡。"外婆又喊。

陈迦南匆忙抹掉眼泪,应了声"欸"。

第十四章 往南往北

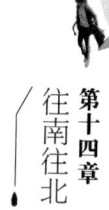

天空乌云密布，随时有暴雨来访。

老宅里的空气静如死灰，没有一点声音。沈适坐在沙发上，微低着头，黑色衬衫从西装裤里掏了出来，整个人有些疲惫的样子。

他皱着眉头，抬手揉了揉眉心。

这两天公司内部出了情况，他熬了两个通宵才算基本解决。从西城回来到现在，很少有阖眼的时候，一闭上眼就想起陈迦南那双偶尔淡漠、偶尔多情的眼睛。

"现在看来，你父亲当年遗留下的问题已经慢慢凸显出来了。"老太太说，"你和周瑾要尽快完婚。"

沈适皱了皱眉头。

"要放别的女孩子我还不见得喜欢，周瑾难能可贵，你明白吗？"

沈适把玩着手里的打火机。

"奶奶。"沈适抬眼缓缓道，"我不会娶她。"

老太太声音一冷："你说什么？"

"沈家的联姻到我这儿就停了吧。"沈适说，"我手里有江氏百分之二十九的股票，这些都可以赠送给周瑾，当作赔罪。我相信这些年凭借沈家的势力，就算真到了走投无路那一天也会起死回生，孙儿以前玩什么的您忘了吗？"

老太太沉默了一会儿。

"周达不是个好对付的。"老太太说，"这条路我不同意。"

"不同意。"沈适轻喃着这三个字，慢慢道，"那换个说法，您觉得我父母、姑姑他们幸福吗？"

老太太眼睛一抖。

"奶奶。"沈适说，"麻烦您高抬贵手。"

"好一个高抬贵手。"老太太气得从沙发上站起来，"当年有那么好的选择，他们不珍惜才走成这样，你这是在怪我？"

沈适淡淡道："怎么样才算好的选择？"

"你在质问我。"

"不是。"沈适说，"随便谈谈。"

老太太哼笑一声。

"我的孙儿长大了。"老太太一字一句道，"我想知道陈家那个女孩子给你喝了什么迷魂汤了。"

沈适眸子骤然一缩。

"我一直以为你在外头不过逢场作戏。"老太太严厉道，"看来是真上心了。"

沈适咬了咬牙。

"当年我怎么让她妈妈离开的意风，就能让她怎么离开你。"老太太说，"她不是你的良人。"

沈适阖下眸子，捞过外套就往外走。

"站住。"

老太太这一声中气十足，沈适停下脚并未回头。

"就当奶奶求你。"老太太的声音蓦地软了下来，"沈家没了，我也不会独活。"

沈适抿紧了唇。

"沈家不会有事。"沈适说，"这个您把心揣肚子里。"

老太太在身后气得说不出话来。

"还有。"沈适微微侧身,淡淡道,"您别碰她。"

从老宅出来雨已经下了起来,老张开着车在门口等着。沈适烦躁地点了根烟,摸出手机拨了一遍那个熟记于心的号码,依旧关机。

李秘书这时候打了电话过来。

"查到了吗?"沈适问。

"沈先生,情况可能不太好。"

挂掉电话后,沈适狠狠吸了口烟,他这两天忙得焦头烂额顾不上她。离开西城的当天,他给她打电话就是这样,他没时间想太多,回来之后才派人去查。

沈适靠着车后座,闭了闭眼。

他很少有这样手足无措的时候,一时间竟不知道下一步该怎么打算。手机在这时响起,是周达的来电,让他去一个饭局。

沈适扶了扶额,吩咐老张开车。

饭局上除了周家父女,还有几个政府官员和银行家。这个圈子里的人除了虚伪就是客套,沈适不知道什么时候厌烦起来。

周瑾坐在他身边,问:"你是不是很累?"

沈适摇摇头:"没事。"

"我跟我爸说这么晚了就算了。"周瑾不太忍心看到他一副疲乏的样子,轻声在他耳边道,"可他说这几个人平日里不太好请。"

沈适抬眼:"我知道。"

这些个男人里边,只有沈适最年轻,敬酒自然多了些。他本来就疲乏,没有几杯已经有些醉意了,却仍是淡淡地笑着。

有人玩笑:"周大小姐护那么紧,是怕我们几个吃了他不成?"

一桌人哄堂大笑。

"我这个女儿啊,那话怎么说来着。"周达哈哈大笑,"一见沈适误终身。"

周瑾不好意思起来。

"照这样子，以后一定被沈适吃得死死的。"周达说。

有人道："沈先生有福了。"

沈适笑笑。

谈生意的时候，沈适又多喝了几杯，后来局散了直接被周瑾扶着进了酒店套房。他那个晚上憋着一股气闷得很，一挨着床就睡了过去。

迷迷糊糊感觉有人在脱他衣服，沈适忽地睁眼。

周瑾穿着蕾丝吊带裙，胸前的凸起若隐若现。沈适眸子黑了几分，骤然握住周瑾的手，从床上坐了起来才放开她。

"你怎么了？"周瑾问。

沈适喘着气，酒醒了几分。

"这对你不好。"沈适说，"懂吗？"

"我们下周就订婚了，这不是理所应当的吗，还是你嫌弃我？"周瑾咬着唇道，"我比不上你那些女人吗？"

沈适一副无动于衷的样子，一边系扣子一边站了起来。

"你都不愿意碰我是不是？"周瑾坐在床上垂着头问。

沈适抬眸。

"一个女孩子待在这儿不太好。"沈适说，"早些回去。"

周瑾忽地抬头，从床上下来站在门口方向，目不转睛地盯着沈适，将肩上的带子勾了下去，整个人赤身裸体地出现在他眼前。

沈适的眼底透着寒气。

"感情可以慢慢培养。"周瑾慢慢走近他，"对吗？"

沈适站在那儿不为所动。

周瑾双手勾上他的脖子，光裸的身体贴着他，抬起脸来看他，轻轻地用鼻子嗅着他身上的酒味和淡淡的烟味。

"你可能都不知道我有多讨厌男人抽烟。"周瑾将脸埋在他胸膛上，"可我只喜欢你抽烟的样子。"

沈适垂眸："值得吗？"

周瑾笑而不语，蹭了蹭他的胸。

沈适深深吸了一口气，抬手将脖子上的手腕拿了下来，微微退开一小步。他弯腰从床上扯过薄被，裹在周瑾身上。

"别作践自己。"沈适语调缓慢，"我不值得。"

说完，他擦过她的肩离开了。

后半夜，沈适回了梨园，坐在沙发上抽了一宿的烟。回到房间的时候，床被还是她离开那天乱七八糟的样子，他没让钟点工过来打扫。

想起她迷乱着双眼在他身下求饶，沈适一阵烦躁。

李秘书只是调查到了她母亲去世的消息，却未在萍阳发现她半点踪影。沈适发现自己心烦意乱都是因为她，突然苦笑起来。

明明在西城她那样动情过，沈适想。

后来的几天一直都没有联系到陈迦南，沈适处理好公司的事情后，亲自去了一趟萍阳。毛毛从单位出来的时候，被一辆黑色的车拦了路，几乎是下意识就反应了过来。

沈适降下车窗："毛小姐，我们谈谈。"

那一瞬间，毛毛是怵这个男人的。

沈适开车带她去了附近一家餐厅，挑了个比较安静的雅座，要了两杯茶。他并没有说话，径自抿了起来。

毛毛急躁道："你想说什么？"

"我以为你应该知道。"沈适说。

这一看就不是个简单的男人，毛毛心里想。听说他杀伐决断处事精明，有着商人天生的城府，谈吐淡定自若却温和得很，看来名不虚传。

"沈先生这么大老远跑来我不明白。"毛毛故意道，"有事？"

沈适抬眼，冷冽三分。

"南南在哪儿？"他语速很慢。

"不知道。"

"毛小姐。"沈适轻描淡写道，"我不喜欢强人所难。"

第十四章 / 往南往北

餐厅换了首轻缓的背景音乐,调子有些许哀伤。毛毛偏头看了眼玻璃窗外的树木和行人,半晌,回过头来看向沈适。

"你爱她吗?"毛毛问。

沈适眯了眯眼。

"听说你后天就要订婚了。"毛毛不管他回不回答,自顾自道,"新娘子的嫁妆就有三个亿,是吗,沈先生?"

"你想说什么?"

"男人都是这样子,地位越高,权力越大,就越狠。"毛毛说,"我不觉得你会为了南南放弃你的天下。"

沈适眸子骤然深沉。

"既然这样,何必找她呢。"

沈适冷漠启唇:"毛小姐,我不想听废话。"

毛毛哼笑一声。

"沈家欠陈家一条命,你以为南南还会和你在一起?"毛毛冷笑,"她当年接近你是爱吗?"

沈适眸子一缩。

"别再打扰她了。"毛毛说,"她就剩下外婆了。"

沈适冷声问:"她在哪儿?"

毛毛闭口不言。

"我耐心有限,毛小姐。"

沈适说这几个字的时候看似淡漠却用足了狠戾的气力,鹰隼般的目光攥得毛毛有些喘不过气。毛毛想起分别前陈迦南说如果那人找来,就大大方方说。

毛毛无力地说:"她在西城。"

看着沈适急不可耐的样子,毛毛最后解气了。她话音刚落,沈适就站了起来,跨步往外走,表情严肃得可怕。

毛毛想了想,追了上去。

沈适已经走到门口,刚打开车门便被毛毛拦住。他皱眉看向这个女人,听见她喘着气问道:"你爱她吗?"

沈适目光浓稠。

"你都能看出来她有意靠近。"沈适不答反问，"不是吗？"

再见到陈迦南是在西城街道，她拎着一个塑料袋。

当时十字路口刚好红灯，她穿着宽松的吊带裙平底鞋，搭了一件藕色的薄外套，戴着帽子站在那儿。不过几天没见，她瘦了一大圈。

沈适坐在车里看她，眼神复杂。

那张巴掌大的小脸看着憔悴不堪，整个人像是没了魂儿。中途有电话过来，她说话的时候脸上也没什么表情。

好像这个才是她最真实的样子。

沈适点燃一根烟夹在手里，等红灯过后开着车跟在她后面慢慢走，看见她沿着马路牙子一直朝西，背影单薄瘦弱。

夕阳把她的影子拉得很长，透着孤寂。

沈适咬着烟一直静静地凝视着前面的女孩子，就连他自己都说不清怎么会这样子。大概从什么时候开始喜欢想起她，沈适记不太清了。

一根烟抽完，他又点了根。

陈迦南走了很长很长的路，长到沈适以为她还会继续走下去的时候，她在一个巷口停下，朝一个老人走了过去。

不知道她们说了什么，老人揉了揉她的头发。

沈适看着这一幕，给她拨了一个电话。她好像熟视无睹一样，拿起手机看了一眼又塞回口袋，挽着老太太进了巷子。

过了一会儿，她的身影重新出现在路口。

她拿掉了帽子，柔软的短发擦着耳梢，看着比刚才清爽了许多。沈适按灭了烟，从车上下来，一步一步朝她走了过去。

陈迦南看着他，面目平静。

"走了那么久，累吗？"沈适开口道，"找个地方坐坐。"

陈迦南摇摇头。

"就在这儿说。"她轻道。

沈适定定地看了她一会儿,别开目光。

"既然这样。"他视线掠过某处又回到她脸上,"去你那儿,外婆刚好在。"

陈迦南立刻瞪着他。

沈适坦然道:"你自己选。"

除却一直以来的伪装,他云淡风轻的样子还是会让她忍不住动怒。陈迦南看了他一眼,偏过头走向路边的长椅,冷着脸坐下。

沈适原地愣了一下,苦笑着跟上去。

"我没什么好说的。"陈迦南直言道,"该知道的你或许都知道,跑来这儿是要做什么,抛弃你未婚妻娶我吗?"

沈适坐在她身侧,俯下腰胳膊撑在双腿上。

他偏过头看她,声音低缓:"如果是呢?"

陈迦南已经懒得应付他了。

沈适又收回目光,撑着腰抬眼看向西城街道上来来往往的行人车辆,他眼皮轻抬,仿佛叹息了一声,眼神沉静。

"对你母亲,我很抱歉。"沈适道。

他这话说得低沉,轻慢,有好些真诚在里头。这样郑重其事的样子陈迦南很少见到,她沉默地闭了闭眼。

"可是南南,我一直很想知道你会报复我到什么程度。"沈适缓缓开口,"五年前就开始了?"

陈迦南:"重要吗?"

沈适淡笑了一下。

"这么处心积虑还真是。"沈适说,"像我年轻的时候。"

西城的傍晚真是漂亮,悠闲又自由。街对面店铺已经准备打烊,有男人抱着小孩接女人下班回家,等红绿灯的时候护着身边的人走在外侧。

"就这样结束好了。"陈迦南无力道,"你回去结你的婚,我也不会再靠近你,这几年我挺累的,很后悔没好好听我妈的话,不然现在早嫁人生子了。"

沈适沉默。

"我妈想让我好好活一场，所以沈适，"陈迦南顿了下道，"我一点都不恨了。"

她说完朝西看去。

"你看夕阳那么好，活着多好。"

沈适目光攥紧她："实话？"

陈迦南笑道："骗你做什么。"

沈适的唇抿成了一条线。

她说得这样平静，不恨也是不爱。沈适忽然觉得心口有些疼，身边这个女孩子云淡风轻的样子让他难过。

"虽然我在南方长大，其实一点也不喜欢南方菜。"陈迦南看着路边在玩的小孩说，"我的脾气也很差，跟你在一块都是装模作样。我读高中的时候就喜欢抽烟，知道你不喜欢女孩子碰这个，硬是给戒掉了。"

她口气很淡，平静地叙述往事。

"我挺讨厌高跟鞋的，为了讨你喜欢练了很久。"陈迦南说，"我以前也挺干脆，跟你在一起久了都不知道我原来什么样子。"

陈迦南说到这儿叹了口气。

"你这人虽然不是什么好人，但偶尔也算善良。"陈迦南转头看他，"还有我一点都不喜欢做那事，想想都恶心。"

沈适拿眼看她。

"这个才是我。"陈迦南说道，"自私绝情永远不会回头。"

沈适顶了顶牙根。

"柏老师以前对我说，这一生最重要的是健康和家人。"陈迦南说，"我不想再这样了，我想做个正常人，过正常的生活。"

沈适喃喃道："正常人？正常生活？"

"是。"陈迦南说，"还请您高抬贵手。"

沈适蓦地笑了。

他曾经对奶奶说过这四个字，现在他的女人对他说了出来。沈适笑着摸了摸鼻子，目光抬向别处，慢慢收起笑意。

忽然觉得他像一个笑话。

"南南。"沈适最后道,"我成全你。"

说罢,他起身朝马路边走去,一直到上车,离开,都没再回过头。看着那个车影远去,夕阳也越来越远,陈迦南眼眶湿了。

她看着马路,眼神没了焦距。

几天前,陈迦南刚读完母亲的信,睡了很久,醒来被毛毛带去香江散心。她在香江的马路上乱走,经过一个门口的时候被一个师傅拦住。

"是你啊姑娘。"师傅道,"结婚了吧?"

陈迦南听得一头雾水。

经师傅提醒,她才想起是几个月前的那个夜晚,他非要来她的高中转转。门口的师傅不让进去,他下车不知道说了什么,师傅痛痛快快给开了门。

"他说你俩打赌来着,我要是不开门你就不嫁他了。"师傅笑眯眯道,"想起来没?"

那个时候他就存过这个心思吗?

陈迦南在长椅上坐了很久,想起很多事,眼眶湿了又湿。后来,她沿着巷子往回走,夕阳慢慢落了下去,在她抵达门口的瞬间终于消失不见。

夜里,她躺在床上睡不着,外婆开了灯。

"躺过来点。"外婆说。

陈迦南蹭到外婆怀里。

"我今天想了一下,你们老师是真心要帮你,这个机会很难得。"外婆说,"想去就去吧,我这儿你不用担心。"

陈迦南没有立刻说话。

柏知远昨天傍晚给她发了一封邮件,是去英国一个音乐学校进修的推荐信,除此之外,还有他简短的一行字:期待你来。

她昨晚看到的时候被外婆瞧见了,老太太沉默走开。

西城的夜宁静祥和,还有蛐蛐儿叫。

外婆唤了声:"囡囡。"

陈迦南回神。

"不去。"她说,"哪儿都不去。"

外婆皱眉:"你要想清楚。"

"不想。"陈迦南蹭蹭外婆的胳膊,"咱睡吧。"

第二天醒来,外婆在阳台上坐着看电视,电视上播着早间新闻,新闻上说了几个娱乐事件。外婆眼睛扫着电视,忽然大声叫她。

陈迦南正在院子里刷牙,大声地回了个"啊?"。

外婆喊:"你进来。"

陈迦南吐了口唾沫,进了屋。

"这男的是不是挺眼熟?"外婆指着电视上那个西装革履三分笑意的男人,"我好像在哪儿见过。"

陈迦南不动声色地看了眼:"您做梦呢吧,咱只是个普通人。"

"可我真觉得见过他。"

电视上一排排的记者和无数闪光灯都涌向他,他微微敛着眉,淡笑着答记者问,话也不多,身边站着要和他结婚的女人。

陈迦南收回目光,走过去关了电视。

外婆跳起来:"正看着呢。"

陈迦南自言自语:"老看这些没营养的难怪不记事。"说完,她拉着外婆向院子里走,"晒太阳去吧,我去买花。"

当时的沈适刚从周家的发布会上出来,他被所有媒体围着,问及传闻明天订婚是否属实。他一概不答,好不容易找到缺口,便撂下所有人退了出来。

他站在大厦外面,好像在等着什么一样。

过了一会儿,李秘书走过来。

"沈先生,老太太已经苏醒,您放心吧。"

大概又站了那么半晌,他蓦地平静下来,只觉得大厦下头顶的太阳刺眼得厉害。沈适的眼眶忽地有些湿,他低头笑了声。

李秘书欲言又止,轻轻摇了摇头。

沈适站了一会儿,慢慢睁开眼。他整理了下西服的袖子,松了松领带,抬手轻轻拂了下西装外套,再抬眼时,目光淡漠从容。

"通知媒体明天订婚正常举行。"沈适道,"走吧。"

那天的天气特别好,艳阳高照。不比西城,隐隐有大雨降临的感觉。那也是陈迦南最后一次看到他,虽然是在电视上。

哪怕曾经想过报复,忽然有那么一刻她觉得其实都不重要了,现在她有外婆在,她们祖孙俩要好好生活,要听妈妈的话。但无论如何,她卸下了一个重担,整个人轻松极了,再也不用假装去活,不用在真实和虚假之间摇晃。

外婆打电话问她花买回来了吗?

"回来了。"她说。

街道上的人群里慢慢出现了一个瘦弱的身影,抱着一捧鲜艳的向日葵,徐徐而行,淡漠中却又透着少许温和。女人的裙摆被风吹起,吹过一场西城往事。

番外一
当爱已成往事

〔从前〕

后来想想,陈迦南很少见过他动情的样子。

那时候在一起,她装什么都很像,淑女又矜持。每次接到他电话都翻箱倒柜浓妆艳抹,沈适开始还会评价一两句,后来也懒得说了。

有一次电话打来已经深夜,他声音很低。

"还没睡?"那压低的嗓音里听着已有七分懒意,又颇有些无赖,"等我电话呢。"

陈迦南当时正在马路上奔走,通勤装穿得她难受。

"我一天是闲的吗?"她说这话也没好气的样子,使劲地蹬着高跟鞋,"可没您说的那福气,这个点就能睡。"

沈适听着倒笑了:"走到哪儿了?"

陈迦南握着手机仰头看了四周一眼,大晚上的街道冷清没几个人,她对这片儿一点都不熟,只含含糊糊地说了个大楼的名字。

沈适皱了下眉头:"跑那儿做什么?"

"帮朋友顶一天班。"陈迦南是真累了,就连在他跟前装样子都没力气,"谁知道这鬼地方连个公交车都没有。"

沈适笑笑:"你也不看看现在几点了?"

"沈先生。"陈迦南撇嘴翻了个白眼,"你不也没看看几点了就给我打电话?"

沈适轻轻"嗯"了一声:"那真是对不住。"

男人说完便挂了,陈迦南气得想骂人,在马路上丝毫不顾形象地踩得大地哐当响,走得累了直接拎着高跟鞋光脚踩地上,像极了失恋后不知所措的少女。

后来实在走累了,她瘫坐在马路边的台阶上。

大半夜走在偏僻的街道碰见出租车都不敢摇手,于是当前头有光照过来的时候,她下意识地便起身要走开,可是那灯一直照着她。陈迦南伸手去挡,在指腹间看清了那辆车的样子。

霎时,她莫名安静了下来。

好像刚熟起来的那段日子,总有些夜晚,他会来学校接她出去吃饭。陈迦南穿着才练熟没几天的高跟鞋小心翼翼地走着,在电话里问他车停哪儿了。他会笑笑,逗趣地说:"我打着双闪,可别上错了。"

就发愣的这会儿,沈适已经走到她跟前。

"深更半夜的胆子倒是挺大。"他身上还有浓浓的烟味,不知道又是哪个饭局上沾来的,"都不怕谁把你卖了。"

陈迦南鼻子忽地发酸,说不出话。

"不过穿成这样儿……"沈适看了她一眼,笑了,"倒比你那些衣服看着顺眼多了。"

陈迦南强忍下胸口顶上来的酸麻,轻轻问:"你怎么找这儿来了?"

"B城就这点大。"他笑说,"想去哪儿找不到。"

陈迦南没再说话,被他带去了酒店。

一进房间,沈适就去阳台接了个电话,回来的时候看见这姑娘光着脚半趴在地上,黑色短裙裹着两条白花花的腿,他靠着玻璃门看了一会儿才走过去。

"找什么呢?"他问。

"耳环。"陈迦南很着急的样子,"那会儿还在的。"说着像想起了什么,"会不会掉路上了?"

话音刚落,她就站起来往外跑,沈适眼疾手快将她一把拉住:"干什么去?"接着漫不经心道,"丢就丢了,明天带你买个新的去。"

陈迦南甩开他的手:"我就要那个。"

她难得在他面前撒娇,沈适一时乐了,随她折腾。或许就连他自己都没意识到,活这么大第一次陪个小姑娘大半夜在马路上犯病,跟个十来岁的小子一样打着手电筒在草丛里穿。

还好最后找到了,他摊开掌心给她看。

凌晨的街道有风从西边吹过来,安静得都能听见它刮过头发的声音。沈适见眼前这女孩子跟傻了一样动也不动,无奈地摇了摇头,别开眼微微侧身将耳环给她戴上。

半晌,他叹息道:"真是怕了你了。"

〔温柔〕

忽然想起大三那一年的冬天,那晚他兴致很好,刚下饭局便开车来学校接她,等待的时候点了一根烟。她踩着积雪姗姗来迟,夜光衬得她那张脸白得跟雪似的。

沈适看着她笑了笑,将车子驶入人流里。

开出一段,他慢慢开口问她想吃什么,陈迦南胃口不是很好,说了句随便。沈适这才自上车起认真地看了她一眼,嘴角浮了个淡淡的笑意。

"随便是什么?"他故意问。

陈迦南扭头看他,这人依旧一本正经的样子,除了眼底溢出来的戏谑。她安静了半晌没有说话,慢慢叹息一声。沈适听着扬了扬眉头,笑问她今天是怎么了。

"好着呢。"她说话很轻,"就是不太饿。"

沈适将烟按灭,沉吟道:"要不带你去玩玩?"

照往常陈迦南自然乖乖说好,可那天她实在疲惫。平时他也会带她去朋友的场子,还记得第一次去的时候,他朋友看见她时脸上表情很丰富,笑着对她说:"沈三儿可是圈子里出了名儿的会玩,陈小姐好福气。"

她不是听不出来那话里的意思,低眉含笑。

良久不见她应声,沈适一手扶着方向盘,一手抬起覆在她额头上,像是自言自语般低喃:"难怪。"说完将车里的暖气又开大了些。

车子开到一个陌生的地方,陈迦南才反应过来。

"这是哪儿?"她警惕地问。

"乖乖跟着。"沈适抬眼,"还能把你卖了怎么着?"

这是她第一次踏进除了酒店之外他的住所,有些惊喜又有些惶恐。沈适直接走进客厅,拉开一个抽屉拿了个物件出来,等她看清那是什么,他已经来到跟前。

他从瓶子里倒出两片药,又递给她水。

陈迦南咬咬唇装作一脸无辜的样子:"这是什么?"她捂着胸口反胃似的撇开脸,"你不会要谋杀我吧?"

沈适无奈道:"退烧的,吃不吃?"

"我不喜欢吃药。"

沈适"嗯"了一声:"我这儿也有退烧针。"

陈迦南瘪瘪嘴:"那我还是吃药好了。"

她拿着药看了好半天,跟赴死似的闭眼咬牙灌了进去。沈适靠着玄关在一旁看了很久,不留痕迹地笑了笑。

"今年多大了。"他语气特别平常不像嘲讽,"吃个药都能怕成这样。"

陈迦南想瞪他,这人却一转身进了浴室。她只觉得疲乏,从房间里找了一床被子披在身上,就窝在沙发里打开电视看,电影频道播的是一部鬼片,她半天不敢抬头。

恍惚间只觉得肩膀被人拍了一下,她吓得尖叫一声。

沈适好笑地看着她:"胆儿这么小还看?"

"剧情还是挺好的。"她嘴硬着仰头,发现他裹着浴巾就出来了,上身赤裸着，精瘦的胸膛上还滴着水。陈迦南不好意思地移开眼，胡乱找话道，"挺恐怖的你不害怕吗？"

沈适懒懒地往她身边一靠："那你以为呢？"

空气莫名安静下来，陈迦南都不敢抬头看他，也不敢看电视，将脸埋在被子里。沈适看着她这副把自己都快包成粽子的样子笑了出来，这一笑全身通畅。

阴影里，她只觉得他在靠近。

均匀又平稳的呼吸洒在她耳朵上，她不自觉地颤了颤身子，听他在耳边道："沾了我一身烟味儿，不洗洗去？"说完一把将人连被子抱了起来，向浴室走去。

他难得这样温柔，陈迦南最后想。

番外二 当时只道是寻常

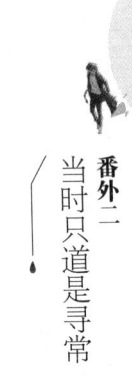

〔开篇〕

沈适近来谈了几笔生意,饭局很多。他每天不是泡在酒局,就是去酒吧,从来没喝醉过,也从不在那儿过夜。江坤那天找他谈事,约在一个新开的会馆。

他们坐在一个包厢里,桌上放着扑克牌消遣。

那天,沈适心情不错,赢了几把。他用手指拨了拨牌面,偏头问蹲坐在他身边的女孩子:"会玩吗?"

女孩子垂眸,摇了摇头。

沈适当没看见似的,懒散地拂了牌,漫不经心道:"玩一把。"

女孩子有些被惊到了:"我……我不会。"

那声音柔柔软软的,眼睛水灵灵的。

沈适低笑一声:"南方人?"

"嗯。"

沈适问:"南方哪儿的?"

女孩子轻声道:"岭南。"

空气有一瞬间的安静,半晌,沈适笑了笑,也不说话。

他随手拿起一张牌往她跟前一放。

"试试。"沈适点点下巴,"我教你。"

后来圈子里的人都知道,这女孩叫傅菀,跟了沈适两年。再后来,不管跟着他去哪儿,逢人都会叫她一声"傅小姐"。

〔惊蛰·沈适〕

有一年秋天,沈适带傅菀去香江出差。

饭局上有人给他敬酒,笑着看了傅菀一眼,倒是也挺识趣地开口:"不知道傅小姐酒量怎么样?"

傅菀偏眸看他,似乎在等他示意。

沈适抿了一口酒,把玩着手里的打火机,像没听见一样,也不掺和,目光落在酒瓶上,又径自倒了一杯。

傅菀懂了,举起酒杯笑着对那人说:"先干为敬。"

那一晚,傅菀喝了很多酒,她每喝一杯就心凉一下,喝得快要吐了,到最后还有人给她倒酒。沈适终于抬手一拦,挡了那杯,淡淡道:"就到这里。"

傅菀立刻起身跑去洗手间。

她看着镜子里的人,已经变得不像自己。

认识沈适是在一次音乐会的钢琴独奏上。

她被老师看重,推荐去参加那次音乐会。他当时坐在前排的 VIP 位置,西装笔挺,偶尔会和身边人低语,神态漫不经心,总是一副淡漠的样子。

后来演奏结束,有人代他送花给她。她问了别人,才知道送花的人是他。沈氏集团的总经理,现在已经是控股董事,听说低调果决,待人温和。

当然也知道,他身边曾经有过一个女人。

傅菀洗了一把脸,让自己慢慢清醒了些,很快地补了个妆,又回去了包厢,看见他侧头在和人谈笑。

她走过去低声对他道:"我不太舒服。"

沈适回过头看了她一眼,沉默了一秒钟,偏过头对身边人道:"下次我请客,沈某先失陪了。"

那人立刻会意:"好说好说。"

傅菀挽着沈适的胳膊走了出来,她头有些晕,尽量让自己走得稳一些,跟上他的脚步。

一路有些安静,她看到酒店大堂摆着一个竖长的迎宾牌,是一对新人的婚纱照,便刻意找话题道:"有人结婚啊。"

沈适有些疲惫,闭着眼"嗯"了一声。

傅菀指着那照片说:"新娘真漂亮。"

沈适没有看的意思,想从兜里摸烟,低下头的瞬间,无意识瞥了一眼,看到那张婚纱照,倏地一愣。

都快四年没见了,她的样子变化不大。

头发长了,梳得很整齐,束在脑后,歪着头笑着,穿着中规中矩的红色喜服,眼睛清澈见底,有一种淡淡的温柔。

上面写着:

"恭贺李灿先生和陈迦南小姐新婚大喜,欢迎您届时参加。"

傅菀一字一句读着这句话,不禁笑道:"新娘的名字叫迦南啊,还是一种香水的名字。"

沈适将烟揉在掌心,慢慢眯起眼睛。

他忽地笑了笑,想起那一年江坤问他对香水品牌那事儿有没有什么要求,他就说了一句,投资多少都无所谓,名字得让他起,后来花了几千万买了一个"迦南"牌的名字。

"婚礼什么时候?"他问。

傅菀不知道他问这个干什么,还是愣愣地仔细看了一眼迎宾牌,上边好像并没有写日期,便道:"这酒店太不负责了吧,日期都能忘啊。"

沈适一只手抄进裤兜,慢慢吸了口气。

他平静地看了一眼那张婚纱照,想起很多年前她在一个下雨的夜晚问他"你会和我结婚吗",他说:"南南,我以为你懂。"

沈适闭了闭眼,对傅菀道:"去把经理叫来。"

〔大寒·迦南〕

很久以后,陈迦南在萍阳安了家。

当时的她从未想过和那个人还会有再见的一天,也早已经在亲邻的介绍下,认识了一个部队军官,现在已经到了谈婚论嫁的时候。

如果不出意外的话,会很快办婚礼。

外婆的痴呆症最近又重了,出门买菜经常会找不到回家的路,幸好每次都有熟人送回来,然后千叮万嘱。

那个傍晚,陈迦南回到家外婆正在做饭。

老太太系着围裙佝偻着腰,远远看去苍老了一大截,一边洗菜一边嘴里还在念叨着什么。陈迦南走近,听外婆在唱歌。

陈迦南听不清唱什么,外婆已经看见她。

外婆捏着掉在案板外的菜牙全数喂进嘴里,像有人跟她抢似的,一边匆匆嚼着,一边对她说:"叫你妈吃饭。"

陈迦南鼻子一酸。

"我妈报了团出去玩了。"陈迦南走近,握着外婆手里的菜刀笑了笑说,"你忘啦?"

外婆皱紧眉头,手里的刀却不松手。

"陈荟莲也真是,老爱往外跑。"外婆念叨,用胳膊撞了她一下,"你歇着去,跑厨房做什么,对了,李灿今天来吃饭吗?"

陈迦南擦擦眼角:"他单位有事,明天才回来。"

外婆瞬间愣怔了一下,拿着刀就往外走,步子也急匆匆的,嘴角还有一小片菜牙,头发被东风吹乱了。

陈迦南追在后头:"外婆,你干吗去?"

"买酱油,我忘买酱油了。"

外婆也不回头,大声跟她喊,步子又急又快,走了一会儿又停在原地。

陈迦南已经赶上去,又被外婆拉着袖子摇。

"给我钱。"外婆歪着头说,"要给小莲买糖豆。"

"小莲"是她母亲的乳名,外婆病重以来常常这样叫。陈迦南看着外婆,老太太却已经埋头翻着她的衣服口袋,嘴里还在嘀咕着:"给我钱。"

找到钱了,老太太又继续往前走。

陈迦南看着外婆停在一堆灌木丛边,捡着掉在地下的小核,一边捡一边展开围裙往怀里揽。那核脏脏的,粘着土,外婆拿着几个就往嘴里喂,一边喂一边往前走。

陈迦南跑过去,拉开外婆的手。

"咱不吃这个。"陈迦南抬手去擦外婆的嘴角,说着眼泪就往下掉,"不是给你钱了吗?"

外婆抬头的动作忽然顿住,两手一松。

菜刀和十几个小核都扔在地上,抬手去给陈迦南擦眼泪,嘴里轻哄着:"囡囡不哭,不哭哦。"

陈迦南嘴巴一颤,泪如雨下。

"外婆。"她哭着喊。

自从外婆生病后,有时候连她也会忘记。她后来再也没有喊过陈秀芹这个名字,就想多叫一声外婆,怕哪一天就叫不到了。

外婆解开围裙,用围裙的一角给她擦眼泪,听话似的说:"我不吃了不吃了,囡囡别哭。"

陈迦南连忙擦干眼泪,吸着鼻子摇摇头。

一老一小在街道上站了好一会儿,陈迦南弯腰捡起菜刀,拉着外婆的手才往回走去。外婆一边走一边偷偷瞄她,还扯过袖子给她擦脸。

老人嘴里还在念叨着:"外婆惹你哭了,该打。"

很快街上就没人了,晚风冷飕飕吹起来。

路灯一盏一盏亮了,照在不远处的一辆黑色汽车上。看样子,车已经停了很久了,地面都落下了些车轴印。

车里很安静,呼吸都听得见。

"沈先生,已经很晚了。"

后座的男人没有说话,闭着眼睛靠在车后背上,几分钟后慢慢地睁开了眼睛,眸子平静淡然。

"再待会儿。"他说。

〔芒种·沈适〕

沈适在车里坐到了深夜,抽掉了半包烟。

他想起今天下午在酒店的时候,那个经理一脸歉意地说迎宾牌放错了,他们下个月在这儿办婚礼。

不知不觉,已经过去这么久了。

她低着头的模样多了女人的温柔,可远远看着还像个二十出头的小姑娘似的,说哭就能哭出来。

手机在黑暗里响了,打破了这片宁静。

沈适不紧不慢地摁灭指尖的烟,掏出手机摁了接听。那头是萍姨温和的声音,问他什么时候回去。这几年他和奶奶关系不太好,大都是萍姨在中间调和。

沈适淡淡道:"这几天出差,再说吧。"

萍姨叹息着说:"老夫人这几天身体不是很好,您还是回来看看吧,别再置气了。我在沈家待了一辈子,有句话必须得替老夫人说一说。"

沈适:"您说。"

萍姨缓缓道:"沈先生,您今年三十七岁了,正常家庭的孩子这会儿也都该添儿添孙,您说是不是?老夫人前几天和我聊天,她说认命了,是傅小姐也没关系,就想着闭眼前看你成家。"

沈适沉默。

他抬眼看着窗外的羊肠小路，那条幽静长长的巷子，巷子里挂着几盏灯笼，灯笼泛着柔和的光，像个家的样子。

年少的时候父亲带了一个女人回家，他问奶奶那女人是谁，奶奶说她就是生下你而已。后来长大了些，他目睹母亲从楼上跳下来。再后来，十六七岁过着军队化的高中生活，一个人去国外念书。从零到一，他知道有多难，也是坚定的唯物论者。

他以为此生就这样，婚姻不过是个工具。

车里没有开灯，只有巷子里零星的光芒照过来，照得车里半明半暗，灯影也摇摇晃晃，不见停歇。

沈适又抽出一根烟，低头点燃。

他吸了一口，将烟拿在手里，端详。烟头慢慢地燃烧着，火光充盈在黑暗里，微弱又明亮。

忽然想起很多年前，她问他："男人抽烟是不是都会低下头？"

他当时笑笑，从裤兜掏出烟盒，抖出一根烟来，塞嘴里，拿出打火机，微微低下头，拿眼瞧她，意味不明。

电话挂断前，萍姨最后说："回来看看吧。"

沈适慢慢吐了口烟圈，沉默着把那根烟抽完，然后闭着眼睛靠在座椅上，也不知道是睡着没睡着。

半个钟头后，他睁开眼道："开车。"

话音刚落，就听见远处救护车的声音传过来。

沈适偏头看了一眼，对司机说了句"等一下"。他瞧见救护车停在路边，几个医护人员跑进巷子，不多一会儿，就抬着一个担架出来，陈迦南跟在担架旁边，满脸焦急，都要哭出来的样子。

救护车很快开走了，巷子空了。

"沈先生，现在走吗？"

沈适皱眉道："跟上去。"

〔白露·迦南〕

外婆从抢救室推出来已经凌晨，医生说没过危险期，要转入重症监护，观察 24 小时。

陈迦南坐在监护室外面的长椅上，出来得匆忙，她还穿着薄薄的外套，现在只觉得医院走廊刺骨地冰冷。

五年前就是这样，她目送着母亲离开。

眼泪不知不觉就下来了，从来没有一刻觉得这样害怕。母亲去世的时候外婆抱着她，说不要哭，有外婆在呢。

这些年她和外婆相依为命，看着外婆一点一点生病，有时候认不出来她，却还是保护着她，说抽烟就抽苏烟和阿诗玛，说囡囡不哭。

外婆是很好很好的人，该长命百岁的。

陈迦南就那么坐着，眼眶湿润，偶尔有护士经过，也会安慰她几句。医院里这样的场景太多了，走廊里每天都有哭声在。

过了一会儿，一个医生朝她走过来。

"陈小姐？"是医院的院长，也是外婆的主治大夫。

陈迦南忙站起来。

"老太太度过危险期就好了，你也别担心，一般来说问题不大，苏醒也需要时间，别着急。"院长温和道，"这边有专门的护士照看，回家收拾收拾再来吧。"

陈迦南不知道说什么好："谢谢院长。"

她又在医院坐了会儿，才打车回家。

萍阳的凌晨车子很少，马路宽敞，没什么人，倒显得冷清。黑夜里的天看着也雾蒙蒙的，明天大概会下雨。

出租车停在巷口，陈迦南下了车。

红灯笼高高挂在门上，照得巷子亮堂又亲和。她转身慢慢走进巷子，忽然停下脚，下意识地回头看了一眼，路边什么都没有。

回到家，她很快收拾了些换洗衣服和常用的东西，关了门就去了医院。风萧萧吹起来,把巷子里的尘土都吹起来,蹚过空荡荡的长街,滚一圈又回来。

几个小时前,沈适拨了一个电话。
"李秘书,给我办件事。"他说。

〔大雪·沈适〕

回去酒店的时候,天已经慢慢亮起来。
沈适一晚上都没有好好睡个觉,刚进房间就去洗了个澡,热水从头顶灌下,整个人的倦意这一刻好似才散掉几分。
他穿着浴巾从浴室出来,点了根烟,往沙发上一坐,又开了瓶红酒,刚倒上一杯,听见卧室里有声音。
沈适蹙了蹙眉头,走到卧室门口停下。
他轻轻推开半掩的门,看见傅菀躺在床上,似是察觉到他回来,傅菀睁开眼醒了。
沈适漫不经心道:"你怎么在这儿?"
傅菀看着他从床上坐起来,含羞待放的样子,垂着眸,微微红着脸颊道:"大半夜的你让李秘书给我订票回去,难道我真回去啊。"
沈适轻佻一笑,抽了口烟。
傅菀看他没说话,胆子也大了起来。她从床上下来,慢慢地走到他身边:"你今晚去哪儿了?"
沈适继续抽着烟,眼神淡漠。
傅菀忍不住心里一抽,缓缓道:"我都跟了你两年了,别人眼里看到的,都是你对我有多好。"
沈适淡淡道:"我对你不好?"
傅菀笑了:"好到这城找不到第二个。"
沈适敛眉。

"你给我买名牌包,数不清的衣服、首饰,带我去各种各样的宴会,我要什么你都给,简直好得不得了。"傅菀凄凉一笑,"可你从来不碰我。"

沈适垂眼看她,眼底一派清明。

傅菀抬眼看他,慢慢道:"就是现在这个样子,哪怕我什么都不穿,你对我一点欲望也没有,是不是?"

沈适:"你想多了。"

傅菀摇头:"还记得有一次你带我去试衣服吗?你后来有事先走了,那个老板娘看着我说了一句话,说长得挺像她。"

沈适不动声色地抽着烟。

"那时候我不明白。"傅菀说。

沈适将傅菀的手从身上拿下来,不急不缓的,看不出喜怒,只是从容地抬眼,声音清淡:"你想说什么?"

傅菀看着他的眼睛,一字一句道:"'迦南'牌香水,一生只做女士香水,这是你为她做的对吗?她叫陈迦南,是不是?"

沈适语气严肃:"傅菀。"

"为什么不能提她?她都要结婚了不是吗。现在跟着你的是我,而且所有人都以为我是你最后一个女人,奶奶也同意我们……"

沈适语气凌厉地打断道:"傅菀。"

这是他生气的样子,傅菀知道。

房间里的空气一时凝滞,死气沉沉。沈适将剩下那半截烟摁灭在烟灰缸,一边往沙发边走,一边拿出手机拨电话。

傅菀还站在原地,难过道:"你要送我走吗?"

沈适拨电话的动作一顿。

傅菀眼眶一湿:"她在你心底就那么重要吗,当年她故意接近你,离开你是想让你求而不得痛苦一辈子,这样的女人……"

"住嘴。"他倏地开口,话音又那样淡漠,"滚。"

听到这儿,傅菀的眼泪唰地就落下来。这两年来这还是他第一次发火,狠得要人命。难怪林枫提醒过她,不要在他面前提那女人一个字。她没听，也后悔。于是再没说一句话，披上长风衣外套就开门跑了出去。

过了一会儿，沈适电话响了。

"沈先生，傅小姐她刚给我打电话。"李秘书欲言又止，"问我陈小姐……"

沈适皱眉："说。"

李秘书道："我以为是您吩咐的，就说了医院的名字，估计这会儿已经过去了，您看是不是……"

沈适冷声："李郁，你办的好事。"

〔冬至·迦南〕

普通病房已经腾了一张床出来，陈迦南整理好床铺，去洗手池冲洗盆子和碗筷。刚走到病房门口，李灿的电话打了过来，说他已经到医院了，问她在哪儿。

没一分钟，李灿就到了。

她站在病房门口等，看着那个男人远远朝她跑过来，莫名地有些恍惚。

"外婆怎么样了？"李灿着急道。

"还在重症监护室。"

李灿安慰道："我问过医生朋友，应该不会有太大危险，别太担心，外婆会没事儿。"

陈迦南面色还是沉重："嗯。"

李灿在心底缓缓叹了一口气，将陈迦南抱在怀里，慢慢地抬手抚摸着她的头发，轻声说："一夜没睡吧，这儿我看着，去睡会儿。"

陈迦南在他怀里摇头。

"要不坐在外面，你靠着我睡会儿。"李灿说完还不等她开口，又道，"必须睡，外婆醒了看到你这样会难过。"

李灿拍拍她的后背："听话。"

陈迦南闭着眼睛"嗯"了一声。

两个人坐在外面的椅子上，陈迦南靠着他的肩就那么睡了过去，这一睡就是很久，醒来天已大亮。

李灿不在病房。

陈迦南下了床，站在门口，看见李灿和一个穿着风衣的女人在说话，不过几句，那个女人的目光忽然抬过来。

那眼神里的敌对太熟悉，陈迦南一时愣怔。

李灿回头，朝她走过去："怎么醒了？"

陈迦南看向对面的女人："她是谁啊？"

"说是来找你的。"

陈迦南皱眉。

女人走近："能聊两句吗？"

陈迦南面无表情道："不好意思，我想我并不认识你，我现在也没心情，和你没什么好聊的。"

"你怕什么？"

陈迦南目光一顿，笑了一声。

"小姐你真好笑，你无缘无故跑我这儿闹什么？"陈迦南视线移开，落在身后赶过来的人身上，又淡淡移开，"别害了你自己。"

说完，她对李灿道："我想喝粥，你去买些好不好？"

李灿看了她一眼，目光又从对面女人身上掠过，眸子里有些担心她，手臂忽然传来她掌心的温度，她眼里有温柔，有抚慰。

"好，等我回来。"李灿说。

他前脚刚走，陈迦南就转身进了病房。

听见外面李秘书苦口婆心道："傅小姐，机票买好了，您还是赶紧离开吧，沈先生已经知道了。"

"那又怎么样？"

李秘书："您知道沈先生的脾气。"

陈迦南靠在门上，慢慢地闭了闭眼。

她想起昨夜外婆被送上救护车的时候，下意识瞥到的那辆黑色汽车，她想起这样一个普通的急救竟然是院长亲自操刀，想起医院的人嘘寒问暖的样子，整个人忽然有些发颤。

不知不觉，已经这么久了啊。

〔小满·沈适〕

医院路边停着一辆黑色汽车。

沈适坐在车里，车窗半开着，风吹进来。他疲倦地揉着眉心，闭着眼睛，只觉得头疼得厉害，这会儿脸色也很不好。

半晌，李秘书俯身在窗外。

"沈先生，已经安排傅小姐离开了。"

沈适"嗯"了一声，慢慢睁开眼。

李秘书道："陈小姐很聪明，大概已经猜到了。"

"她和你说话了？"沈适双眸半抬。

李秘书不好意思道："没理。"

沈适一笑。

李秘书看见老板的心情似乎好了一些，暗自松了一口气，余光瞥见一个身影，微微愣了一下。

沈适察觉："他就是李灿？"

李秘书颔首："是。"

"你觉得怎么样？"

李秘书听见这话如临大敌，又不好不说，硬着头皮道："挺正直一个人，对陈小姐很好，值得托付终身。"

沈适垂眸："是吗？"

李秘书："……"

沈适吸了吸脸颊，扯了几下领带，捞过西装外套下了车。他站在车边穿好西装，一边系扣子一边道："哪个病房？"

李秘书："综合楼709。"

沈适："你回酒店吧。"

说完，沈适朝医院走去。

〔清明·迦南〕

陈迦南站在病房的床边，目光慢慢收回来。

李灿走过来，道："看什么呢？"

"你说今天会不会下雨？"

"看这天下不了。"

陈迦南不以为意："我觉得雨会来。"

李灿笑了笑，说还是先吃饭吧，都折腾一晚上了。

陈迦南简单吃了几口就吃不下了，去了监护室外面坐着。

她这才想起问："你部队忙吗？"

"再忙也得回来，你一个人怎么受得了这个。晚上给你打电话打不通，幸好还有隔壁胖婶的联系方式，这才知道外婆住院，我要是不问你是不是也不说？"

"你那么忙说什么呀。"

李灿叹气："你该告诉我的。"

陈迦南没说话，慢慢歪下头。

李灿又问她："还累吗？"

陈迦南："不累。"

她轻轻说完，闭上眼睛，只感觉到手被他握在掌心，温热、安心，想来这样平淡着过日子也挺好。

不远处的走廊，沈适一手抄兜。

他微微抬眸看着这一幕，心底隐隐作痛起来。这么多年没见了，她头发长了，温柔了，是个平凡女人的样子。

沈适忽然紧张，悄悄离开。

他眼底一片愠色，一边解开扣子，一边下楼，穿过医院大厅、花园。风吹走尘土，地面干净得像从没人走过一样。

〔雨水·沈适〕

沈适站在医院门口，抽了一根烟。

他抬眼看着萍阳这阴沉的天，仿佛有一场大雨即将来临，冲刷掉这座城市陈旧的痕迹。一场大雨过后，又是焕然一新的样子。

干净的，潮湿的，泥土味道。

路边的车里，李秘书远远看着沈适这一副落寞失神的样子，想到这几年他过的这孤独的日夜，长长叹了一口气。

司机问："李秘书，沈先生这是怎么了？"

李秘书摇头，没说话。

这些年李秘书是看着他们在一起，相聚又分离。时光匆匆而逝，恍然不觉，已经五年。沈先生啊，大概是想迦南了。

遥遥在望，不敢惊扰。

〔尾声·曙光〕

毛毛吃惊道："你和李灿不结婚了？"

陈迦南淡淡地"嗯"了一声。

"为啥？"

她笑了笑，说："他和我一样，有一个很长很长的秘密。"